暗殺コンサル

イム・ソンスン

컨설턴트 (THE CONSULTANT)
BY 임성순 (IM SEONG-SUN)
TRANSLATION BY KANG BANGHWA

ハーパー
BOOKS

Published by K.K. HarperCollins Japan, 2023

暗殺コンサル

目次

おもな登場人物

僕——コンサルタント
マネージャー——会社の担当マネージャー
ヒョンギョン——会社の同僚
イェリン——恋人

コンサルタント

スターリンとの権力争いに敗れたトロツキーはメキシコへ逃れる。歴史家たちは、穏健な合理主義者だった彼が政権を握っていれば、ソビエト連邦と共産主義の未来はずいぶん違ったものになっていただろうという。だが彼は、自身のライバルたちに比べて卑怯《ひきょう》さも、冷酷さも充分に持ち合わせていなかった。人生とはわからないもので、ある決定的な瞬間、その人に具わる人間的な一面が破滅につながる。

トロツキーの家族は皆、スターリンの毒手《どくしゅ》を振り切ることができなかった。執拗《しつよう》な追跡の果てにひとりずつ粛清された。家族だけではない。彼の同志や友人たちも命を奪われた。亡命したトロツキーは事実上、小部屋にひとりぼっちで閉じ込められていた。世界の半分に狙われていたからだ。だがスターリンは、それくらいで満足する人間ではなかった。

ある日、トロツキーの女性秘書はひとりの男と恋に落ちる。真面目で物腰の柔らかい、珍しいほど出来た男だった。秘書は、自分の愛するやさしくて親切な男をトロツキーに紹介する。ふたりは挨拶を交わし、たちまち意気投合する。この寂しい老人は、人の親切にあまりに飢えていたのだ。男は急がない。トロツキーと彼を守る人々から信任を得るまで。男が身を置く組織でミスは許されないから。

一年が過ぎたある日の午後、トロツキーと男はふたりだけで語らう。お付きの警備員も、トロツキーの取り巻きもいなかった。男は一瞬のためらいもなく、トロツキーの後頭部に登山用のピッケルを突き刺す。その後男の正体が判明するまでに十年の月日を要するが、人々は聞かずとも、それが誰の指示によるものか知っていた。男が所属していたNKVDとは〈内務人民委員部〉の略称で、男の服役中、第二次世界大戦を経るなかでKGBへと名を変える。皮肉にも、NKVDを創設したのはトロツキーだったという説もある。それはロシア革命後、ソビエト連邦内の治安問題を解決するためにつくられた一種の警察組織だった。

これを暗殺と呼ぶ人々もいる。だがこれは、一種の宣言だ。誰であろうと、これ以上スターリンに歯向かうなという。

最も成功した暗殺の例を挙げてみよう。ロックバンド、ニルヴァーナのボーカルであるカート・コバーン。彼は暗殺された？　そう、そんな陰謀論がある。容疑者リストには彼の愛する妻をはじめ、熱烈なファン、マネジメント会社、同じバンドのメンバー、ライバルのバンド、さらにはＣＩＡまで登場する。大抵の陰謀論がそうであるように、いまいち論理に乏しく仰々しい。もしもカート・コバーンのファンなら、半日程度の楽しみにはなるだろう。かなり面白い話ではあるからだ。だが本気で調査すれば、四半日で反駁《はんばく》できるようになる。特殊な趣味の人を除けば、暗殺陰謀説を信じる人など皆無だ。なぜなら彼がのこした遺書はあまりにカートらしく、すばらしい内容で、彼の人生と歌は自殺という終止符にぴったりだからだ。彼の死によって歌は飛ぶように売れ、最期の瞬間は神話となり、死に場所は聖地となる。誰かは金を儲《もう》け、誰かは悲しみ、誰かは彼の死を惜しむが、それで不幸になる人はいない。真に偉大な暗殺とは、そういうものだ。皆が満足に至る暗殺。おまけに、誰も暗殺されたなどとは信じない。で、本当に暗殺されたのかって？　僕にもわからない。もしもそうだとしたら、実に立派だと拍手を送りたい。あくまでも例を挙げたまでだ。

偉大な暗殺の例を挙げるのはきわめて難しい。

まず、偉大だという表現からもわかるように、その頻度がはなはだ低い。偉大といえるレベルの暗殺はどのくらいあるだろうか？　答えを知るのは暗殺者だけだろう。それはふたつめの理由と関わってくる。

真に偉大な暗殺は、それを暗殺だと微塵《みじん》も思わせない。スターリンのように見せしめのために殺したり、指示役や実行者がわかりきっているなら、それは暗殺ではなくテロだ。このふたつを取り違えてはいけない。本当にすばらしい暗殺とは、カートの例からもわかるように、暴力によるものでありながらその事実はどこにも見受けられず、皆に功利をもたらす。

こういった理由から、偉大な暗殺に気づくことはほぼ不可能だ。誰かが暗殺に気づきそれを証明した瞬間、その暗殺は平凡なものに成り果ててしまう。したがって最も偉大な暗殺とは、死因が不確かなものというわけでは決してない。誰もが正確な死因を知っていると信じ、認めているものがそれに当たる。

これは僕が勤める会社についての話だ。いや、勤めていると言うのは語弊がある。実際に出勤してはいないからだ。正しくは、僕が〝働いている〟会社と言うべきだろう。ひょっとするとあなたも、僕と同じ会社で働いているかもしれない。しかしだからといって、僕たちが互いを認識することはないだろう。会社とはそういうものだから。もしかするとあなたは、会社のために働きながらも、自分が何をしているのかさえわかっていないかもしれない。それどころか、あなたは自分が会社に所属していることさえ知らないかもしれない。コンゴで出会った、ある大企業の元社員はこんなことを言っていた。

「今の時代、自分がどこで誰のために働いてるのかなんて誰もわかっちゃいない」

そのとおりだ。人は、自分がどこで誰のために働いているのかわかっていない。僕が出会った人たちも大部分がそうだった。もちろん、僕もまたそう変わりはない。

リストラ

リストラで早期退職したイ部長のもとに、公共料金の督促状のごとく次から次へと不幸が舞い込んできたのには、たんに運が悪かったでは片付けられない何かがあった。クビになると同時に妻が男をつくり、彼の家を担保に借金をして逃げたのは、その後巻き起こる災難の前奏曲にすぎなかった。退職金でまかなったチョンセ（毎月の家賃の代わりに賃貸契約時にまとまった保証金を預ける賃貸制度。大家はその資金を運用することで利益を上げる）まで騙《だま》し取られるや、たちまち路頭に迷うはめになった彼に追い討ちをかけたのは、ひとり息子が巻き込まれた暴力事件だった。被害者側からとんでもない額の示談金を要求されたが、一文無しの彼にできることは皆無だった。よほど追いつめられていたのか、穏やかで冷静沈着な性格だったはずのイ部長は、警察署に押しかけて暴れ狂った。逃げた妻を捜そうともしないくせに、ささいな喧嘩《けんか》に巻き込まれて不始末を起こした息子を拘束しようとする警察の態度に抗議したものの、それで得られたのは冷え冷えとする留置場の床でのひと晩だった。

沈痛な面持ちで警察署を出た二日後、イ部長は競売にかけられる予定だった自宅の車庫で冷たい骸《むくろ》となって発見された。彼は自分の車の運転席で、シートを後ろに倒した状態で横たわっていた。足元には果実酒用の大きな焼酎瓶が転がり、車庫のドアは閉まっていた。血中アルコール濃度は予想どおり泥酔状態、死因は一酸化炭素中毒だった。

第一発見者である不動産仲介業者のキムさんによれば、車庫のドアを開けた瞬間、車の排気ガスで前が見えないほどだったという。冬場の車庫は完全密閉されていることもあり、エンジンをかけたままの状態なら、そこが小さなガス室になるまでに長くはかからない。警察は手早く事件を処理した。遺書は見つからず、自殺か事故かは定かでなかったが、カトリック信者である彼が自殺などするはずがない、酒に酔って寝てしまったのだと遺族は主張した。果たして彼の不幸はたんなる不運だったのか？

不運でないとするなら、誰かに責任があるはずだ。働き盛りの彼をクビにした会社？　男と逃げた妻？　それとも詐欺を働いた不動産業者？　見境なく拳を振り回した息子？　あるいは示談に応じてくれなかった被害者？　もしかすると、追いつめられた彼の言葉に耳を貸そうともせず留置場に放り込んだ警察？　そのうちの誰かは、この不幸の連鎖を断つことができたかもしれない。だが、誰もそうしなかった。警察は公務に忠実だっただけ、被害者は補償を受けるために最も合理的な行動を取っただけ。彼の息子は突然家族を襲った不幸に対する絶望を暴力というかたちで表しただけ、妻は大して幸せではなかった十八年間の結婚生活に失職という影が差すなり、精いっぱい自分の幸せにつながる決断を下しただけだ。会社もまた同じ。会社は彼のことを、費用の最小化と利潤の極大化にそぐわない人物だと判断した。したがって、彼らの行為は自身の欲望において合理的だったといえよう。これぞアダム・スミスの追随者と呼ぶにふさわしい。見えざる手が招いた小さな悪戯《いたずら》。彼の不幸はそれ以上でも、それ以下でもないように見える。これが、会社に適さない人々が歩む運命だ。中流階級だと威張る人たちでさえ、名刺の肩書きがなくなった途端、漠々とした世界と向き合うことになる。どんな人間も、一瞬にして坂を転げ落ちうるのだ。

僕も名刺を持っている。見事な名刺だが、使うことは滅多《めった》にない。だからこの場を借りて少し語らせてもらいたい。白いベースには、じっくり見ないと気づかないくらいかすかに、緑に近い青が混じっている。材質がそうなのかあえてそうなのかはわからないが、不規則なパターンというべきか薄い模様というべきか、全体にでこぼこした凹凸《おうとつ》がある。だがそれはあくまでも視覚的なもので、実際に触れると柔らかい。とてもなめらかな柔らかさだ。おまけに、しわもほとんど寄らない。活字は先がほんの少し丸まった、それでいて力強く見える欧文ゴシック体。隅に会社名と肩書き、真ん中に僕の名前だけが刻まれ、裏面下段には、もう少し小さく見やすいフォントで、携帯番号とメールアドレスが刻まれている。これ以上ないほどシンプルかつスタイリッシュで、美しい名刺だ。この名刺を作ってくれた僕のマネージャーは、材質に綿が混ざっているのだと胸を張った。

「紙みたいだけど、本物の綿よ。成分は、アメリカのドル紙幣に使われてるものと似てる。そのへんで手に入るものじゃないわ」

彼女が胸を張って言うだけのことはある。まったく同感で、使う機会に恵まれなくて残念な限りだ。僕は主に自宅でひとりで作業し、成果物は郵便局の私書箱へ送る。名刺をもらった日も、ほぼ三カ月ぶりに彼女に会ったのだった。

「使うことはなかなかないかもしれないけど。でも、知ってるでしょ？　会社は、何かのタイミングであなたに必要かもしれないって、だから……」

彼女は口惜しそうに肩をすくめて見せた。充分理解できた。財布のなかで眠らせておくには美しすぎる名刺だったから。アンディ・ウォーホルがこれを見たら、数枚コピーしてそれぞれ違う色を塗り、額に入れて壁に飾ったかもしれない。だが、この名刺をうんとばら撒《ま》いたのは数年前の同窓会ぐらいだろう。

その年はさまざまな事件があり、そのためにとりわけつらい一年だった。僕は自分が正常な人生を送っていると信じたかったし、だから、どこまでも平凡でありきたりな人々と交わりたかった。もしも同窓会がなかったら、教会や寺、聖堂、モスクにでもいいから出向いていただろう。もちろん、仕事のせいで宗教をもつなど望ましいことではない。実のところ、会社からそう見られるのではないかと怖くもあった。今になって思えば、会社は僕がどんな宗教に入ろうと、仕事に差し障りがなければかまわなかっただろう。会社はそういった面でつねに寛大だ。だが当時の僕には、そんなふうに思える余裕がなかった。さまざまな事件に絡んで慎重にならざるをえない時期だったからだ。だから同窓会が開かれるという連絡をもらったとき、僕はうきうきし、多少大げさに表現するなら救われた気分だった。さっそく、新しいスーツをあつらえた。当時の僕を見た人がいたなら、同窓会で初恋の人に再会するとでも思っただろう。だが僕が通っていたのは典型的な男子校で、僕はゲイじゃない。わかっている。そういったストーリーこそ人々の興味を引くということは。だから申し訳ない。でも、これはどこまでも会社に関する話であって、僕は職業を除けばまことに平凡な人間なのだ。いや、コンゴを訪れてからは、それさえも特別だと思わなくなった。

スーツ姿の人々が立ち並ぶ会場に踏み入った瞬間、ふたつの事実に気づいた。僕もまた、このなかに混じれば普通の人に見えるのだということ。高校時代にこれといった友人がいなかったこと。

　僕は目立たない生徒だった。どのクラスにもひとりぐらいいたはずだ、とりわけ存在感のない子が。言い換えると、そのクラスを思い出すとき、机や椅子のように背景としてのみ存在する子が。僕は特別暗いわけでも、人間関係がうまくいかなかったりいじめられたりしていたわけでもなく、ただただ存在感のない子だった。それも、自分がオスであることを誇示するために弱い者をいじめる輩《やから》でさえ、目に留まることがないために絶対に手を出すことのない存在、先生が授業の際に思いつきで誰かに朗読させようとしたとき決して口にしない名前、それが僕だった。そのせいか、僕を見た同窓生たちは一様に緊張した様子だった。猛然と、何とかして僕が誰なのか思い出そうとしている顔と握手するのは、どこか愉快でもあった。平凡かつ礼儀正しい人間である僕は、名前を思い出せないからといって彼らを苦しめたりしなかった。僕が名を明かすと、思い出す人もそれなりにいた。だがそれはあくまでも、教室に貼られている標語の位置は太極旗の右側だったか、それとも左側だったかという程度の記憶でしかなかった。思い出の不在とはそういうものだ。だから皆、申し訳なさそうな顔をした。大多数は似たような反応だった。まずたじろぎ、それから記憶をたどり、僕を思い出そうが思い出すまいが最大の喜びを示しながら名刺を交換し、せわしなく褒め言葉と再会を誓う言葉を残して、僕の背後にいる誰かの名をやけに大声で呼びながら通り過ぎていった。少数だが違うタイプもいた。おそらく僕と同じ目に遭ったか、そういった行動が意味するところを知っているのだろう。彼らは上辺だけでも会話を続けようとし、ほとんど死に物狂いで話題を探し続けた。ところが僕のほうはまんざら楽しくないわけでもなく、そんな彼らを哀れに感じた。そのなかのひとり、三年生のときのクラス委員は、コンサルタントと書かれた僕の名刺を見ながらこう尋ねた。

「それで、正確にいうと、ここで何のコンサルタントをしてるんだ?」

「大したことじゃない、リストラだよ」

その瞬間、彼の表情が変わった。それをきっかけにとてもゆっくりと、あたかも一滴の墨が澄んだ水に広がっていくように、僕を見るほかの同窓生たちの視線が変わるのを感じた。背後で囁《ささや》き合う声があった。仕方ないことだった。リストラという言葉はいつかなるときも、我々の世代の生存本能を刺激するものだから。

その夜、飲み屋から次の店へ移動しているとき、ある同窓生に胸ぐらをつかまれた。学生時代、喧嘩が強いことで有名な生徒だった。いきなり拳を振るわれ、僕はもう少しで地面にひっくり返るところだった。切れた唇から鉄の味がした。顔を上げたときにはもう、彼はほかの友人たちに取り押さえられていた。そのまま僕をなじっていたかと思うと、突然子どものように泣き出した。彼を押さえていた手が離れ、誰かが慰めにかかった。僕は目を丸くしてぼうっと立っていた。クラス委員が近寄ってきてこう言った。

「大目に見てやってくれ。少し前に勤めてた銀行からリストラされて、今は浄水器の会社に勤めてるらしい」

浄水器を売るために彼が今日一日をどんな気持ちで過ごしたか考えてみた。誰かに八つ当たりしたかったのだろう。オスの集まるところには序列が生まれる。彼は同窓会というピラミッドの底辺にいた。思い出のなかでつねに食物連鎖のトップにいた彼にとって、今日は耐えがたい一日だったに違いない。つまるところ、オスの世界とはこういうものだ。なんて平凡な集まりだろうと、僕は安堵《あんど》した。殴られて少しすっきりした感さえあった。僕は誰かに殴られて当たり前の、そんな人間だからだ。平凡であることを立証した以上、もう彼らについていく理由はない。帰宅して切れた唇を確かめ、ひとり酒を飲んだ。ドキュメンタリーチャンネルでは、僕の好きな〈動物の王国〉が流れていた。マウンテンゴリラがどうやって群れを成し、序列をつくり、つがいになるのかという内容だった。明かりの消えた部屋のなかで、類人猿の群れが僕の周りをぐるぐる回っていた。

その後、名刺を使ったことは数えるほどしかない。家の引き出しにはいまだに、封も開けていない名刺がふた箱入っている。マネージャーもそんな僕の事情をよく知っているから、追加の名刺が必要かと訊《き》いたりもしない。彼女はいつもそんな具合に、言われるまでもなくてきぱきと仕事をこなす。もしも僕が自分の仕事を気に入っているとしたら、それは彼女がマネージャーだからというのが一番大きな理由だろう。問題は、僕が自分の仕事をさほど気に入っていないことにある。尋ねたい。あなたはあなたの仕事が好きだろうか？　これを読み終えるまで忘れないでほしい。僕はあなたたちと特段変わらないということを。

名刺にあるように、僕はあるれっきとした会社のコンサルタントで、リストラの諮問役を務めている。役名からもわかるように、僕が自ら手を下すことはない。ただどう処理すべきかを示すだけだ。ある対象に甚大な被害や問題をきたす人物がいた場合、その対象と関連のある組織や団体、時には個人が会社に連絡してくる。すると会社は僕に意見を求め、僕は計画を立てる。その計画をもとに会社は専門家を雇い、手際よくリストラを行う。その手際のよさは、リストラの対象者が去り際に退職金を催促したことが一度もないことからもわかる。もちろん、彼らにもそれ相応の金が入りはする。だがそこには、会社の金も、会社に依頼した誰かの金も含まれていない。その金はおおむね白い封筒に包まれていて、表には〝御霊前〟と書かれている。当然誰かは泣き、誰かは供花を送り、誰かは花札で遊ぶかもしれない。いずれにせよ、火葬なり埋葬なりして故人を見送れば、リストラは完了する。

イ部長の死は事故死として処理された。彼が新入社員のころに加入していた終身保険のおかげで、息子は自分が殴った男と示談にこぎつけた。妻のほうはきっちり三カ月後、墓前にひざまずいて後悔の涙を流した。いい年をして情念に駆られた衝動的な浮気は、そんなふうに悔恨を残して終わった。彼女に近づいた男は、会社が仕向けた男だった。不動産詐欺の裏にも会社が絡んでいたし、彼の息子に難癖をつけておいて一方的に殴られた被害者も会社に雇われていた。公務執行妨害でイ部長を留置場に放り込んだ警察にも、おそらくは会社の息がかかっていたはずだ。

イ部長は早期退職の際に、持ち出してはならないものを持ち出していた。彼の職場から僕の会社に依頼があり、僕は意見を求められた。そういうわけで、僕はイ部長のための小さな不幸の連鎖を計画した。彼は偶然車内で眠り込んだのではなく、偶然酒に酔ったわけでもない。最後に彼の車のエンジンをかけたのは、絶対に彼自身ではない。それが、イ部長の身に起こった真実だ。

誤解しないでほしい。僕はまだ人を殺したことはおろか、傷つけたり痛めつけたりしたこともない。僕のたしなむ暴力は、あくまで活字上のものだけだ。人を殺さない殺し屋などいるのかと思うだろうが、僕の知る限り、僕は間接的に、少なくとも五十人ほどの自然な死に関わっている。そう。要するに、大事なのは自然な死に方だ。映画や小説、漫画に出てくる殺し屋は、派手な服装に派手な武器を構え、派手な事件を起こして派手に人を殺す。そのほうが面白いし、スリル満点だからだ。だが現実には、相手をそういった死に至らしめたいと望むケースはほぼない。あなたがマフィアのボスで敵対組織と抗争中なら、ヒットマンが必要かもしれない。力を見せつける必要があるからだ。だがマフィアでさえも、できるならこっそり殺し、相手側には新聞紙でくるんだ魚を送る。それは相手組織の誰かが、どこかの橋の下に沈んでいるか、建設中の建物のコンクリート土台に埋まっているという暗示になる。彼らもまた事業家であり、ビジネスのためにはトラブルの種がないほうがいい。そういうわけで、遺産を相続予定の息子や、労組委員長に頭を痛めている大企業の代表、次の選挙で明らかに自分より優勢な候補を相手にしなければならない政治家ならば、相手の不自然な死は現実的にまずい。少なくとも法治国家であるなら、刑法には次のような、あるいはこれに準ずる項目が存在するためだ。

第31条（教唆犯）①人を教唆して犯罪を実行させた者には、正犯の刑を科する。

よって、にぎやかな死を好む人などほとんどいない。殺し屋の立場からしても同様だ。映画やドラマではよく、「お前などひとひねりだ」と脅すシーンが出てくる。彼らが見落としていることがある。誰にも気づかれないうちに一瞬で殺せたとしても、死体の処理という大仕事が待っているという点だ。葬儀屋が儲かるのには理由がある。テクニックを要する汚れ仕事だからだ。人がひとり死ねば、その体重がそっくり荷物となる。腐れば悪臭を放ち、誰かに見つかっても困る。そればかりか、ひとりで運ぶなど不可能に近い。連続殺人犯をはじめ、殺し屋たちが死体をばらばらにするのはそのためだ。死体を粉砕して排水口に捨てる者、硫酸に溶かしたり砕いたりして犬猫にやるなど、多くの殺人犯がこの問題に頭を悩ませてきた。そして結局は、この死体処理の過程が発端となって逮捕されている。ここまでの説明で、なぜあれほど多くの連続殺人犯が、犯行の決定的証拠である死体を捨て置くのか理解してもらえたと思う。何といっても一番の方法は、遺族に任せることだ。彼らに任せておけば、埋めるなり燃やすなり好きなように処理するだろう。だが、死に方が不自然だったとなれば死体こそが犯罪のまたとない痕跡となり、こうなると我らが司法制度は原則にのっとり、起きた犯罪について強硬な立場をとる。わかりやすく言うと、誰かを殺して死体を捨てれば、警察に追われるということだ。だからこそ、自然な死が求められる。死体の処理にも困らないし、トラブルの種にもならない。犯罪には「成立要件」が必要だ。何とも仰々しい言葉だが、これを僕の仕事にあてはめるとこうなる。

もしも誰かを殺したいなら、できるだけ自然に殺すこと。違法であることに気づかれなければ、法はそれを容認するだろう。

したがって、殺し屋にとっても、激務に追われる警察にとっても、さらには法のためにも、死は自然であったほうがいい。有名な犯罪映画『チャイナタウン』の名台詞《めいぜりふ》のように、もしも余るほどの金か充分な権力があるなら、人を殺して逃れることもできるだろう。だがそうするには、権力なり名誉なり財産なり、どれかひとつには取り返しのつかない汚点が残る。その先には、殺人よりもつらい、長い苦難の時が待っている。

こうした理由から、僕のような人間が必要となる。豊かな知識と人材を投じて周密なプランを立て、スペシャリストが司法機関を凌《りょう》駕《が》する豊富な経験をもとに行うなら、殺人を殺人と気づかせない自然な死は決して不可能ではない。イ部長のケースのように。納得できる死なだけに、皆がうなずき、彼の不幸を心から悲しむ。そして家に帰り、眠っている家族の額にキスをしながら、自分が彼のような不幸に見舞われなかったことに感謝するはずだ。僕を非難したい気持ちはよくわかる。だが僕は会計士や弁護士、ファンドマネージャーとさして変わるところがない。死もまた商品であり、サービスのひとつなのだ。失踪という名目で、海の底に沈められたり、ドラム缶にコンクリ詰めにされて捨てられたりするよりもずっと人間的ではないだろうか。死は悲劇的で現実的なものだが、僕はそれを、誰もが満足できるものに昇華している。それが僕の専門性だ。殺し屋と呼びたいなら呼べばいい。だが僕としては、この仕事を構造調整《リストラ》と呼びたい。この世には数々のリストラがあるが、死こそが真のリストラだから。よくある思い違いは、リストラはより合理的な、新しい構造にするためのものだという誤った解釈だ。専門家として言わせてもらえば、実状はこうだ。

　真の構造は、決して調整されない。消えていくのはいつも、その構造の構成員のみである。

会社

名刺にある会社名は、僕が今話している会社とは一致しない。それは一種のペーパーカンパニーだ。とはいえ、法人登録されているだけで実体のない幽霊会社というわけではない。名刺にある会社名をインターネットで検索すればすぐに見つかる。ホームページもあり、連絡も可能で、オフィスと社員も存在する。もちろん、ソウル支店という小規模なものではあるが。会社を通じて、税金も四大保険もきっちり払っている。もしも殺人プランを立てるストレスで胃潰瘍にでもなったら、職場の医療保険の恩恵に与《あずか》れる。個人で払う国保の額を考えれば、実にいい職場だ。それから、まずないだろうが、もしも僕が警察に捕まったとしても、マフィアのように脱税で起訴されることはないはずだ。僕は所得税から国民年金まで、払うべき金はすべて払っている。それどころか、この会社から解雇されれば失業手当ももらえる。僕ばかりでなく、オフィスの全社員が。そしてこの支店の社員は、実際に仕事をしている。本社から送られてくる書類や要請に応え、資料調査などを行う。もちろん実際には本社などない。架空の本社から指示される業務のほとんどは、僕の仕事に関わる専門的な参考資料や情報の調査だ。彼らは自分が、外資系の小さなリサーチ会社に勤務しているものと思い込んでいる。要はこうだ。

このダミー会社はもっぱら僕のために存在している。

何も自慢しようというのではない。会社がどんなふうに回っているのかを説明しているのだ。会社は、僕に始まり僕に終わる小さな閉鎖空間に僕を閉じ込めた。誰かが僕のことを調べれば、名刺にあるこの会社が出てくるだろう。それからはどんなに調べても堂々巡りというわけだ。まるでメビウスの輪のように。

本当の会社からのあらゆる指示は、美しき我がマネージャーから伝えられる。会社について知っていることと言えば、マネージャーの電話番号と、仕上げた仕事を送る郵便局の私書箱ぐらいだ。私書箱と聞いて鼻で笑う人もいるだろう。承知のうえだ。僕だって、このインターネット時代にそんなものを使っているなんて時代錯誤だと思う。だが、ネットは痕跡が残る。もちろん、有能ならば痕跡を消すこともできるだろう。しかしそれは非常に面倒で、信じられないほど頭の痛い作業を、あらゆる装備を駆使して、専門家とともにやってのけねばならない。そのため、会社は従来の手を使う。ＣＩＡのダミー会社も今なお私書箱を使っているらしい。国家情報院（大韓民国国家情報院。大統領直属の情報機関）はどうか？　それはわからない。ともかく、私書箱はさまざまな諜報《ちょうほう》機関が太鼓判を押す連絡手段だ。

マネージャーは僕の仕事に必要なあらゆる便宜を図ってくれる。見目麗しい彼女と個人的に触れ合いたいとも思う。正直なところ、それこそが僕の最も望む便宜だ。彼女はいつも、会社の規定上それは不可能だと言う。事実かどうかはわからない。でも、彼女が会社を盾に言い逃れているとしても、僕には突き止めようがない。はなはだ残念だ。彼女は信じられないほど肉感的なのだから。彼女に初めて会った日のことを忘れられない。きっと死ぬまで忘れないだろう。あれは僕が、この仕事をすることを決心した日だった。

その日僕は、待ち合わせ場所のカフェに座って、約束の時間の直前まで心を決められないでいた。コーヒーカップはすでに底を見せ、時計は三時に近づきつつあった。テストを終え、合格を告げられたが、胸はこのうえなくざわついていた。銀行口座にはすでに、僕の年代でもらえるだろう給料の数年ぶんに値する額が振り込まれていた。初めに受けた衝撃も今は収まり、受け止められるほどの何かに変容していた。だが、殺し屋になると決めるのは、それほど簡単なことではなかった。漫画や映画に出てきそうな、良心の呵責《かしゃく》を感じる必要のない正義の殺人結社や制裁集団――そんなものを信じてもいなかっただろうが――というわけでもない。ひとえに金のために人を殺すのみで、ご大層な理念や宗教、哲学などなかった。それまでに自ら下した最大の決心のひとつである、「この成績じゃな……ひとまず軍隊にでも行くか」という流れに任せた問題でもなかった。多くはなくても、殺される人のなかには明らかに無実の人間もいるはずだ。自分が彼らの死に耐えられるのか自信がなかった。その仕事は、僕がどれだけ想像しようと、それ以上につらいに決まっていた。いや、もう少し正直に言うと、僕が殺す人たちのことよりも、彼らを殺すときの自分の苦しみを考えた。そのころの僕はまだまだ青く、自分の道徳性と良心を過大評価しがちだった。

世界的なフランチャイズの豆で淹《い》れた、世界的なカフェインがもたらす、世界的な安堵感が僕には何の効き目もなかった。窓の外には陽気な午後の陽射《ひざ》しが降り注ぎ、道行く人々は皆幸せそうに見えた。それは店内も同じだった。フェアトレードのマークがついたメニューの下、列を作っている彼らの悩みはおそらく、どのコーヒーを飲むかぐらいのものだろう。

その様子を見ているうちに、おのずとため息がこぼれた。あの人たちのように平凡な職場に就職しなければ。心の片隅で後悔した。まだ遅くなかった。成績は目もあてられないレベルだったが、卒業前だったし、半年ほど手つかずだった就職活動は、人より一年長引くと思えばいい。だがいかんせん、あの人たちの通帳残高は僕より少ないに決まっている。そして、その格差はどんどん広がっていくだろう。世間にはまだ通貨危機（一九九七年、アジア通貨危機の余波で韓国は深刻な経済危機に陥った）の余波が残っていて、就職は思いどおりにいくものでもなかった。それに、すでにあまりに多くを知ってしまった僕を会社が放っておくだろうか。何より一番の悩みどころは、思った以上に自分がこの仕事に向いているという事実だった。中学校の倫理の教科書の表現を借りるなら、その仕事は僕にとってこれ以上ない自我実現の場だったわけだ。

窓越しに、タバコを吸っている男が目に入ったのはそのときだった。彼を見た瞬間、こんな考えが頭をよぎった。

（僕が死ぬまで働き続けてどんなに多くの人間を殺しても、あの男が手にしているタバコの広告を作る人間ほどではないだろう）

タバコは何百万もの人間を殺す。だが、誰も彼らを非難しない。かつてタバコ人参公社（タバコと高麗人参の専売公社。今のＫＴ＆Ｇ）は、先輩たちのあいだでも有数の人気企業だった。国も死を売り物にしているのだ。彼らは罪悪感を覚えるだろうか？　僕は何人殺せるだろう？　百人？　二百人？　だが、タールとニコチンが誘発する死の数を超えないのは確かだった。

視線を下げた。時計はちょうど三時を過ぎようとしていた。銀行の残高を思い浮かべる。

僕はごくりと息を呑《の》み、番号を押した。三回目のコール音が鳴り終わったとき、相手が電話に出た。受話口越しに重たい沈黙が流れた。僕は深く息を吸い込んでから言った。

「やります」

電話が切れた。ツー、ツー、という通話終了を知らせる音が聞こえ、僕はぼんやりと電話を見つめた。もう一度かけようと通話ボタンを押そうとした瞬間、向かいの席に誰かが座った。

「どうも。私があなたの担当です」

華奢《きゃしゃ》な白い手がテーブルの前に現れた。指は折れそうなほど細く、手首に沿って青い血管が浮いている。顔を上げた僕の呼吸が止まった。その瞬間、誰かに夢魔《サキュバス》の存在を信じるかと訊かれていたら、僕はもちろんだと答えただろう。彼女はまるで、僕の性夢から引っ張り出してきた被造物のようだった。肉感的なシルエットが浮き出た赤いワンピースに赤いハイヒール、網タイツといういでたちで、髪はショートカットだった。そのために小さな頭がいっそう小さく見え、八頭身のスタイルがさらに際立つばかりか、中性的な魅力までも兼ね備えていた。何か話すべきなのに、何も頭に浮かばなかった。あらゆるものがそそり立ち、同時に、真っ白になった。すると彼女はかすかにあざ笑うかのような、あなたの頭のなかはお見通しだといわんばかりの微笑を浮かべた。口は自分の意思とは無関係に、風船の空気が抜けるときのような吐息を洩《も》らしていた。それを見た彼女はわかりやすく鼻で笑い、握手しようと差し出していた手を引っこめた。僕はうなだれた。耳が赤くなるのがわかった。

「思ってたよりかわいらしい方ね」

しばし沈黙が流れ、彼女が脚を組んだ。脚が重なる瞬間、短いスカートから白い太腿がのぞいた。目が離せなかった。生唾を呑んだ。そしてふと、自分が何を凝視しているのかに気づいた僕は、びっくりして顔を背けた。彼女はかまわないというように窓のほうを振り向き、しばらく外を眺めていた。

僕はゆっくりと彼女の顔を観察した。その姿は僕の性夢に出てくる理想の女性そのものだったが、どこか人為的なところがあった。鼻をやや高くし、顎も少し削っているようだ。詳しくはないものの、西欧的な大きな目もまた目頭切開と二重《ふたえ》手術の結果だと思われた。

その瞬間、背筋がぞっとした。彼女の顔は会社の手際だった。どうしたらこんなことが可能なのか。僕の好みなど、それも自慰の際の女性の好みなど、会社どころか誰にも言ったことがないのに。だがそれ以上に僕を震えさせたのは、この仕事を引き受けると決めたのがわずか三分前という事実だった。手術を受けて腫れが引くまでに、最低でも半年はかかるだろう。会社についてよく知らなかったなら、この仕事と彼女の容姿を絶妙な偶然の一致と考えたかもしれない。だが、僕がここに至るまでの経過を考え合わせると、整形した彼女の顔と僕の性的ファンタズムが偶然一致する可能性は皆無だった。少なくとも半年前から、彼らはすでに僕の欲望の具体的な姿形と、僕が下す決定までも知っていたのだ。

思わず顔がこわばった。

「その表情からすると、お馬鹿さんってわけじゃないみたいね。よかった。仕事仲間がポンコツだとこっちが苦労するから」

その瞬間、熱くなっていた下腹部が冷めていった。今の自分の感情さえも会社に操られていることに気づいたからだ。会社は、僕に恐怖と畏怖を抱かせ、仕事をするうえで最大限の効率と便宜を図るために、彼女のようなマネージャーを文字どおり創造したのだ。いったい、会社は僕についてどこまで知っているのだろう？　僕は自分が選んだものと信じていたが、それは一方的な思い込みだった。

それが会社のやり方だった。決定権を与えられているようでいて、選択の余地はない。会社は、少なくとも自分の側に必要なことは熟知していて、あらゆることに関与してくる。欲望を支配することなど朝飯前だ。僕にもよくわかる。彼らはまるで水や空気、金のような存在だ。ここまで聞いても会社を恐れないとしたら、あなたはまだ会社というものをわかっていない。僕はときどき、悪夢を見る。夢のなかで僕は何かをとちり、彼らに追われる。そして、決して彼らから逃れられない。あなたにはまだ、この恐怖が理解できないだろう。でもそれは、あなたが会社について何も知らないからだ。そしてその点こそが、会社の最も怖いところだ。

選択

会社が僕の人生にその存在を知らしめたのは、兵役を終えた直後だった。入隊するまでの僕は、授業などそっちのけで〈パソコン通信推理小説同好会〉に入り浸っていた。世はパソコン通信を利用したオンライン小説の全盛期で、僕は日に何十回も掲示板に出入りし、習作を連載していた。毎日のように、表紙に新しい作者名が入った作品が続々と登場し、読者数が多ければ出版社から声がかかるという噂《うわさ》が掲示板上で出回っていた。

僕もまた、当時はそんな夢を抱いていた。人気のオンライン作家としてオフラインでも本を出すという漠然とした夢。実際、僕の作品は少なくとも同好会内では絶大な人気を誇っていた。オフ会ではみんなが僕の隣に座りたがったし、なかには個人的に酒をおごってくれたりプレゼントをくれたりする人もいた。

問題は、推理小説は大衆小説であるにもかかわらず、しごくマイナーなジャンルだという点だった。どんなにたくさんの人間を、どんなにユニークな方法で殺し、どんなに天才的な推理で犯人を捕まえたところで、ファンタジーや武俠《ぶきょう》ものの人気にはかなわなかった。何かに取り憑《つ》かれて宙を舞う刀使いや、隕石《いんせき》を落下させる魔法使い、炎を吐くドラゴンを出し抜くことは不可能だった。

文学同好会のなかには一日のアクセス者数が数万人にのぼり、多いもので数千ビューという作品もあったが、僕のいた同好会は一日のアクセス者数が多くて数百、最も読まれた作品も百ビューを超えなかった。当時仲のよかったサイトの運営者によると、運営側ではこれを「百ビューの壁」と呼んでいたそうだ。今では推理ものもかなり出版されるようになったが、当時はある出版社からアガサ・クリスティーのシリーズが出て以降、まともな推理小説はとんとお目にかかれない状態だった。それさえも児童書に分類されていた時代だ。

そうして夢は夢に留《とど》まり、当時「名古屋の太陽」と呼ばれたソン・ドンヨルの防御率と同じ数字が記された二年生後期の成績表とともに、入隊令状が送られてきた。

よく言われるのが、軍隊を経験してこそ一人前の大人になれるという言葉だ。本当かどうかはよくわからない。でも、軍隊での生活が、パソコン通信に夢中で作品を載せていた自分を現実に立ち返らせてくれたのは事実だ。一等兵になるころには、百人にも満たないファンのために書いたところで食べてはいけないという現実を認めるようになり、上等兵になるころには、あれほど盛り上がっていたオンライン小説ブームも下火となってきた。

その夏、師団長の部隊訪問を前に、休憩室に積み重なっていたオンライン小説はまとめてゴミ倉庫送りになった。そして秋を待たずして、ドラゴンと魔法、武侠と武功の世界は、上司の行政補給官に捨て値で買われていった。継いで通貨危機が起こった。軍内部に通貨危機の意味を正確に知る者はいなかったが、社会に出てもやることがないという意味だと囁かれた。実際に数人の除隊予定者が軍に残ることを選び、部隊内は騒然となった。

兵長になるころには、新入りの口から、これからはネットの時代だという言葉が飛び出した。「スタークラフト」、「オ嬢ビデオ」（一九九八年、女優オ・ヒョンギョンのセックスビデオが流出した事件）、「赤いマフラー」（一九九七年、未成年の少年少女がポルノを真似て性行為を撮影したビデオが出回った事件。出演者のひとりが赤いマフラーを巻いていた）といった意味不明の単語が部隊員のあいだで飛び交っていた。新入りがダッフルバッグを下ろすが早いか、こんな質問が浴びせられた。

「おい、インターネットってのは何だ？」

「インターネットカフェに行ってみてください。そこに行けば何でもあるであります」

「ほんとに、そこに行きゃ何でもあるのか？　こ、こういうのも？」

寝台の隅に寝転がっていた除隊前の先輩が腰をカクカクさせながら訊くと、内務班は水を打ったように静まり返った。

「そりゃもう、なーんでも見られるであります」

数十の喉仏が一斉にごくりと鳴るのが聞こえた。おそらくは、同じ数の股間が同時に熱くなったはず。そんなふうに膨らんだ股間のごとく、インターネットについての話は噂が噂を呼び、一種のおとぎ話や都市伝説のように肉付けされていった。例えば、「赤いマフラー」の画質のよさといったら、映画館よりはっきりと女のアソコが見える、という具合に。

このすばらしき世界！　パソコンがあり、世界中がつながり、会ったこともない人とパソコン上で会話し、さらには女のアソコもモザイクなしで見られるのだから、この世にもう不可能などなさそうだった。

部隊員たちは熱狂していたが、僕は不安だった。不安の正体がわからないがゆえに、なおさら落ち着かなかった。

除隊を控えて休暇をもらった冬の夜、僕もまたネットカフェなる場所に座っていた。そこでパソコン通信にアクセスしようとしたが、何をどうしていいやらわからなかった。スタッフに尋ねると、笑ってこう言われた。

「そういうのは電話回線ですよね。これはＬＡＮですよ、ＬＡＮ」

LANとは何のことかさっぱりだったが、それ以上訊く気にもなれなかった。肩を落として帰宅し、押入れをひっくり返して、ある通信会社の名前が入った埃《ほこり》まみれの端末機を見つけ出して電話回線につなげた。モデムの接続音に変わりはなかった。あの長いダイヤル音とノイズ。思わず指がむずむずした。

だが、最初の画面から何かがおかしかった。画面の下部には、遠からずパソコン通信サービスを終了するというメッセージが浮かんでいた。そして信じられないことに、そのメッセージのアクセス件数はたったの三桁だった。二年の時を経ても忘れずにいた短縮キーを押し、同好会にアクセスした。最後の投稿は三カ月前だった。それも、読者はわずか五人。まだ未練を断ちきれない五人がいるらしい。

僕はパソコン通信同窓会の掲示板から、これまで自分が書いてきた作品を消去し始めた。そして、自分にとってもある時代が終わりつつあることを切実に感じていた。もしもパソコン通信が今も人気だったなら、「こんな時代もあったな」と笑ってすますこともできただろう。だが現実は、あまりにはっきりと終わりを告げていた。いや、「もう終わって長いんだ、とろい奴《やつ》だな」と言っていた。

就職、結婚、そしてより多くの給料と子どもの養育へと続く平凡な人生がこの先に待っていた。そういう人生がいやなわけではなかった。部隊で暇を持て余していた夜、寝ずの番をしながらひとりめの子とふたりめの子の名前まで考えた。でも、だからこそ、百人にも満たない人々が熱狂する文章を書いていた時代は終わったのだという事実を簡単に受け入れることはできなかった。

翌日、端末機を家の前に捨てた。電話局に返納すると連絡しても、そんな必要はないと言われた。休暇のあいだじゅう、家を出入りするたびに門の前に捨てられた端末機と目が合った。誰も拾っていかなかった。そのたびに、自分の恥部を暴露されたようで顔がほてった。

休暇から軍に戻ったとき、後輩たちは僕に赤いマフラーの感想を求めた。僕は言った。

「腰使いがたまんないな。とろけちゃいそうだった、マジで」

練兵場では雪が溶けていた。僕は自分より一週間早く休暇に出ていたひとりの一等兵に向かって、共犯者の微笑を浮かべて見せた。雪溶けの跡には土と雪が混ざり、汚いぬかるみを作った。

春になって除隊した僕は、いわゆる適応というものをするために身もだえした。ポケベルを買い替えようとすると携帯電話を買うべきだと言われ、ネットカフェではビリヤードのスリークッションを狙う代わりに、スタークラフトの短縮キーを学んだ。スタークラフトは人気のゲームだったが、非常に難しかった。ビリヤードのように考える時間をくれなかった。最短で最大の資源を集めて最も効率的な建物を作り、それらの建物で資源を最大限に用いてユニットを生産し、これまた最も効率的な戦闘をくり広げなければならない。要は、効率性と経済性。それは僕にとって、実に新しい概念だった。遊ぶために学習しなければならないとは。そしてインターネットに接続すると、休暇の際にやり損ねた任務を終え、ワールドワイドウェブの新しい世界を経験した。すごいといえばすごい世界だったが、改めて見ると、本質的にはパソコン通信を地球規模に拡大したものにすぎなかった。新たに申し込んだインターネット回線会社と、以前利用していたパソコン通信の回線会社が同じだったため、狐《きつね》につままれたような気分でもあった。パソコン通信が終了したからといってそれらの会社が潰れたわけではなく、収益が減ったためにサービスを廃止しただけだった。専攻科目は休まず受講し、三色の蛍光ペンと物差しでノートをまとめた。

通貨危機以降、就職がいかに大変かという嬉《うれ》しくない噂が復学生の周囲につきまとっていた。今年の卒業生は就職できずに遊んでるらしいぜ。去年の卒業生のなかで自殺者が出たってよ。僕は生き残りを懸けて、毎朝早くから図書館に席を取り、午後はTOEICの参考書を広げてがむしゃらに単語を憶《おぼ》えた。夜はほかの復学生たちと、ブームの過ぎたタッカルビで焼酎《ソジュ》をやっつけながら適応の難しさを吐露し、吐露がいきすぎて本当に吐いた。

次はどんなブームがやって来るのだろう。後《おく》れをとってはならない。それこそが不適応の証拠になってしまうのだから。

皆、本能的に知っていた。軍で学んだのはそれだった。決して人より目立っても、取り残されてもいけない。適応できなければ生き残れない。ダーウィンはそれを適者生存と呼び、アダム・スミスは市場理論と呼んだ。軍隊ではそれを適応と順応と呼び、社会では大人になったと表現する。会社の人間が僕を訪ねてきたのは、その時分のことだった。

彼と出くわしたのは、校門近くにあるネットカフェの入り口を通ったときだった。中間テストの終了を祝して、復学生仲間とスタークラフトの仮想空間で代わり映えのしない戦闘を終えて出てきたところだった。どこか小便臭さの漂う校門脇の奥まった裏道に、黒いスーツに身を包み金縁のメガネをかけた男が立っていた。場違いなオーラを発する、四十代半ばほどの平凡な印象の男は、僕の名を呼んだ。僕は足を止め、数年後の同窓会で同窓生たちの顔にしこたま見ることになる例の表情を浮かべて立っていた。それを見た彼は、僕のパソコン通信のＩＤを口にした。その短い単語に、思わず微笑がこぼれるのをどうにもできなかった。

男は自分を、その百人にも満たないファンのひとりだと紹介し、三年前にあるオフ会で挨拶をしたことがあると言った。思い出せないでいる僕を、彼は一杯やらないかと誘ってきた。過去にもう未練はなかった。だからなおさら飲まねばならなかった。飲み代は彼持ちなのだから。

赤色の長い御影石《みかげいし》のテーブルに並ぶグラスを前に、開いた口がふさがらなかった。ハロゲンランプの明かりが流れるように壁をつたい、革のソファは深く沈みながらも、不思議なほどの安定と落ち着きを感じさせた。僕はごくりと息を呑んだ。ふと、新手のぼったくりではないかという疑いが頭をもたげた。鼓動が速まり、口内が乾いた。不適応の恐怖が押し寄せた。気を落ち着かせるために、自分に言い聞かせた。ぼったくりだとしたら、僕の名前とIDを知っているはずがない。そのあいだに黒いスーツの男はマダムを呼び、ずらずらと女性たちが入ってきた。唖然《あぜん》としている僕に、いつの間にやらタメ口になっていた男が言った。

「選ぶといい」

ホステスのいる飲み屋は初めてで、状況を理解できなかった。個室に入ってきた女たちは、ひとりずつ短い自己紹介をした。何を選べというのか？　僕が面食らっていると、男は顔をしかめてマダムに言った。

「気に入らないみたいだ、別の子を」

マダムがうなずくと、女性たちは部屋を出ていき、次の子たちと入れ替わった。僕はようやく、このなかからひとり選べという意味なのだと悟った。言うなれば、自動販売機で商品を選ぶかのごとく女性を選ぶシステムだった。知らない世界の一面に初めて触れ、妙な感動を覚えた。だが同時に、怖かった。ここの飲み代はいくらだろう? つまり、おそらくは二十代前半、ぴちぴちのタンクトップを着たスタイル抜群のあの子の商業的価値をまったく予想できなかった。

だがそんな頭とは裏腹に、僕の手は無意識に、もう少しでお尻が見えそうなほど背中が深く開いたワンピースの女性を指差していた。黒スーツは満足げな表情でうなずいた。女が腰掛け、テーブルに緑茶とミネラルウォーター、ウイスキー、ビールが続々と運ばれてくるあいだ、ありとあらゆる想念がひっきりなしに湧いてきた。除隊したばかりでまだ髪もろくに伸びていなかった僕にとってはこのすべてが、理解できない場所、理解できない状況、理解できない世界だった。不適応の罰として詐欺に遭うのかもしれない、そんな不安から膝が震えているのがわかった。隣に座っていた女性は、僕の左腕を自分の胸の谷間に押しつけて囁いた。

「すごく緊張してるみたい。ひょっとして……こういう場所は初めて?」

　僕はうなずいた。続く笑い声が耳たぶをくすぐった。左腕から伝わってくるマシュマロのような感触に、入り乱れていた頭はやや薄ぼんやりと、あるいはむらむらと熱く劣化した。不安はそんなふうに薄らいでいった。黒スーツはそんな僕に、微笑だか嘲笑だかわからない表情を浮かべて見せた。今になって思えば、彼にとってはそれらすべてが日常のひとコマだったに違いない。言わば、大韓民国ビジネスにおけるおもてなしのスタンダードというような。だが、会社の存在を知らなかった、そしてまだ学生だった僕にとっては、そのすべてが目新しく不可解なものだった。

　いつの間にか僕の前に、小さな渦を巻いているビールグラスが置かれていた。一気に飲み干すと、緊張が解けて体から力が抜けていくようだった。

「君の小説のどこが気に入ったかわかるか？」

　黒スーツが、いかにも懐の深そうな表情で訊いた。

「え？　さあ……よくわからないです」

「言うならば、事件の解決よりも犯罪の過程に重きを置いてるところ、かな。実際、事件というものは解決するより起こすほうがスリリングだと思うね。みんなはそれをわかっていない。だからどうしても君に一杯おごりたくてね」

　豪快な笑い声が響いた。僕もつられて笑った。僕の作品に対する彼のご褒美は、〝リラックス〟という英単語に集約された。TOEICの参考書にかじりつくうちに、ここまで英語力が伸びたらしい。自分を褒めてやりたかった。少なくとも詐欺ではなさそうだと思った。緊張が解けると、手が隣に座っていた女性の太腿へ勝手に伸びた。それは条件反射にすぎなかった。その弾力のある内腿を揉《も》んでいたのも、まったくの無意識からだった。

二時間ほどの断続的な会話のなかで、彼は自分があるコンサルタント会社でヘッド・ハンティングを担当していると明かした。どうでもよかった。今隣に座っている女性の香水のにおい、腕から伝わってくる体温、胸の感触があればそれで足りた。そして、それほどの緊張下にあっても彼女を選んだ自分の見る目を心底褒めてやりたかった。僕は、一時間千ウォンのネットカフェ代も懐《ふところ》と相談しなければならない人間だった。だから、限りあるこの時間をなるたけ楽しみたかった。彼はそんな僕の気持ちに気づいていたのか、思いやり深い弥勒《みろく》の微笑を湛《たた》えていた。

店を出る段になって、黒スーツはマダムを呼んだ。そしてカードを出してこう言った。

「女の子の準備を」

彼が合図すると、女たちはマダムのあとについて出ていった。またもや不可解な状況に目を丸くしていると、彼は前屈《まえかが》みになって低く囁いた。

「君、あの作品を憶えているか？」

「はっ。何の、ことでありますか？」

「あれだよ。掲示板にアップしていた、ある金持ちの老人が息子たちに対して完全犯罪を企《たく》み、実行する短編。憶えてるか？」

「はっ。『完全なる殺人』。かなり人気のあった作品であります」

酔っ払ってくると、思わず軍隊口調に戻っていた。いまだに社会生活に適応できていない姿を見られたようで恥ずかしかった。

「最近コンサルティングをしている出版社であのたぐいの犯罪小説を企画してるんだが、どうだ？　私が思うに、君がぴったりなんだが」

僕は笑った。

「まさか。百冊売れたら万々歳ですよ。最後に書いたのがいつかも憶えてません……あんなの売れるわけありませんよ」

「売れるかどうかは我々が決める」

そう。彼は〝我々〟と言った。酔っ払った僕は、それを彼と僕のことだと思った。

〝我々〟は今日、何か決めたんだっけ？

ぼやぼやしているあいだに、彼が僕の上着に名刺を挿し込んだ。困惑していた。僕に小説を書けと？　そんなものはパソコン通信の端末機とともにおさらばした。現実的ではないと思ったから。ところが今、スーツ姿のこの男は、それが可能だと言っている。彼はパニック状態の僕に、頼りがいのありそうなやさしい励ましの微笑を送って見せた。ふと、彼にはあと何種類の微笑があるのだろうと思った。彼は微笑だけで話すすべを知っていた。

もう一度断ろうとした瞬間、さっきまで隣に座っていた女性が服を着替えて現れた。そして僕の腕に自分の腕を絡ませた。酔いが再燃し、脚から力が抜けた。体の側面に彼女の体がぴったり密着しているのを感じた。とてつもなく柔らかく、温かく、甘いせいで、飴《あめ》のように溶けてその体にへばりついてしまいそうだった。彼女が囁いた。

「行きましょう」

席を立とうとすると、片方の足に重心が偏った。僕はよろめきながら胸に顔をうずめた。女が笑った。僕も笑った。黒スーツが言った。

「考えてみるといい。こういうチャンスはなかなかないからね」

何か言いたかったが、半分失いかけた正気を引っ張り戻したときにはホテルの部屋だった。狸《たぬき》に化かされた気分だった。女はもう一度、そんなに緊張しなくていいと言った。そうじゃないと口では言ったものの、我ながら成長がないと思えた。それはまるで、十六車線の道路の真ん中にひとりで立たされている気分だった。通り過ぎていく車を見ながら、そこで性器を丸出しにして自慰をしているような。車はあまりに速く、あまりにたくさんあった。その日僕は、無念にも射精に失敗した。

彼にもらった名刺には電話番号しか書かれていなかった。肩書きも会社名も、氏名さえもなかった。名刺サイズの黒い紙にシルバーで電話番号が刻まれていなければ、メモ用紙だと思ったに違いない。そして、僕は悩んだ。本当を言えば、悩むことなどなかった。必要なのは恐怖を克服する時間だった。もう終わりだとせっかく心の整理をつけた事柄が、「ジャーン、実はここからが始まりなんだよね！」と目の前に現れたのだ。このふざけたシチュエーションが怖いのは当然だった。でも今となっては、恐怖を感じている暇があったならもう少し悩むべきだったのではないかと思う。無邪気にも、当時はそれを、やって損はない提案だと受け止めていた。自分が何をすることになるのかも、正常な人生から外れることが何を意味するのかもわからなかった。あれが、選択の余地が残された最後の瞬間だったはずだ。その後も多くの選択の瞬間があったが、別の選択をした場合にどんな結果を招くのかは明々白々だった。

混沌《こんとん》と恐怖に打ち克つのに、三日かかった。その三日という時間でさえも、会社からすればひとつの判断材料だったことだろう。今になって思うのは、その時間が、会社が僕を選ぶのにプラスに作用したのかマイナスに作用したのかだ。

コンドミニアム

きっかり一週間後、僕は江原道《カンウオンド》の小さなコンドミニアムにいた。小説を書くために。だだっ広い駐車場に建物がひとつだけポツンと立つ、どこかへんてこなコンドミニアムだった。おそらく、本来は観光ホテルとモーテルのあいだぐらいの施設だったものを、九〇年代半ばのコンドミニアムブームでリモデリングしたのではないかと思われた。施設は新しいといえば新しそうだったが、カーペットや電灯は古く、どことなく陰気な感じがした。

前日に男から、時間がないからすぐに書き始めてくれと言われた。そう急《せ》かされていなければ、ホラー映画にでも出てきそうなコンドミニアムにひとりで行ったりはしなかっただろう。僕は「え？　すぐにですか？」と訊き返したあと、「それはちょっと」と言うつもりだったが、彼はすかさず小切手を差し出した。そこにある漢数字を読めばいいだけなのに、驚きすぎてゼロの数を数えていると、これは差し当たり一作目の契約金だと言われた。僕はゼロの数を二度も確かめた。シリーズをひとつ仕上げるにはたくさんの次回作が必要だと言われ、僕は困った表情を浮かべようとしたがうまくいかなかった。

「こんな大金を……」

　急にトイレに行きたくなった。僕の表情を見た彼がにやりと笑って言った。

「うまくいかなかったときのことを考えてるみたいだが、そんな心配は無用だ」

「え?」

「頼んでるのは、あくまで企画小説だからね」

「え?」

「キャラクターや資料、全体的なあらすじまで、一切合切を出版社の企画チームで用意してくれるから、君はそれをもとに書けばいい。プレッシャーなどまったく感じる必要はないんだよ」

〝まったく〟の部分に力がこもっていた。正直に言って、いい気分ではなかった。食い物にされているような、馬鹿にされているような気もした。だが一方で、安心でもあった。その出版社が何をもって僕に小説を書かせようとしているのか、理解が追いついてきた。自分たちを優秀だと信じて疑わない、犯罪小説ブームが到来するはずだと確信している間抜け集団が、安値で小説を量産してくれる作家を探していて、それが僕だったというわけだ。もとより、作家らしい自意識や文学的野望、作り手としてのプライドなど、栄養ドリンクに含まれるタウリンほども持ち合わせていない僕は、さほど気にもならなかった。ふと、安値で量産、というには額が大きすぎないかとも思ったが、尋ねることはしなかった。当時の小説家がいくらもらっているのかも知らなければ、知りたいとも思わなかった。目の前にあるのが偽造小切手でないならば。

僕は銀行へ急いだ。小切手は本物だった。質問はいらなかった。金をもらったなら行動すべし、それくらいは僕にもわかっていた。荷造りをしながら、ひょっとすると鼻歌を歌っていたかもしれない。さっきまで十六車線の路上で自慰をしていたと思ったのに、気づいたときには、がら空《す》きの道路でポルシェを走らせていたのだ。

翌日の昼、コンドミニアムの前に立った僕は、少なからず後悔し始めた。建物を見た途端、「やっぱり怪しいよな……」という短いため息がこぼれた。駐車場は空っぽで、建物はたった今完成したか取り壊しを控えているように見える。インテリアは外観から内部まで新旧のスタイルが交じっていて、とらえどころがない。廊下には踏むとそのまま沈み込みそうなほど分厚い藍青色《らんせい》のカーペットが敷かれ、壁には紫色の壁紙が貼られていた。どことなく、まともな人間の感性ではないと思われた。ロビーのフロントはやけにモダンだが、すぐ脇のソファはこれまたアンティーク仕様だった。不思議なことに、すべてがそれなりに釣り合っていた。内部のあらゆるものがそんな具合だった。取り壊そうとするものと積み上げようとするものの異種交配による死産児のようだった。スタッフに尋ねると、「オフシーズンですからね」と的外れな答えが返ってきた。もういくつか質問してみたが、返事は毎回同じ。温故知新とはまさにこのコンドミニアムを指すらしい。ふとそんなことを思った。

新しいもののうち最も印象的だったのは、僕の部屋にまで引かれていたインターネットだった。巷《ちまた》でインターネットブームが湧き起こりつつあったものの、それはまだ大都市に限られていた。男と別れる間際まで、僕は資料と取材について不安がっていた。

「取材もなしにカンヅメだなんて無理ですよ」

すると彼は、部屋でインターネットが使えるはずだ、資料は出版社からメールで送られてくるから心配ないと言った。

信じられないことに、インターネットは家のものより速かった。くそっ、ソウルに戻ったら、パソコン通信で僕を裏切ったあの会社に電話しよう。ウェブブラウザを開きながらそう思った。

しかし、僕を何より驚かせたのは、インターネットでも、コンドミニアムの奇妙な外観でもなかった。ここまでは序の口で、作業は始まったばかりだった。

その日を驚嘆で締めくくることになった最後の事件は、コンドミニアムの窓を開けたときに起こった。深夜、寝る前に一服するために窓を開けた。どこからかフクロウの鳴き声が聞こえてきた。都会で生まれ育った僕にとって、本物のフクロウの鳴き声は初めてだった。ホラー映画でしか聞いたことのないその声に、背筋がぞくっとした。窓越しに見える黒い森は、風に吹かれるたびに気味の悪い影を形作った。それは、風が吹くたびに現れては消えた。僕は、肺活量の限界を試しているのかと突っ込まれそうな勢いでタバコを吸った。あっという間に縮まった赤い火種を見ながら、我ながら誇らしかった。急いで吸いすぎたのか、多少のめまいを感じた。煙を吐きながら、気を取り直そうと顔を上げた。バルコニーへ洩れた明かりの向こうで、タバコの煙が散りながら闇に溶けていった。美しい光景だった。おかしな光景でもあった。窓に映る明かり以外は闇だなんて。僕はバルコニーに出ると、手すりにもたれてコンドミニアムのほうを振り向いた。次の瞬間、息が止まりそうになった。ずらりと並ぶ窓のなかに、明かりのついたものはひとつもなかったのだ。明かりがついていたのは、コンドミニアム全体で僕の部屋だけ。突然、ぞわぞわと寒気に襲われた。僕はドアを蹴り飛ばすようにして廊下に出た。がらんとした廊下の両端がやけに遠く見えた。どんよりとした壁の照明が濃い紫色の壁をつたって落ち、カーペットにこびりつきそうだった。僕はエレベーターに向かって歩いた。足音さえも厚いカーペットに吸収されて、真空空間を歩いているようだった。心臓が破裂しそうだった。必死でエレベーターのボタンを押した。

(早く、ロビーへ行って……)

エレベーターがヴーンと音を立てながら上がってくる。だが数字の変化は、ひとつひとつ石版に刻みつけてでもいるかのように遅々としている。ふいに、ロビーに行ったとて何を言われるかを悟った。

〝オフシーズンですからね〟

エレベーターのドアが開いた。突然自分のやっていることが馬鹿らしくなった。夜が明けたら、電話して宿を替えてくれるよう頼もう。部屋へ戻って鍵を閉めた。誰もいないのは承知だったが、施錠を二度確かめただけでは足らず、ドアノブに椅子を立てかけた。効果はさておき、映画で観《み》た、ドアを蹴られても開かないようにするための手法だった。

途中で何度か目覚めた。誰かが廊下を通り過ぎていくような気配を感じたが、ドアを開けてみると誰もいなかった。そこにあるのは、どこまでも静寂に包まれた廊下だけだった。

宿を替えてくれという頼みは一言の下に断られた。出版社から資料を送れなくなるというのが理由だ。ホテルでもインターネットがほぼつながらない時代だった。家より速いインターネットは足枷《あしかせ》というわけだ。彼に宿を変更したい理由を訊かれ、返事に困った。仮にも犯罪小説家ともあろうものが、ひとりは怖いという理由でコンドミニアムを替えていいわけがなかった。幸いだったのは、出版社から資料が届いたことだ。仕事に集中すれば恐怖も忘れられるだろう。

資料を確認した僕は、これまた驚いた。彼の言うとおり、取材は必要なかった。背景となる空間についての断面図をはじめ、各キャラクターの身辺情報、総合検診結果といってもいい詳細なカルテ、キャラクターごとの一週間単位の日常まで含まれていた。ないのは、ストーリーだけ。

僕はあまりに立派な資料に感嘆しながら、壁に各人物の日課表と、彼らの居住地情報を貼った。さらに、ピンと色糸を使って彼らの行動と移動パターン、普段の生活を再構成した。すると、彼らの日常が手に取るように想像できた。それぞれ、ある程度ぼやけた部分はあるものの、小説を書くのに支障はなさそうだった。むしろ、あまりに詳細な資料のために想像の余地が狭まるのではないかと心配になったほどだ。

一方で、最も納得しがたかったのは、たわいない周辺人物についての資料はそれほど詳細なのに、いざ主人公のこととなると情報がほとんどなかったことだ。資料を受け取ったかと確認の電話を寄こした男はぼくの問いに、主人公は作家の手に委ねるべきではないかと答え、さらに、ホームズの宿敵モリアーティ教授と、ポワロがともに死ぬしかなかった完全犯罪者ノートンを合わせたようなアンチヒーローを生み出してほしいと言った。出版社が望んだのは、背後で殺人を操る魅力的な主人公だった。シリーズには〈マスター・オブ・パペッツ〉というご大層なタイトルまでついていた。望まれていたのは、法の網をかいくぐるずる賢い悪人たちに秘《ひそ》やかな死をもたらすダークヒーローだった。

マスター・オブ・パペッツ

『マスター・オブ・パペッツ』はメタリカが一九八六年にリリースした三枚目のアルバムのタイトルであり、タイトル曲の名前でもある。アルバムの表紙には白い十字架が立ち並ぶ墓地とその上に浮かぶ赤い手があり、赤い手から墓碑へと人形を操る白い糸が伸びている。アルバムに収録されている曲に引けをとらないくらい印象的なカバーだ。同名のタイトル曲「マスター・オブ・パペッツ」は、麻薬から抜け出せなくなって操り人形のようになってしまう依存症者たちの生き様を歌っている。歌詞を見れば、支配というものがどのように成されるのかがよくわかるだろう。それは幻想と依存、恐怖と命令で成り立っている。この曲はメタリカの代表曲となり、彼らを瞬く間に世界一のヘヴィメタルバンドへと羽ばたかせた。僕はメタリカの曲を聴きながら書き始めた。

駐車場にはかすかにペンキのにおいが漂っていた。彼はルームミラーをちらと見やった。駐車場には他に誰もいない。グローブボックスを開けると、そこに注射器があった。彼は慣れた手つきで注射器にインスリンを吸い込ませた。ずっと自分で打ってきたからだろうか、だんだんと注射器の扱いにも慣れてきたようだ。ごつごつした手で注射器を扱うのはひと苦労だった。注射器は彼の手に比べてひどく小さいのだ。彼は自分の手が嫌いだった。父親もこんな手をしていた。農夫の手。その手でよくぶたれた。彼の父親は「松毛虫は松葉を食べるのが筋」が口癖の、典型的な農民だった。だが、そんな負け犬根性はごめんだった。松毛虫も繭《まゆ》から出れば羽ばたける、彼はそう思った。山腹に沿って畑を耕していたころから、自分は松毛虫などで終わるものかと信じていた。そして、実現のためには手段を選ばなかった。そんな彼を悪く言う人もいるかもしれない。だが、それは負け犬の遠吠《とおぼ》えだ。つまるところ、何かを証明できるのは結果だけであり、終わりよければすべてよしなのだ。彼はほくそ笑んだ。ここへ来て、自分が全責任をかぶって引き下がるわけにはいかない。最後まで戦うのだ。彼はいつもそうだった。江原道の山奥でジャガイモを掘っていたころから今に至るまで、喧嘩で引き下がったことは一度もない。相手が誰であろうと関係なかった。犬のように飛びかかって相手を仕留めるまで離さなかった。たとえ今はスーツに身を包み、外車を転がす事務総長という肩書きを携えてはいるものの、本性が変わることはない。代々受け継いできたこの手で容赦なく潰してやればいいのだ。

彼は視線を落とした。注射器を持つ自分の手が目に留まった。その手が不思議なほど小さく見えた。あたかも手が縮んでしまったかのように。

「俺も年を取ったな」

彼はもう一方の手で拳を作り、前へ突き出した。まだ戦えなくなったわけではない。三十年間党に身を捧《ささ》げてきたのは、トカゲの尻尾《しっぽ》になるためではないのだ。彼にはまだ最後の切り札があった。明日、記者会見を開こう。そうすれば当然、火の粉がふりかかるのは党指導部だ。今みたいに自分の連絡を避けることもなくなるだろう。いや、むしろ自分とコンタクトを取ろうとやきもきするはずだ。想像しただけで愉快だった。そうなればひとまず、自分を捨てて逃げたネズミのような奴らから片付けようと、党に掛け合わねばならない。彼らの要求はわかっているし、断るつもりはない。逃げきる手はないからだ。ひとまず、ある程度の責任を認めて身を引くふりをする。世論を鎮めるために。だが、次期予備選挙までには今のポストに復帰できるはずだ。いや、それでは物足りない。名簿さえあれば最高委員も夢ではないのだから。想像しただけで口元がほころんだ。

彼は豪快にシャツをはだけ、腹の肉をつかんだ。そこに注射針を刺すと、ちくりと痛みが走った。皮下脂肪の奥へインスリンが入っていく冷たい感覚に、思わずビクリとした。おかしな話だった。長らく打ってきたが、こんな感覚は初めてだった。くだらないことばかり考えて打つ場所を誤ったに違いない。弱ってきている証拠だった。

地下駐車場にこんなふうに座っている自分をみっともなく感じた。元々は万年筆型のインスリン注射をオフィスで使っていたのだが、ひと月前に入った新人スタッフがその正体に気づいた。必死にごまかしたものの、それからは駐車場で事を済ますようになった。

糖尿病を患っていると知られればどうなるか。野党のひよっこどもが彼の選挙区を狙ってハイエナのように群がってくるに違いなかった。それ以外の派閥の人間たちもまた、彼をひねり潰しにかかるだろう。彼が育てた後輩たちであれ同じことで、皆彼をただの老人扱いするに決まっている。だが、彼の野心はこの程度で終わるようなものではなかった。人々は彼のことを、しぶとく這《は》い上がってきたラッキーな田舎者だと思っているかもしれない。奴らに油断させるまではいいが、潰されるのは我慢ならない。ジャングルで真っ先に獲物になるのは、老いて病んだ動物だ。だから彼は、糖尿病患者が携帯すべき一切の物を持ち歩かなかった。

血糖値測定器は自宅の引き出しにのみ置いていた。彼が血糖値を測るのは、就寝前と出勤前の二回のみ。それは彼と妻だけの秘密だった。飴やチョコレート、ジュースを常備するのも、自分は糖尿持ちだと宣伝して歩くようなものだった。わざわざ地下駐車場に下りて、自らインスリンを打つのもそのためだ。ときどき、必要なら酒を飲んだ。医師は自殺行為だと言うが、トップに立つのにそれくらいのリスクは付き物だ。そればかりか、運転手でさえも自分が糖尿病患者であることを知らない。グローブボックスは鍵付きのものに入れ替え、鍵は彼が持ち歩いていた。

空《から》になった注射器をグローブボックスに戻した彼は、服装を正した。地下のせいか、九月でも案外肌寒い。窓の外を見回した。駐車場には誰もいない。彼はこの瞬間になると緊張した。万が一知り合いと出くわしたら何と言うのか。あまりに頻繁に駐車場へ下りていたからだ。震える手でドアを開ける。頭を半分ほど出してもう一度周囲を確かめた。依然、薄暗い駐車場からは物音ひとつ聞こえてこない。彼は車を降りると、咳払《せきばら》いをしてからドアを閉めた。信じられないことに、胸がどきどきしていた。選挙で数十億が詰まったリンゴ箱を運ぶときもこれほどではなかった。老いは否定できないようだと、にわかに弱々しい気持ちになった。だがすぐに、気を取り直そうと頭を振った。色々と考えすぎたのか、かすかな頭痛を覚えた。

彼はポケットに手を入れ、エレベーターに向かって歩き始めた。ポケットのなかの手はまだ震えている。どうしたことか、脚もまた、酒を飲んだときのようにふらついていた。耳を打つ足音が普段と違って聞こえる。まるで耳が遠くなったかのようだ。ああ、あと十年若ければもっと多くを成しえたのに。彼は今の自分が情けなかった。目の前が霞《かす》む。目をこすってみたが、大差はない。ふと、不吉な考えが頭を掠《かす》めた。

「こ……れは……」

長々しく間歇《かんけつ》的な声。信じられなかった。この四年間、一度もなかったことだった。彼が初めて糖尿病と診断されたときに聞き流していた症状、低血糖ショックが起きつつあった。誰かに助けを求めなければならない。だが、駐車場には人っ子ひとりいなかった。

(早く、エレベーターまで行けば……)

だがその瞬間、片膝ががくりと折れるのを感じた。体の中心部から痙攣《けいれん》が起き始めていた。疑いの余地はない。インスリンショックだった。なぜだ。確かに定量を打ったのに。どうして……。

だが、そんなことを言っている場合ではなかった。今すぐ糖分を摂取するか誰かに見つけてもらわなければ、自分は死んだも同然だ。飴ぐらいは持ち歩いていればよかったと、後悔が押し寄せた。薄らいでいく視界のなかに飴があった。何だ、幻覚まで見るようになったか。眉根を寄せた瞬間、それが幻覚ではないことに気づいた。すぐそばに駐車されている車のなか、サイドブレーキ脇のコンソールに飴があった。

（あれを取るんだ）

彼は駐車されている車のあいだへと入っていった。そして残る力を振り絞り、運転席側の窓を割ろうとした。あれほど嫌悪していた生来の農民の手が、彼を救う唯一の希望だった。だが、ゴン、ゴン、という絶望的な音が何度か響いたあと、彼の体は床に向かって倒れていった。残りわずかな血糖を、取れもしない飴のために無駄遣いしてしまったのだ。激しい痙攣のなかも、自分がこんなふうに死んでいくのが信じられなかった。まだやるべきことが山積みだった。こんな終わり方は許されない。こんな死に方をするために、江原道の山奥から夢を抱いて出てきたのではないのだ。

彼は薄れていく意識の手綱を放すまいとあがいた。そのとき、誰かの足音が聞こえた。自分を見つけてくれるに違いない。痙攣しているこのさまを見れば、よほどの阿《あ》呆《ほう》ではない限り救急車を呼ぶだろう。そうなれば数週間の入院治療は免れないが、もう一度、もう一度……。彼は霞んでいく最後の意識のなかでふと、もう足音が聞こえていないことに気づいた。

Mは立ち止まった。これ以上近づけば防犯カメラに映り込んでしまうと知っていた。愚かな野郎だ。隠し通せると思っていたとは。彼がインスリン注射を打つ様子は、何十回となく駐車場の防犯カメラに映っていた。実のところ、カメラも必要なかった。彼のクレジットカードの使用履歴を見るだけで、毎月インスリンを購入していることは明白だ。Mは思った。自らを強いと信じる人間ほどたやすいものはないと。

痙攣は静まりつつあり、彼の体は次の段階へ移ろうとしていた。ブドウ糖というエネルギー源を失った脳は、ゆっくりと働きを止めようとしていた。もし彼が駐車場の真ん中に倒れていたなら、発見されるのも早かっただろう。目につく場所に飴を置いた車を準備したのは、まさにそのためだ。

Mは心持ち爽快さを感じた。ひと月かけて準備した計画だった。この一カ月間、注射器のサイズは少しずつ、彼が気づかない程度に大きくなっていた。注射を打つのに慣れてきたと感じたのはそのためだった。むろん、入る薬の量は変わらなかった。それがこの計画の核心だった。

ひと月が過ぎると、彼が使用する注射器は以前に比べ、はるかに大きく太くなっていた。だがその長い時間が、彼に変化を悟らせなかった。そして今日、最後の注射を打った。サイズに見合った内部直径をもつ注射器だった。彼は自分が打つべき定量のほぼ四倍ものインスリンを投薬した。自ら命を絶ったのだ。Mは思った。警察は彼の死を自殺と結論づけるだろうか、それとも事故死と結論づけるだろうか。

今ごろは建物の配水管が逆流して、警備員と管理人はそちらへ駆けつけていることだろう。もちろん、誰かが彼を見つけることもありえる。だが自分の車の前に倒れているのでない以上、ほとんどの人は、縁もゆかりもない男が地下駐車場に倒れていたとて、そちらに目もくれないだろう。そのあいだに、エネルギー源を失った彼の脳はゆっくりと壊死《えし》し始める。よほど運がよければ、誰かに発見されて脳死判定を受けるという筋書きもある。ともするとそれが、彼にとって生まれて初めての善行となるかもしれない。

車の陰でぴくりともしない恰幅《かっぷく》のいい体を見て、Mは微笑を浮かべた。そしてその場を離れた。皮肉にも、彼は自分が糖尿病であることを隠すために、いつも一番人気《ひとけ》のない区画に車を停《と》めていた。そして今、その慎重さが彼の回生の可能性をゼロにしていた。彼は知っておくべきだった。人より賢く、充分に浅ましく、ほどよい権力があれば、いかなる責任からも逃れられる。だが、死はそうはいかない。Mが低く吹く口笛が、静まり返った地下駐車場に響いた。上の階のどこかで、車が一台出口に向かっている音が聞こえた。まるで、誰かの魂が肉体を抜け出ていくかのように。

書き終えた小説を郵便で送った。その後幾度となく送ることになる、郵便局の私書箱宛に。

最初の作品には四週間ほどかかり、一週間の休暇が与えられた。一度ソウルに戻りたかったが、男に止められた。僕用の物品を運んできた彼は、流れに乗り始めたところで俗世に関わってしまえば、せっかくの調子が崩れてしまうと言い張った。たわごとを抜かしてやがる、というのが本音だったが、またもや小切手を目の前にすると、彼の言うことにも一理あると思えてきた。一週間ほど自然を友だち代わりに心を癒《いや》すのもよさそうだという思いは、今やその額は知っているものの、テンションが上がるという理由でゼロの数を数え直しているうちに確信へと変わった。

男と一緒に市内へ出向き、銀行で金を振り込んでから再びコンドミニアムに戻った僕は、すべてに満足していた。だが、翌日にはソウルに行かなかったことを後悔し始めた。やることがなかった。手元にあるのはパソコンとインターネットだけ。

そばにいるのは、「オフシーズンですからね」と自動応答システムのようにくり返すスタッフだけという孤立した空間で、あなたなら何をするだろうか？　僕は動画をダウンロードした。メインは、メイド・イン・ジャパンの、衣装担当が暇を持て余しているタイプのものだ。果たしてインターネットの発展は、股間がそそり立つほどの目覚ましさだった。僕はアダルトビデオに懸ける日本の本気ぶり、あるいは勃起ぶりに幾度となく賛辞を送り、女優の幅広さに改めて感激し——男優は似たような顔ぶれだった。今となっては、豊富な女優陣の顔はほとんど思い出せないが、男優なら道で偶然すれ違ってもひと目でわかるだろう——バラエティに富んだ変態的趣向の奥深さに驚きながら一週間を過ごした。ティッシュと右手とともに過ごした、侘《わび》しい一週間だった。毎日たがわず飛沫《しぶき》を上げるムスコには感心させられた。そんなふうに時を過ごしていると、むらむらと執筆欲が湧いてきた。

そんな僕の気持ちを見透かしたかのように、次の資料が送られてきた。今回は教会の牧師だった。だが、前回と異なるのは、彼には持病もないばかりか、ひとりでいる時間もないという点だった。行事も多ければ、信者の家庭を訪問したりと、月曜から日曜までスケジュールはびっしりだ。牧師は日曜だけ働けばいいものという偏見が崩れ去った瞬間だった。

忙しいなかでも、牧師には情婦がいた。教会の執事とふたりで、平日にモーテルを訪問していた。にわかに殺意がこみ上げた。ティッシュとモニター越しの恋人たちとともに一週間を過ごした僕にとって、仮想と現実の区分などどうでもよかった。そのうえ、彼は牧師でありながら主治医がいて、徹底した健康管理下にあった。主治医付きの牧師とは、呆《あき》れてものが言えなかった。ひとりでいる時間もなければ、これといった持病もなく、主治医までついている彼を完全犯罪で殺すのは、ほぼ不可能に思えた。

そうして暗澹《あんたん》たる思いと嫉妬に駆られたまま三日が過ぎるころ、ふと、牧師は実在の人物ではないことに思い当たった。嫉妬する理由などなかった。床を転げながら涙がちょちょぎれるほど自分を嗤《わら》ったあと、原点に立ち返った。彼の死を逆方向に再構成することで、完璧な死を設計してみた。もっともらしく聞こえるが、なんてことはない。彼が死んだと仮定し、どんな死に方が最も自然かを考えて、最も筋の通った台本を書くのだ。

僕は彼の身辺情報を壁に貼り、ありとあらゆる死に方を思い浮かべてみた。どれもいくらか難点があった。主治医がネックになることが多かった。自然な死の最大の敵は解剖だ。おまけに、彼にはこれまでの健康記録まである。怒りがこみ上げてきたが、筆が進まないからといって設定を変えるわけにもいかない。そればかりか牧師は、何をするにも慎重で、周囲の助言にも耳を傾けるキャラクターという設定だった。不倫以外の弱みは見つかりそうになく、実際に、誰にも秘密を気づかれないくらい徹底した人間だった。おそらくは以前にも、彼とふたりでモーテルを訪問していた信者がいたはずだ。にもかかわらず、いかなるスキャンダルも浮上しない清廉潔白な経歴を誇っていることは、彼がいかに用意周到な人間かを物語っている。

むなしい二日が過ぎた。登場人物を紹介し、彼らの相関関係までは書けたのだが、それ以上の進展はなかった。

四方から徐々に壁が迫ってくるかのような息苦しさを感じながら、さらに数日が過ぎた。出版社の企画チームに腕試しをされているに違いなかった。そうでなければ、こんな設定にする理由がない。しだいに生活リズムが崩れていった。

ある日、用を足して出てくる折に、ふと鏡に映った自分の顔を見た。何日も洗っていないベタベタの髪と無精髭《ひげ》を前に、とっさに恥ずかしくなった。

頭にひらめくものがあった。ある種の人間にとっては、時に、死より怖いものがある。恥。彼は牧師だ。いっそ自然な死に方でなくてもかまわない。隠したい死であれば、放っておいても周りの人たちがうまく取り繕ってくれるはずだ。我々の行動は欲望に従って決まり、欲望は指向性をもっている。欲望と恐怖を心得ているなら、操るのは簡単だ。「マスター・オブ・パペッツ」の歌詞のように。

その後はよどみなく進んだ。僕はパソコンの前に座ってキーボードを叩《たた》いた。時間がなかった。この飽き飽きするコンドミニアムから抜け出すためにも、急いで小説を完成させたかった。

　ストーリーはシンプルだ。ひとりの牧師がいる。信者の家を訪問中、新しく入った信者からこんなジョークを聞く。不倫中に現れた旦那から逃げるために、エアコンの室外機にぶら下がった男の話だ。牧師は道徳に反する内容だと信者をとがめるが、その場は皆が笑って終わった。あとは、順に倒れていくドミノと同じだ。不倫相手の夫に不倫の事実をばらす一本の電話が入り、怪しんだ夫は彼らのいるモーテルのドアを叩く。牧師は驚くが、例のジョークを思い出す。彼にとって宙にぶら下がる危険など、名誉とは比べものにならない。窓の外には錆《さ》びた室外機があり、選択の余地はない。だがこの話の結末は、牧師が聞いたものとは少し違っていた。鋼《はがね》のように固い信心をもってしても、十一階下のコンクリートの地面は、室外機を抱いて落ちるにはあまりに固すぎた。主治医は牧師の名誉のために、診断書に過労死と記す。間違ってはいない。十一階という高所で室外機にぶら下がることは、どんな人間にとっても過労に違いないから。室外機の留め金が錆びていたなら、なおさら。

　ひと月半ぶりに会った男は、着替えを買ってきていた。僕は、家に帰って休みたい、金なんかいらないからここから出してくれとせがんだ。彼は、あと一編書いたらふた月ほどゆっくり休ませるからと言ったが、そんな説得が通じる状態ではなかった。彼は重々承知だという面持ちで、先ほどの作品を褒めながら、それまでの二倍ほどの額が書き込まれた小切手を差し出した。受け取る手が震えているのがわかった。それ以上何を言うことがあるだろう。彼は接待の席で見せたやさしい微笑を浮かべた。僕もつられて笑った。ふと、耐えがたいほど自分が惨めに感じられた。だが、高尚な人生が我々に何をくれるというのか。

ソウルには行けなかったが、代わりに春川《チユンチヨン》へ行った。すえたドブのにおいが漂う道を歩きながら、空っぽのコンドミニアムで鍛え抜かれたむき出しのリビドーを感じた。路地の角を曲がると、やけに多くの軍人たちがたむろしていた。彼らの目は血走り、戦闘靴の紐《ひも》は半ばほどけていて、上衣はズボンからはみ出していた。窓の内側に並ぶ顔は、ピンク色の照明に照らされていた（春川駅から第一〇二補充大隊への道に風俗街がある）。どこからか京春《キヨンチユン》線の警笛が聞こえてきた。僕はとある胸に顔をうずめ、流行歌の歌詞のように泣いた。それがどういう涙だったのかは、今もわからない。

最後の小説のキャラクターは、前のふたりとは違っていた。彼はあまりに与《くみ》しやすい人物だった。死を阻むものも、いかなる安全装置もなかった。それもそのはず、彼はこれ以上ないほどたわいない存在だったからだ。何かがおかしかった。農業を営む六十代半ばの老人は、誰かの恨みを買うにはしょぼすぎる人間だった。村では毎年持ち回りで誰かが頼《たの》母子講《もしこう》の親を務めていたが、それさえも一度も務めたことのない、しがない男。いくつかの成人病の兆しが認められ、毎朝持って出るタバコふた箱と毎晩家で飲む焼酎《ソジュ》三本が唯一の楽しみというのだから、健康状態は言うまでもない。殺すのは簡単だった。だが、いくら考えても主人公が彼を殺す理由がなかった。先に書いた二編の犠牲者は、人々との利害関係がもつれていたり、道徳的に問題があったりした。したがって、劇中の彼らの死は充分に納得できた。しかし、この男の場合は何もない。家と呼べるものは、かつてセマウル運動（一九七〇年代初めに政府主導でくり広げられた農村改革運動）の時代に建てられたきり今は半ば傾いた、むき出しのコンクリ壁にスレート屋根のついた建物があるきりで、そのむかし畜舎を建てるのだと農協で借り入れた借金があり、手元にあるのは豚十五匹がすべてだった。

いったい誰がこんなちんけな人間を殺したがるというのか。人を殺すときにはそれ相応の対価があるものだ。そのため、殺人の犠牲者は十中八九金持ちと決まっている。いったい、豚十五匹がすべての老人を殺す理由とは何だろう？　いくら考えてもアイディアが浮かばなかった。そしてふと気づいた。これは企画チームからの新たな課題なのだと。おそらく、こういうキャラクターをもとにどれだけ面白い小説を書けるかという一種のテストなのだろう。

僕は老人の人生を再構成してみた。彼はなぜひとり暮らしなのか？　それは彼の人生に、取り返しのつかない何かがあることを意味していた。彼の記録をじっくり見直してみると、ベトナムという文字が目についた。そこで何かしでかしたのだ。過去の罪は、決して我々の足首を放してくれない。

僕はある村に住む少年という、仮想の生存者をつくり出した。老人はベトナム戦争で想像を絶する残酷な振る舞いをし、生き残ったのはその少年ひとりだった。村人全員が死んだと思った老人は故郷へ戻り、また畑を耕し始めた。一方で少年は、凄惨な人生を送るなかでも、自分をどん底に突き落とした男を忘れない。村人たちを一箇所に集め、一気に吹き飛ばした爆発。少年は大人になってからも時折、その晩の夢を見る。やがて彼にチャンスが訪れる。冷戦が終わってソ連が崩壊し、ベトナムが改革と解放を経るなか、彼は手段を選ばず金集めに専念する。復讐《ふくしゅう》のために。今や中年になった彼は、その金で主人公を雇う。主人公は依頼どおり、老人に村人たちと同様の死を下すことを決める。

僕は、奇異で突拍子もない、にもかかわらず事故死に見える作品を書いた。あまりにぶっ飛んでいて嘘《うそ》みたいな、けれどあらゆる情況がその死を事故だと示している、そんな死をつくり上げた。

それが、僕が最後に書いたゴミだった。こう言い切るのには理由がある。本当は、ここまで長い必要も、たくさんの登場人物も必要なかった。何日か細かい関係や設定について悩んだものの、すべて蛇足だった。必要なのは、ひとえに死だった。よどみない文章をこしらえようと三度も読み返し手直ししたが、それはまるで、ゴミを洗濯機にかけるも同然だった。ゴミは洗濯しようがしまいが、結局ゴミなのだ。

ときどき、あのころを懐かしく思うこともある。実に孤独な極限状態だったが、ある意味では夢いっぱいの時間だった。僕は純粋にも、自分の書いた小説が本当に出版されるものと信じていたのだ。

最後に振り返ったコンドミニアムは、初めて見たときのようにさびれてはいなかった。ひとりで過ごすことにも慣れ、素っ裸で廊下を走り回ったり、夜通し床を鳴らしながらダンスを踊ったこともある。今思えば、怪しい物音が聞こえたのも初日だけだった。せっかく適応したところで別れを迎え、心なしか寂しかった。それにしても、ここにハイシーズンなどあるのだろうか？

車内からコンドミニアムを振り返っていると、男に、名残惜しいのかと訊かれた。僕は、そうではなく、ただ、初めは驚かされることばかりだったのに、今となっては大したことではなかったように思えるのだと答えた。彼は笑った。

だが、それで終わりではなかった。コンドミニアムの件で一番驚かされたのは、それからずっとあとのことだ。数年後、偶然その近くを通りかかった僕は、当時を思い出して駐車場へ入ってみた。コンドミニアムは廃業し、朽ち果てていた。入り口のガラス扉は割れ、コンクリートは所々剝げ落ち、カーペットには過ぎた歳月のぶんだけ分厚い埃が積もっていた。僕は車で引き返しながら、近くで耕運機を動かしていた男に尋ねた。

「あのコンドミニアム、いつ潰れたんですか？」

「潰れる？　あそこは営業したこともないよ。オープン直前に通貨危機で不渡りを出してね。それからずっとあの状態さ」

冷や汗がつたった。つまり、僕が軍隊で犬のように地面を這っていたころに立ち行かなくなったということだ。ちぐはぐのインテリアもそのせいだった。僕が会社というものを知らないままだったら、怪談のひとつとして残っていただろう。僕は、一度も営業したことのないコンドミニアムに四カ月も泊まっていたわけだった。

そうしてソウルへ戻った。男は僕を家の前に降ろし、ご苦労様と言った。僕は深呼吸をして言った。

「この汚い空気を吸って、生き返った心地がします。自由のにおいは体に悪そうですね」

男はハハ、と笑ってこう言った。

「自由か、いいね。一生懸命働いたからそんな気分になるんだろう。ほら、こう言うだろ。労働はあなたたちを自由にする」

そして彼は去っていった。それが彼を見た最後だった。労働はあなたたちを自由にする。どこかでよく耳にした言葉だったが、思い出せなかった。数カ月後、「真理はあなたたちを自由にする」とは聖書にある言葉だと、ある雑誌で読んだ。僕は、彼がこれを間違って引用したのだろうと思っていた。だがそうではなかった。

数年後のある夜更け、テレビをつけたまま、八十九歳の裕福な老女の殺人計画を立てていた。彼女は長生きしすぎた。孫は辛抱強くなかった。両親はすでに亡くなり、相続人は自分だけという、よくあるパターンだった。家にいるときはつけっぱなしにしてあるドキュメンタリーチャンネルから、「労働はあなたたちを自由にする」という声優の声が聞こえてきた。僕は作業の手を止め、テレビのほうへ走り寄った。画面に映っていたのは、人々がドイツ語で何やら書かれているアーチ形のドアをくぐり、レンガ造りの建物のほうへ向かっていくモノクロ写真だった。きっと、アーチ形のドアに書かれているのが、「労働はあなたたちを自由にする」という言葉なのだろう。僕は立ったまま、ぼんやりとテレビを観ていた。そこへ、写真についてのナレーションが続いた。それは、ガス室へ向かっていくユダヤ人の姿を写したものだった。そこはアウシュビッツだった。

証拠

幸せでいられたのはほんの二カ月だった。通帳には小さな家をひとつ買えるくらいの金があった。拉致同然に連れ去られたため、成績に響いてはいたが、かまわなかった。僕は作家なのだから。でもその幸せは、半ば不安に寄りかかっていた。本当に本が出版されたら、売れるのだろうか？　出版社が企画そのものをなかったことにして、金を返せと言われたら？　そうなったら僕はどうすればいいのか。

実を言うと、不安の種はわかっていた。心の片隅でずっとこんな声が響いていたから。そんな馬鹿な。ひよっこ作家にシリーズを任せる出版社なんてあるものか。それも、犯罪小説だぞ？　そのたびに、銀行に行って残高を確認した。通帳に刻まれる額だけが、僕がいっとき奇妙なコンドミニアムに閉じ込められて小説を書いていたことを証明していた。

何かがおかしい、普通ではないと本能が警告していた。だから、誰にも自分のしていたことを教えなかった。友だちにどこへ行っていたのかと訊かれ、語学研修だと答えた。ちょうど語学研修がブームになっていた。誰もが自分の海外経験を自慢するのに忙しく、僕にまで深く訊いてくる人はいなかった。僕はまるで、カジノでロイヤルストレートフラッシュを握っているギャンブラーのように振る舞った。就職できるか不安がり、授業についていくのが大変なふりをした。誰かと顔を合わせるたびに何かあったのかと訊かれた。すると僕は、顔をそらしてため息をつき、こう答えた。生きるって大変だよな。

ふた月が過ぎると気もそぞろになってきた。彼はふた月ほど休めと言ったが、それはぴったり二カ月ということだろうか？　二カ月と二十九日まではふた月にカウントされるのか？　こちらから電話するべきか？　企画が中止になったのか？　朝目覚めるなり、そんなことばかりが頭に浮かんだ。

その日もたがわず、もう一日だけ待ってみようという思いで学校の図書館へ向かった。TOEICの参考書を広げてはいたものの、内容が入ってくるはずもない。入ってくる単語より抜けていく単語のほうが多かった。耐えきれなくなり、閲覧室へ下りていって、新聞を読むことにした。

ひと月ぶんの新聞の束を広げつつも、半ば放心状態だった。活字がばらばらになって再び組み合わさるようなめまいを覚えながら、頭のなかでは「何かあったんだろうか？」という質問ばかりがぐるぐる回っていた。そのとき、社会面の下段で踊る活字の合間に、とある小さな記事を見つけた。教会、牧師、エアコン室外機、死亡。僕は新聞をめくった。次のページを流し読みしながら、ふと思った。ん？　今のは？　前のページに戻ると、こんな見出しが目に飛び込んできた。

有名牧師の過労死、真相は墜落死。

思わず笑っていた。閲覧室にいた人たちの視線が僕に集まった。僕は席を立って新聞を元の場所に戻し、閲覧室の出口へ向かった。そしてその前に立って考えた。まさか、違うさ。だが僕の手は、早くも先月ぶんの新聞の束を手に取っていた。偶然だろ。僕は次々にページをめくっていった。誰かに肩をつつかれた。僕はびっくりして、机の上にかばんを落とした。隣の席に座っていた女子学生は、僕より驚いた顔でぼそりと言った。

「もう少し静かにめくってくれませんか？」

頭を下げて謝り、かばんを拾い上げた。長い深呼吸をしてから、再び新聞に目を戻した。そしてじっくりと、順に記事を読んでいった。そして見つけた。持病の糖尿病で死亡した、与党の事務総長の記事を。彼の死で政治資金に関する捜査が迷宮入りになりそうだという内容だった。

脈が打つたび、頭が割れるように痛んだ。心臓はフライパンの上のイナゴのように跳びはねていた。図書館を出た。偶然に違いない。毎年多くの政治家が死に、多くの牧師が死んでいるのだから。何がどうしたというのだ。ただの偶然じゃないか。家へ向かう足取りが覚束《おぼつか》なかった。ネットカフェの前で友だちに名前を呼ばれたが、返事もできなかった。家に着くと、夕飯も食べずに布団を引っかぶった。今こそ本当に睡眠が必要だったから。

目を覚ますと、すでに午前零時を過ぎていた。空腹だった。冷蔵庫を開けた。咀嚼《そしゃく》するもので食べられそうなものはなかった。僕は牛乳を取って居間に向かい、テレビをつけた。画面のなかの記者は、焼け跡の残るコンクリートの壁の前に立っていた。

「現場は戦場を彷彿《ほうふつ》とさせます」

そのとおり、まるで戦場だった。焼けたコンクリートの建物と、吹き飛ばされたスレート屋根、焼け焦げた豚の死体が見えた。僕は手にしていた牛乳を落とした。牛乳パックからドボドボと中身がこぼれ出た。

「警察は、この暑さにより、畜舎および糞尿《ふんにょう》タンク内の豚の糞尿からメタンガスが発生し、そこにキムさんが捨てたタバコが引火して爆発を起こしたものと推定しています」

居間の壁に映るテレビの明かりが揺らめいていた。半壊した畜舎の元の形が想像できた。その断面図に見覚えがあったから。

「一方、キムさんは全身に三度の焼傷《やけど》を負って病院へ運ばれましたが、二時間後に亡くなりました」

そう。爆発がポイントだった。それが少年の復讐だったからだ。僕の小説のなかで、老人は村人たちを一箇所に集め、米軍に空襲を要請した。そこへナパーム弾が雨のように降り注いだ。もちろんそれは、あくまで僕の創作だった。足の指のあいだに冷たい牛乳がゆっくり溜《た》まるのを感じた。僕は足元を見下ろし、床に広がった白い牛乳をしばし見つめた。何が起こったんだ？　そしてつぶやいた。

「偶然だろ」

わかっていた。メタンガスが溜まった糞尿タンクに偶然タバコの吸い殻が落ち、偶然爆発が起こり、偶然人が死ぬことなどありえないと。いや、ひょっとしてひょっとすれば、ひどくついてない日ならありえるかもしれない。でも、その爆発が起きた畜舎が、小説の資料にあった断面図とぴったり一致する可能性、十五匹という豚の数がぴったり一致する可能性はいかほどだろう？　宝くじで連続当選するくらいの低確率であることは間違いない。それでも僕は、つぶやき続けた。いやいや、偶然だろ。

ニュースが変わった。画面に転覆したトラックが映り、地面には黒い油が流れ出ている。足の指のあいだに冷たいぬらつきがあった。足元を見下ろした。牛乳パックからこぼれ出た牛乳だった。雑巾を持ってきて床を拭きながら、自分のしたことを考えた。どうしたことだ、牛乳が全部こぼれるまでぼんやりしてたなんて。ふと、大事なのはそこじゃないと気づいた。今ごろになって怒りが湧いてきた。僕は利用されたのだ。雑巾を投げ捨てて電話を手に取った。警察に通報しよう。だが、番号を押していた手を止めた。電話してなんて言うんだ？　そんなの、ありのままを言えばいい。もう一度番号を押しながら、何を話すか考えた。殺人事件があったが事故のように見え、事故のように見えるけれどそれは実は僕が計画したもので、僕が計画したのだけれどそんなつもりじゃなかった、バックに誰かいるのだが誰だかはよくわからない、でも……。

興奮が冷めるや、電話を握る手から力が抜けた。警察は僕が何を言おうと信じないに決まっている。たわごとにしか聞こえないだろう。仮に信じてくれる人がいたとしても、証拠がない。僕は見事な殺人計画を立てた。証人も証拠もない。作業中はずっとコンドミニアムにいた。突然、あれほどうさんくさい空間に閉じ込められていた理由がわかった気がした。もしかすると、警察のなかには僕の主張を最後まで聞いてくれる人もいるかもしれない。だが、電話するだろう。近くの精神科病院に。そしたら僕は、食後に薬を飲みながらこう思うのだ。あれは本当にあったことなんだろうか？　それとも僕の妄想？　コンドミニアムは本当に存在したんだろうか？　手が震えていた。いや、そっちはむしろ、大したことじゃない。問題は、僕が通報したら、彼らがじっとしているかどうか。これは現実だ。三人殺したなら、四人殺せない理由はない。映画に出てくる正義感あふれる主人公を真似《まね》することもできたが、子どもじみたヒーローを気取るにはリスクが高すぎる。僕は雑巾の前に戻った。きれいに拭いても、明かりの消えた居間には牛乳臭さが残っていた。

翌日、いつもと変わらない一日を送った。その翌日も特段変わらなかった。新聞も、テレビニュースも観なかった。聴講中は不思議なほど頭が冴《さ》え、英単語もすらすら憶えられた。僕は、自分と周囲に注意を配った。いくつかのささいなことを除けば、普段と変わりないように見えた。自分は神経過敏になっているのだと思うことにした。そうであってくれと願うあまり、本当にそんな気がしてきた。一週間が過ぎ、ようやく自分の置かれている状況がぼんやりとつかめた。男に電話した。現在使われていない。予想どおりだった。

夕飯を食べた僕は、ラフな格好で散歩に出た。近所にある商店の前のベンチに腰掛けてタバコを吸いながら、通帳を開いてみた。夢じゃなかった。あとからでも口座を追跡してもらっていれば、とも思った。どうしてあのとき思いつかなかったんだろう？　動揺していたせいだろうか、それとも、抜け道が必要だった？　無意識に、この金を逃したくないと思っていたのかもしれない。もちろん、これだって大きな証拠にはなりえなかっただろう。小切手は僕が持ち込み、この小切手がどこからやって来たのか僕は知らない。警察が奇跡的に僕の言葉を信じて出どころを追跡したところで、おそらく最後までは追えない。人殺しよりマネーロンダリングのほうがよほど簡単だろうから。タバコを消して腰を上げ、家のほうへと歩いた。門の前を通り過ぎ、一週間丸々、家の前と学校前で見かけていた黒い車の窓を叩いた。よほど気にしていたのだろう、２４１５という一連番号をいまだに記憶している。

ともあれ、車の窓が下ろされた。初めて見る顔だった。三十代半ばぐらいの男が乗っていた。黒スーツの下の弾《はじ》けそうな筋肉から、職業がうかがい知れるようだった。いかつい印象とは裏腹に、きょとんとした表情を浮かべている。何から何まで生半可《なまはんか》で、ちょっと笑ってしまった。

「伝えてください」

「はい？」

「話したいと」

「何の……」

「そう伝えてくれればわかります」

「どういう……」

僕は踵《きびす》を返して家へ引き返した。背中に視線が刺さるのを感じた。家に入る前、振り返ってみると車はもう消えていた。ぴったり一時間後に携帯メールが届いた。

テストに合格されました。仕事を続けるか否かを決めてお知らせください。

その後ろに日時と時間、場所が記されていた。彼らは、僕が知ればそれで足りるのだ。会社は個人と話さない。確認と指示をするのみだ。

約束の前日、ニュースで見た、老人の住んでいた村へ行ってみた。村の入り口では、仮設テントの下で無許可の不動産屋が入居権を売っていた。例の畜舎が新都市ショッピングモールの建設予定敷地にあったのだと知るのに、長くはかからなかった。彼は畜舎を移動したくなかった。ベトナム戦争など一切関係なかった。彼がひとり暮らしをしていたのは、ベトナムやほかの東南アジアへ嫁探しに行くだけの金がなかったからだ。何がベトナム戦争だ。羞恥心と罪悪感、憤怒《ふんぬ》で顔が紅潮した。家に戻りながらつぶやいた。

「仕方なかった。仕方なかったんだ」

ようやく自分が何に巻き込まれているのか実感できた。家に着くと、自分の書いた文章をすべて消した。ほかに選択のしようがなかった。すでに多くを、深くを知りすぎていた。本当に？　わからない。だが少なくとも、当時はそう思っていた。そして僕はカフェで待ち合わせをし、そこで初めてマネージャーに会うことになる。

携帯電話のメールには合格と記されていた。だが、会社が僕に言わなかったことがある。そこには重要な単語が省略されていて、それを知るのはずっとあとのことだ。

顧客または依頼人

　僕は、自分がサービスを提供する相手を〝顧客〟、僕に仕事を頼む人のことを〝依頼人〟と呼ぶ。彼らにこれといった感情はない。感情というものは何かしらの相互作用から生まれるものだが、顧客と依頼人はともに、僕とのあいだにいかなる相互作用も引き起こさない。彼らはいつも、資料の向こう側である数学的で結果論的な数値としてのみ存在する。

　まだ仕事に慣れず、自分の良心を気にかけていたころは、顧客が死んでもかまわない理由を探すこともあった。言ってみれば、自分の仕事に正当性を与えたかったのだ。もちろん、会社から送られてくる分厚い書類のなかに、そんな理由が記されているはずもない。だが、それらの資料をもとに四半日も調べてみれば、どんな相手でも死んで当然の理由を見つけることができる。いや、正直に言えば、誰かを殺す理由を見つけるのに三時間以上費やしたことはない。

ファンドマネージャーのAは五人目の顧客だった。誰もが知る外資系ファンド会社に勤めていた彼はある年、先物市場に参加して記録的な収益を上げた。その年、大手柄を立てたのはトウモロコシだった。エルニーニョ現象で冷害が起きてトウモロコシの価格が暴騰し、彼が買ったトウモロコシの値は跳ね上がった。トウモロコシの価格上昇により直撃弾を受けたのは、干ばつにあえいでいたアフリカだった。飢餓で数十万人が死んだ。飢えと干ばつから逃れようと難民が国境に集まり、難民キャンプへ向かう死の行軍のなかで、老いた者、弱い者は次々に倒れていった。国際機構は難民のために食料を緊急調達しようとしたが、買えるものはほとんどなかった。我らが顧客であるAが先物市場を独占していたからだ。

国際機構まで介入するや、トウモロコシの価格はさらに急伸した。アフリカだけではなかった。コーヒーを売ってトウモロコシを買っていた南半球の国々も奈落に突き落とされた。その年、トウモロコシとは真逆に、先物市場で関心を集めなかったコーヒーは暴落していたからだ。

まことに面白いのは、Aはトウモロコシを売るその瞬間まで、実際にトウモロコシを持っていたことも、見たこともなかったという点だ。それどころか、そこにはまだ畑で芽も出していないトウモロコシも含まれていた。彼は存在してもいないトウモロコシを買い入れ、その目で見たこともないトウモロコシを、収穫もしないままに売っていたのだ。

しかも、彼はいわゆる投資というものをするうえで、自分の金を使ったわけでもなかった。彼は自分のものでもない金で、存在してもいないトウモロコシを買い、莫大《ばくだい》な金を儲けた。仮想のAは、仮想の手続きを踏んで、仮想の仮想を取引し、仮想の現実を支配して、現実の富と現実の死をつくり出した。無から有を創造することはできないと言ったのは誰だったか。

数多くの人たちが、収益率の高い彼の投資によって飢え死にした。彼の収益率と、その年にそれらの貧しい国々で餓死により増加した死亡率は、そう変わらなかった。僕は感傷的な人間ではない。彼でなくても誰かが、投資という名の買い占めや売り惜しみをし、記録的な収益を上げたはずだ。彼はただ、ちょっと仕事が早かっただけ。だからといって、彼が招いた結果を正当化できるだろうか？　彼は数回のマウスクリックと数字入力だけで、ヒトラーやスターリンのごとく多くの人間を殺《あや》めた。これを効率性と呼ぶ人もいる。電車や爆撃機、大砲、銃、シベリア収容所やガス室の、何と原始的で非効率的なことか。彼はその収益で新車を買い、カード代金を払い、自分を信じて投資してくれた会社と投資者たちに大きな見返りをもたらした。それらは不動産や恋人のミンクコート、ゴルフクラブの会員権へと形を変えた。社長、ナイスショット！

それればかりではない。労使交渉を引き延ばし続けて協力会社の社員たちを路頭に迷わせ、ついには一家を自殺に追い込んだ労組委員長もいた。八人目の顧客である頭取は、ロビー活動を通じてある南米国家の債権を回収した。おかげでその国の保険予算執行に支障をきたし、スラムに暮らす数百人の子どもたちがコレラで死んだ。文字どおり、バタフライ効果だった。

誤解しないでほしい。彼らは決して凶悪な人間ではない。よくいうサイコパスでもなければ、富者にありがちな、金に目がくらんだ冷血漢でもない。彼らはおしなべて有能で、よき隣人だった。

無数の人々を虐殺したAは、慈善団体に飢餓撲滅のための寄付もした。むろん、総合所得税が減免されるため、何ら損をしたわけではない。とはいえ彼は、貧しい人々を見て見ぬふりをすることはできなかった。国歌を聞くだけで涙を浮かべる愛国者であり、他人のために苦労を厭《いと》わない人物だった。厳密に言って、それらの死は彼の責任ではないだろう。だがそれを言うなら、僕の場合もまた〝厳密に言って〟責任を質すことはできないはずだ。そして〝厳密に言って〟、どんな人間のどんな死も、誰のせいでもないはずだ。

十人目の殺人を計画するころにはもう、顧客が死ぬべき理由を探すようなことはしなかった。時間の無駄だった。死んでかまわない理由は誰にでもあった。良心の呵責などという言葉は蛇足にすぎない。

顧客に比べ、依頼人はつねに僕の関心の外にあった。顧客のことならサービス提供のために徹底して分析する一方、依頼人は僕にとって収入の源でしかなかった。原則として、依頼人について知ることはできない。だが、顧客に関する膨大な資料を見れば、依頼人の人と成りは想像に難くない。普通、依頼人は顧客の死により最も大きな利益を得る人物だ。僕としては、報酬さえきちんと払ってもらえるなら知らないほうがいい。だが一度だけ、依頼人とじかに会ったことがある。

彼は得意客だった。いや、正しくは彼の会社が得意客だった。安全上の理由で詳しくは話せないが、依頼人、つまり会長の会社は、成長企業トップ20に数えられる、多くの子会社をもつ財閥だった。彼は競争で勝つすべを心得ていて、勝利のためには手段を選ばなかった。うちの上得意客であることは説明するまでもなく、欲しいものは誰かを殺してでも手に入れる人物だった。人の上に君臨するのを当然と考える、僕とは別世界の存在。生涯顔を合わせることはないと思われたが、会長は何かの拍子に僕に目をつけ、その執念はドイツ製の黒いセダンというかたちで僕の自宅前に現れた。

「○○さんですね？」

映画に出てくるお偉方の手下たちは決まって、サングラスをかけたふたり組のマッチョだ。ブラックスーツに身を包み、声が低く、肩幅の広い輩。だが僕の場合は、ダークネイビーのスーツを着た二十代後半の麗しいお姉さんだった。個人的な感想を付け加えるなら、こちらのほうが映画よりもう少し穏やかで、自然かつ効率的な気がする。ややクールな印象の、隙のないその態度は、どこかうちのマネージャーを思わせた。名刺を確認せずとも、特有の丁重さと改まった話し方からおおかたの見当はついていた。彼女は秘書室と書かれた名刺を差し出した。

「どういったご用件ですか？」

「会長がお目にかかりたいと」

僕は素直についていった。スーツに包まれた、ウエストからヒップへの見事なラインが僕についてこいと言っていたからだ。それは、映画で見るマッチョどもの暴力よりよほど説得力があった。もちろん、背中を押したのは名刺にあった企業名と、それにまつわるこの業界での噂ではあったが。

道路を滑るように走るセダンでやって来たのは、本社ビルにある会長室ではなかった。

分譲オフィスがまだ残る、ある新都市の新築高層ビルの地下駐車場。僕はその最下層の障がい者用駐車スペースに、まるでドーベルマンのようなセダンから吐き出された。

「こちらへ」

スカート越しにはっきりとシルエットがわかる秘書の尻に視線を留めたまま、僕は黙ってついていった。そして、もしかするとあの尻がこの企業を代弁しているのかもしれないと想像した。「息を呑むほどの黒字」「優良株」といったワードが意味もなくちらついた。「関係者以外立入禁止」と書かれた扉をふたつもくぐり、その先のエレベーターの前で彼女は止まった。そういった扉の向こうには機械室があると信じていたうぶな時代が終わった瞬間だった。エレベーターにはボタンなどなかった。秘書が鍵穴に鍵を差し込んで回すとドアが開き、入るよう促された。僕はこわばった表情でエレベーターに乗った。金庫のような金色のエレベーターの内部には階数ボタンもなかった。ただひとつの階にしか停まらない、ただひとりのためのエレベーターだったのだ。秘書は弁解がましく言った。

「ひとりでお通しするよう言われております。私もむやみに立ち入れる部屋ではありませんので。会長がプライベートルームとして使われている部屋です」

僕は返事の代わりに、かまわないと笑みで返した。美女を前にすればなけなしの勇気も出るというものだ。だがドアが閉まると、彼女のおかげでかき集めた勇気も一瞬にして消え去った。蒼褪《あおざ》めた顔、縮こまった肩、怯《おび》えた表情。明洞《ミヨンドン》のど真ん中で俺は殺し屋だと叫んでも嘲笑しか返ってきそうにない病弱そうな男が、金色のドアに映った。最後に外出した日を思い出そうとしたが、無理だった。顔を上げると、天井には防犯カメラがついていた。カメラに向かって笑ってみた。それはまったく、笑顔というより痙攣に近かった。

ヴン、という音とともにエレベーターが停まってドアが開くと、そのお方の〝プライベートルーム〟が視界を埋めた。文字どおり、部屋が視界を埋め尽くしていた。ひとつの階を丸ごと、いや、天井の高さからして階ふたつぶんを丸ごと使ったその空間に、視界を遮るものは何ひとつなかった。秘書はそこを〝プライベートルーム〟と呼んだ。だがこれが部屋だとしたら、僕の部屋は別の呼び方をしなければならない。例えばネズミの巣とか、てのひらはどうだろう。これが部屋というものに入るのなら、オリンピック体操競技場だって部屋のひとつだ。

部屋の中央にソファがひとつ、窓辺にロッキングチェアがひとつ、隅にミニバーがある。それがすべてだった。サッカーだってできそうな空間なのに、だ。一面のガラス窓の向こうに新都市の全景が見えた。それは最も劇的な富の表し方だった。この国で一番高いものは空間であり、それが無駄遣いされていた。

会長はロッキングチェアに座ったまま、低くいびきをかいていた。僕は咳払いをした。

がらんどうの空間のせいで、咳払いの音が予想以上に大きく響いた。いびきが止まった。しばし沈黙が流れた。

「君が例の？」

会長の声は思ったより太い。だが上体を起こすと、彼の背はテレビで見かけたときの印象よりずっと低いようだ。もっとも、歴史上の征服者たちの多くが短軀《たんく》だった。にもかかわらず、どこか威圧的な感じを与える。彼の言う「例の？」がどんな例なのかわからないが、こういう場合の返事はひとつしかない。

「はい」

「こちらが頼んだ仕事の出来には、毎度満足してるよ」

一瞬、どう応じていいかわからなくなった。握り締めた手に汗がにじんだ。

「はい、あ、ありがとうございます。ひ、ひとまずはそれで……食べさせていただいています」

僕は声の震えをどうにかしようと、小さく咳払いした。彼がクスリと笑った。どれほど多くの人が彼の前で口ごもるのだろう？

彼はゆったりとした足取りでミニバーへ向かった。スリッパを引きずる音が空間に響き渡った。

「まったく最近は……仕事のできない人間ばかりだ」

「会社のすることです。僕は計画だけ……」

声がひどく震えていた。先のことを考えると、これはよくない。

「大事なのは計画だ。言われたままにやるのなら、私の下にも数万人はいる。だがそれが何になる？　頭を使う人間がいないときてる。よくよく見ればどいつもこいつも役立たずだよ。アメリカの名門大を卒業したから何だ？　融通が利かないにもほどがある。情けない奴らめ」

彼は舌打ちをしながらミニバーからグラスを取り出した。そして深刻な面持ちでグラスを宙にかざし、じっと見つめてから置いた。僕は深呼吸をし、何とか震えを抑えて答えた。

「ただの生業《なりわい》です。慣れてるだけですよ」

「謙虚だな。慣れてるだけ、か……気に入ったよ」

彼はウイスキーを取り出した。瓶を見た瞬間、思わず顔をしかめていた。偽造防止キャップで有名なそのウイスキーは、会長の地位とは釣り合わない。店ではそれなりの値段で売られているのだろうが、わざわざ買って家で飲みたいと思うほどの代物ではない。安価なウイスキーと無駄な空間が、妙なミスマッチを生んでいた。会長が蓋を開けた。偽造防止キャップが下に抜けていくポン、という音がした。こうなると瓶口を割らない以上偽酒を注《つ》ぎ足せないと宣伝していた、男性誌の紙面広告を思い出した。彼はグラスに半分ほど注いだ。氷は入れなかった。そしてしばらくのあいだ、しげしげとグラスを見ていた。まるでそこに何かの答えを探すように。

「君もどうだ？」

「いえ、けっこうです」

彼は微笑を浮かべ、うなずいた。そして残りのウイスキーをシンクに流し始めた。格の違いを見せつけるかのように、グラス一杯も飲んでいない酒の残りをシンクに捨てていた。見ているこっちが悶々とした。人が見れば、贅沢《ぜいたく》だと言うだろう。あるいは、金持ちの奇行だと思うかもしれない。だが、僕は仕事上、彼らの暮らしに精通していた。この行動の意味するところは明らかだった。

「君の目標は？」

彼がグラスを振った。琥珀《こはく》色のウイスキーが揺らめいた。

「はい？」

「最近の若者は目標がなくていけない。我々にはあったよ。何歳で部長になって何歳で役員になって、どんな家に住んでどんなふうに子どもを育てるか、そういったことがね」

僕は首を傾《かし》げた。そんな時期があった。一九七〇年代、八〇年代はそれが可能だった。

いや、グローバル化を掲げる大統領が登場したときや通貨危機以前は、誰の人生にも目標があった。父親の世代は、人生に物語があった。目標があり、失敗も成功も明確だったからだ。だが僕の友人たちは、一年後に自分が会社に残っているかさえ知れない。僕たちにとって目標とは、あまりに壮大な何かだった。

「人生に目標をもっても、叶《かな》えられる世の中ではないと思います」

「それでも男なら、腹を据えて目標に向かっていくのが本当だろう」

「予測可能な人生ではないですから。今は会社にいても、その先どうなるかわかりませんよね、最近は」

「予測可能な人生、か……。そんな人生を生きられるとしたら？　うちの会社で」

彼はウイスキーをひと口飲んで、こう続けた。

「今もらっている三倍、いや、五倍やろう」

僕はぎゅっと目をつぶった。その額を想像してみた。吐息が洩れた。そして、なるべく感情が出ないよう努めながら答えた。

「すごいですね」

彼の提案を予想していたため、驚きはなかった。だがそう提案されてどんな表情を浮かべるかまでは考えていなかったから、どっちつかずの表情になってしまった。彼がまた言った。

「悪くないと思うがね。人を殺す必要はない。私の身辺をガードしてくれればそれでいいんだ。肩書きも、名刺も、ひとりで使えるオフィスも用意しよう。役職は……室長、そんなところでどうだ？」

ぼくは返事の代わりに微笑《ほほえ》んで見せた。この年で大企業本社の室長とは、破格の人事だ。大学の同期はまだ平社員のまま。この年で室長など、普通なら会長の直系子孫しか浴することのできない栄誉だろう。額も悪くないし、何より人を殺さなくていいという点が魅力的だった。断る理由はない。

「それ以外のオプションも付けよう。車から家まで、贅《ぜい》を尽くしてやろうじゃないか」

僕は微笑んだ。想像しただけでも愉快だった。

「ああ、出勤用のスーツも何着か仕立ててやろうじゃないか。友だちと祝い酒でもやればいい」

彼はそう言いながらカードを差し出した。ただのクレジットカードではなかった。所持している人が世界にふた桁しかいないというカード。ウイスキーの広告が載っていた男性誌には、あるアラブの富豪がそのカードの申し込みを断られたという記事もあった。記事のタイトルはこうだ。「トップの証し」。そこには、トップレベルの人間にふさわしいアイテムのリストがあり、そのなかでこのクレジットカードは、自家用飛行機と大型ヨットのあいだにあった。風の噂に聞く会長の偏屈な性格と、自分との関係や立場を考え合わせると、彼の示してくれた態度はほとんど破格といえそうだった。どう見ても断る理由がなかった。一点を除けば。

「僕の意思でどうにかできる問題ではありません。ご存じのとおり、僕は会社の人間ですから」

会長に対して賢明な返事でないことはわかっていた。僕の声はどうしようもなく震えていた。すると彼は、グラスのウイスキーをひと息で飲み干した。そしてやや上ずった声で訊いた。

「会社が君を守れるとでも？　こうして私が君のことを知っているのに？」

彼の言うとおりだった。会社が信頼に値するものなら、僕に関する情報が外に洩れていいはずがない。もちろんこれも想定内の質問だった。それなのに、体の震えはもはや隠せなかった。僕はキーボードとモニターの陰に隠れているほうが性《しよう》に合っている。話が長引けば、耐えられなくなりそうだった。僕はその、部屋と呼ぶには気が引けるだだっ広い空間を、ゆっくりとうろつき始めた。

「失礼でなければ、どうやって知ったのかお聞かせ願えませんか」

彼は得意満面の笑みを浮かべて、グラスを置いた。

「私は商売人だ。取引をしたのさ。会わせてくれないならもう依頼しないとね」

「会社が圧力に屈したのですね。ひょっとしたら、僕は会長の求めるような人材じゃないかもしれませんよ？」

「そんな心配はいい。すべてこちらで確認済みだ」

彼は僕の動きを目で追いながら、ミニバーの上に置いたグラスをいじっていた。

「考えてみなさい。会社は、君を私に紹介するとき、こういう提案をされると予想しなかったと思うかね？　彼らも承知のうえで紹介してるんだよ。私の提案を受け入れたからといって、君が心配するようなことは何も起きない」

まるで宥《なだ》めすかすようなその言葉を聞きながら、ロッキングチェアの周りを歩いた。新都市の夜景が眼前に広がっている。会長の会社が建てたビルとマンション群も見える。彼はここから、自分の所有物を、王国を見下ろしていた。この席は彼の王座だ。僕は振り返りながら、つと上方を見た。頭の真上、そこに、どこか不気味な通風孔が見えた。通風孔からは乾いた温風が流れ込んできていたが、それでもまだ寒くて震えていた。いや、緊張のあまり、そもそも全身が震えていた。振り向いて彼を見た。そして苦笑いを浮かべて言った。

「よくおわかりですよね？　会社が僕の信頼を裏切ることと、僕が会社の信頼を裏切ることはまったくの別問題だと」

彼の顔つきが変わった。沸々と湧いてくるものを何とか堪えているように見えた。噂によれば、彼は断られることと自分のものにできないことに我慢ならない人間だった。その性格が今日の大企業につながったのだと聞いたことがある。会社に逆らうのも危険だが、差し当たって目の前の会長の機嫌を損なうのもいかがなものかと思われた。

「一度確認してみます、会社の意中はどんなものか。それで問題がなければ、そちらを受け取ることにします」

僕はミニバーの上のクレジットカードに視線を移した。トップの証拠だというそのカードは、ライトを浴びて光っていた。彼の表情がじわりとゆるんだ。背中を冷や汗がつたった。

「あれはそのまま置いておくとしよう。さほど待たないだろうからね」

勝者の笑みを湛えたまま、会長は僕のほうへ手を差し出した。僕は汗で濡《ぬ》れたてのひらを服の裾でぬぐい、彼のほうへ差し出した。僕たちは握手をした。彼の手は思ったより小さく柔らかかった。

「ところで、誰の仕業《しわざ》かはわかりましたか？」

手を引っこめていた会長の顔がぴくりと動いた。僕は空のウイスキーの瓶を指した。

「会長が飲むには安すぎますから」

すると彼は笑い出した。豪快な笑い声だったが、僕は一緒に笑わなかった。まだ彼に雇われたわけではなかったから、媚《こ》びへつらうつもりはなかった。そのため、笑い声は終わりに近づくにつれて侘《わび》しさをにじませた。毒殺を恐れて、最新の偽造防止キャップがついた新品のウイスキーしか飲めない男。どんな状況にあるかは火を見るより明らかだった。

「目星はついてるさ。だが、それがひとりやふたりじゃなくてね。ビジネスってのは元来そういうものだよ」

勇ましい言葉とは裏腹に、会長の顔にふっと寂しさがよぎった。僕はうなずいた。この広い部屋にひとりきりでいる彼は、あまりに小さく見えた。エレベーターに乗った。ドアが閉まるあいだ、最後に彼の姿を見た。彼はまたロッキングチェアに腰掛けていたが、もうさっきまでの威圧感は感じなかった。彼は数万人を抱えるピラミッドの頂点にいながら、いざこのビルの、この階から出られなかった。部屋がどんなに広くても、監獄は監獄にすぎない。ピラミッドがどんなに大きくても、結局は墓にすぎないように。彼が神話のように語られる人物であろうと、会長という地位にあろうと、僕の目にはただひどく怯えた、強がっているだけの老人にすぎなかった。ドアが閉まり、会長はひとり残された。僕は世界へ戻り、当の持ち主は怖くてもう乗れなくなった黒いセダンで帰宅した。

そして、会社から任された仕事を仕上げた。会社の意中を訊いてみると言ったものの、その必要はなかった。会長は、僕の返事を聞く前に入院することになったからだ。

僕が部屋を出て数日もしないうちに、彼は肺炎にかかった。入院して治療を受けるあいだ、肺炎は敗血症へつながり、いくつもの合併症を引き起こした。ほんの一週間で、車椅子なしでは会長室にも行けない身となり、その数日後には尿道に管を挿しておむつをつけ、もう会長室に出入りする必要もなくなった。そして次の季節を迎えられなかった。

会社の上得意客のひとりがそうして死んだ。だが、会社に特段影響はなかった。新しい顧客ができたからだ。それは彼の息子だった。会長の死因は敗血症。でも、僕はこう言いたい。会長の死因はリストラだったと。

会社は僕を裏切らなかった。彼の息子が単独で企んだ毒殺が失敗に終わり、身の危険を感じた会長は〝これ以上ないプライベートルーム〟にこもった。息子は今度こそとプロを探し、会社に依頼したものの、情報が足りなかった。計画を立てるには舞台となる空間を見ておく必要があり、そこで僕が自ら下見に行ったのだった。会長の〝プライベートルーム〟には本人しか入ったことがなかったからだ。

自然な死のために必要なのは、予知だった。顧客がこれからどんな行動を取るかを正確に知ること。予知は能力ではない。そんな能力をもった超人もいるのかもしれないが、僕が頼るのは徹底した分析だ。だからこそ、膨大な情報が必要になる。そして、その情報をもとに最も綿密に分析するのは、顧客の欲望だ。人間は欲望のままに行動する。無意識のうちの、ごくささいな決定さえも、決して偶然になされることはない。例えば、僕が書いたふたつめの小説に登場する牧師は、名誉欲と性欲がぶつかり合っていた。それが不倫というかたちで表れたのは、おそらく彼の屈折した支配欲のためだろう。神の牧者、不倫、緻密な性格、高い名望、主治医。これらが教えてくれるのは、彼がどんな欲望をもっているか、それらの欲望がどんな矛盾を抱えているかだ。これらが衝突し合う地点で、彼がどんな選択をするかを予測するのは難しくない。彼は、名誉欲という欲望が窮地に立たされるなり、ごく小さな希望、たとえそれが荒唐無稽なでたらめだとしても、その希望にすがる可能性が非常に高かった。そこへ、自分はこの状況を統制できるのだという支配欲まで加われば、選択はすなわち必然となる。そうしてエアコンの室外機は墜落したのだ。

会長の場合も同じだ。彼が窓の外に見渡していたのはたんなる眺めではない。彼の王国は危機に瀕《ひん》していて、その王国を支配するのだという信念を保つためには、ロッキングチエアは必ずあの場所になければならなかった。身の安全への偏執的な執着、王国への揺らぐことなき支配欲。それらは、彼の行為に制限をかける。そこで僕は、一ミリの迷いもなく計画を立てる。ロッキングチェアの位置は、培養した肺炎球菌を通風孔からエアロゾルの状態で流し込むのにうってつけだった。

〝プライベートルーム〟を出てからは実に簡単だった。老人の場合、肺炎は敗血症の引き金になりやすく、敗血症に抗生剤が効かないケースも珍しくない。もちろん、回復することもありえたが、会長に本物の抗生剤が打たれたことはただの一度もなかった。そんなふうに、顧客のための自然な死がもうひとつ完成した。

依頼人にはあまり時間がなかった。足元に火がついた息子は会社に絶好の提案をし、会社は僕にさらなる好条件の提案をした。会長が僕に会おうとしたのも、もちろん計画の一部だった。各自が最善の利益のために動いた、それだけだ。もう一度言うが、リストラで生き残るのは構造だけだ。例外はない。そのなかでは誰しも決して自由になれない。

Q&A

この辺りで、今これを読んでいるあなたたちが本当に気になっていることについて話そう。僕の職業について、普通の人が最も知りたがること。どれくらい儲かるのか。これこそが、あらゆる職業に対してあらゆる人々がもつ、しごく一般的な好奇心だろう。おそらくは、誰もが共感できる最も重要な物差しは、つまるところ金だからだ。

僕の年間報酬は弁護士のそれと同じぐらいだ。もう少し正確に言うと、年に三人殺せばそのへんの弁護士よりやや少なく、四人殺せばやや多い。仕事の難易度と成果によって、報酬は幾何級数的に増加する。会長のときは特別出張手当に危険手当までつき、普段の十五倍の額をもらった。だが、年に五人を超えたことはない。自然な死には入念な準備期間が必要で、それは、会社にとっても僕にとっても楽なことではない。

だからといって忙しいわけでもない。例えば五人殺した年も、実質働いていた期間は半年あまりだったと思う。残りの時間、つまり約半年は仕事をしなかった。すばらしい職業に思えるだろう。こうして文章にしている僕の目にも、憧れの職業に映るほどだ。だがここでいう仕事とは、あくまで殺人計画を立てている時間のことであって、残りの時間の多くは次なる仕事の準備にあてている。たかがコンサルタントの分際で何を準備するのかと思うだろう。多くの人間が完全犯罪を企んでもことごとく失敗するのは、徹底した準備を怠っているからだ。僕の敵は刑事と監察医、そして現場の鑑識を行う科学者たちだ。彼らは見えない証拠をたどって犯人を追い、僕は見える証拠の意味をすり替える。彼らは頭が切れ、先端技術を駆使し、科学理論に通じている。僕よりずっと賢いに違いない。

僕の唯一の戦略的利点は、僕は彼らの存在とワークスタイルを知っているが、彼らは僕の存在を知らずワークスタイルも知らないという点だ。したがって、この立場が逆転した瞬間、ゲームはこちらの負けになる。そして僕にとっては、たった一度の失敗も、ささいなミスも致命的だ。だから僕は、自分をシステムのなかに完璧にとけ込ませる。自分をシステムの一部と考え、寸分の狂いもなく作動するよう自らを設計する。

朝起きると、世界中の法医学者たちが論文を取り交わすニュースグループにアクセスして、夜のあいだにアップロードされた論文をチェックする。想像してみるといい。英語だけで書かれた、専門用語だらけの文章を。実は、この仕事をやると決めたとき何より嬉しかったことのひとつが、もうＴＯＥＩＣの勉強をしなくていいという点だった。だが、プランを練るために資料を調べ始めると同時に、真っ先に購入したのが電子辞書だった。悲しいかな、ハングルで書かれた専門資料はどこにもなかった。インターネットのおかげで、資料自体は簡単に手に入ったからよかったものの、下手すれば仕事のために留学するところだった。

学者同士で意見を交わし論文を共有するニュースグループは、僕にとって救世主も同じだ。それはもちろん、今だからこその感情にすぎず、初めは胃がむかついて仕方なかった。新たにアップロードされた論文のリストとその要約を読むのに一日かかった。法医学セミナーに僕を参加させるか、プロの翻訳者をつけてくれるか、諮問できる人を雇うか、あるいは国立科学捜査研究所の資料を盗むかしてくれと毎日のようにマネージャーに訴えた。会社から反応が返ってくるまでに、ちょうど三カ月かかった。そうしてできたのが今のダミー会社だ。さらに、国立科学捜査研究所の内部資料も本当に送ってきた。僕はちょっとたじろぎ、会社という存在がいっそう怖くなった。彼らの手がどこまで及んでいるのか、果てが見えなかった。

なんやかんやで、今はニュースグループにアクセスしても一、二時間で事足りる。コツは、ポルノサイトで卑猥《ひわい》な動画を選ぶのと似ている。両者とも、それを見た人の反応はわかりやすい。熱狂的に支持するなり、驚くなり、こきおろすなり、何かしらの反応《アタリ》がある。それらを真っ先にチェックするのだ。もちろん、僕は法医学者ではないから、自分の判断が彼らの反応とぴったり一致するわけではない。僕は犯人を見つけるすべを学びたいのではなく、彼らを避けるすべを知りたいのだから。そのなかから、必要なものや重要だと思われるものをピックアップし、僕の名刺にあるダミー会社に送る。すると彼らは、それを翻訳する。大抵は一日、長いときは二日ほどかかる。堅苦しい翻訳調ではあるが、贅沢を言っている場合ではない。

ともかくこういったシステムのおかげで、この国の誰よりも法医学に関する最新情報に触れられている。僕が参加している追いかけっこで生き残るためには、情報こそが最上の武器なのだ。

論文検索が終わると、午前中は一般的な調査をする。これには範囲などない。薬理学から化学、心理学、工学、さらには統計学まで。殺人のためのデータベース作りのために、こういった情報を体系的にパソコンにまとめておく。法医学とは異なり、全般的で確実な理論を整理しておく。いつ何が必要になるかわからないからだ。これは会社にも言っていないことだが——すでに承知のうえかもしれない——僕の手によって自然な死を迎えた人々についてタイプ別に統計を出せば、人の平均的な死亡原因とほぼ一致する。やや強迫的に思えるかもしれない。だがこういったことも、自然な死のためには非常に大切だ。平均的な死亡原因から大きく外れた死は、敏感な人たちにとって大きなヒントとなるからだ。

最も完全犯罪を狙いやすい連続殺人犯は誰か。答えは、医者と看護師だ。最も多くの人を殺した連続殺人犯のタイトルを、この人たちが独占している。彼らはもっともらしく被殺者に近づくことができ、各種の医療知識に長《た》け、あらゆる薬品が簡単に手に入る。のみならず、完全犯罪を夢見るほど賢い頭と機器、環境に恵まれている。環境からすれば僕よりよほど充実しているだろう。だが、彼らが連続殺人犯の上位タイトルを占めているということは、そんな彼らでさえも結果的には捕まったということだ。

彼らはどうして捕まったのか？　統計だ。有能な統計学者に各病院の死亡率についての資料を渡せば、彼らはそこから不自然な死を見つけ出す。統計の範囲を過度にはみ出した死は、何かしらの問題があることを示しているからだ。一見、さほどの違いはないように見えても。

ひとりの看護師がある病院に就職したのち、原因不明の心臓発作で四人の患者が死んだと仮定しよう。この看護師は年にたった四人しか殺さない、自制心の強い連続殺人犯というわけだ。ばれる可能性はほとんどなさそうに思える。しかし病院という場所で心臓発作で亡くなるケースは、我々が思うより多くない。発作は頻繁に起こり、そのために手術を受け、手術の途中で亡くなりもするが、心臓発作という単一の原因で死亡するケースはきわめて稀《まれ》だ。なぜなら、病院にはすぐに駆けつけて心肺蘇生《そせい》を行ってくれる人が大勢いるから。心臓疾患による直接的な死因の多くは、心臓ではなく、弱くなった心臓のせいで引き起こされる疾患にある。もしその病院で、前年まで毎年八人が心臓発作で亡くなっていたとしたら、彼女の登場で心臓発作が五割も増加したことになる。さて、こうなるとちょっとクサいと思わないだろうか。僕ならすぐに、彼女が以前勤めていた病院の記録を調べて、彼女がやめる前と後の、心臓発作による死亡者数を比較するだろう。

別の例を挙げよう。あるサイコパスの医者が十人にひとりずつ、手術中に起こりうる死に見せかけて殺人をしたとする。一見、大差はないように見える。運のない奴だ、病院側もそのくらいに思うだろう。ところが統計指標で見れば、彼の不運はほかの人に比べて、何倍も高い死亡率を招いているはずだ。なぜなら、十回に一度という頻度は大きくないかもしれないが、統計で見れば並外れた数字になるからだ。そしてその統計が累積するにつれ、当人についての多くの情報が浮上する。

僕たちは自分が統計外の、例外的な存在だと信じがちだ。だが、どんな人間も例外ではない。統計的情報が充分な量になれば、本人には認識できない、被害者の選び方といった傾向まで浮き彫りになる。それを極端なかたちにしたのが、プロファイリングだ。ある行為がくり返されれば、いかに小さな手がかりであっても、それを統計的に隠すことはますます難しくなる。そこへ心理学的分析まで介入すれば、もう逃げ道はない。充分な資料と時間さえ与えられるなら、統計学者たちは、連続殺人犯が殺した患者の数と誰が殺したかの近似値に迫れるだろう。自然な死をつくり出すのは決して容易ではない。そのためには偶然と確率まで騙さなければならないのだ。

昼食を終えるころには、前日に頼んでおいた論文の翻訳が届いている。それらを読み、必要な内容を整理してデータベースに入力する。ほとんどはたちまち必要なものではない。あらゆる先端理論がすぐさま現場に取り入れられるわけでもなく、長いあいだ議論が続いている仮説や理論もある。また、激務に追われている法の執行者たちは、実は最先端の理論について僕ほど知らない。仮に知っていたとして、関連機器の導入はお役人らの仕事だ。そのための予算執行は、数々の官僚的手続きのもとにどんどん遅れる。おそらく、今僕が読んでいる論文が現場で意味をもち始めるのは早くて五年、遅くて十年後になるだろう。したがって、今すぐというよりは未来に向けての貯蓄というわけだ。データベースがシステム内で力を発揮するには、情報の累積量が要となる。国立科学捜査研究所の機器リストを見れば、プランを立てる際に組み込んでもかまわない要素と取り除くべき要素、使っていい薬品とそうでない薬品がひと目でわかる。それこそがデータベースの力だ。とはいえ、彼らが調査するまでもなく、現場担当の警察が事故死と処理してしまうのがつねではあるが。

もしもあなたが法の執行に従事していたり、正義感に燃える人であるなら、僕のひとことひとことをおぞましく感じるだろう。だが、そこまで心配することも、憤る必要もない。僕のような道を選ぶ人はほぼゼロだ。大抵は、検事に賄賂を渡したり、元判事の弁護士を雇ったり、たんに刑務所送りになる。偽の診断書を書いてもらったり、精神疾患を訴える人もいるかもしれない。要は、僕のことまで心配しなくても、あなたがたがしょっぴくことのできない人間はいくらでもいるということだ。先述したように、僕が一年間に殺すのは、どんなに多くても五人がいいとこだ。飲酒運転者を捕まえ、運転中の携帯電話使用者を取り締まるだけでも、僕が殺した数よりずっと多くの生命を救える。それが、統計が物語る現実だ。

そんなふうに一日を過ごして終わると、ひとりで夕食をとりながらテレビを観る。〈CSI〉や〈ナンバーズ〉、〈FBI失踪者を追え!〉など、主にアメリカの犯罪捜査ものだ。これらが実際に役立つわけではない。劇中の機器や装置は誇張されているし、実際の証拠採取や犯罪立証はあんなにたやすくない。どでかい機械にサンプルを入れると何でも分析できたり、防犯カメラの画面が限りなく明瞭に拡大できるとしたら、犯罪行為などというものは割に合わなくなるだろう。そればかりか、これらのフィクションに登場する犯人は、ほぼ百パーセント捕まる。大して学ぶことはないというのが正直なところだ。

だが、捜査官なる人々のロジックを知ることはできる。少なくとも、彼らのキャラクターは現実に根ざしている。ロジックを理解することができれば、その避け方を考えることもできる。思いついたアイディアは、きちんと記録しておく。つまり、僕はひとえに一日を、誰かを自然に殺すための準備をしながら過ごすわけだ。

一年の半分しか働かないことは、羨ましがられるようなことではない。もちろん、こういった準備を誰かに強制されているわけでもない。でも僕は、失敗したくない。仮に失敗したとしても、刑務所に入ったり警察と鉢合わせたりする可能性はゼロに近い。怖いのはひとつ、会社だけだ。僕の勤め先のリストラほど恐ろしいものはない。だから僕は、自然な死をつくり上げるために、最適化した日常のなかに自らを安住させる。

こうした乾ききった暮らしの唯一の余暇は、古い映画のDVDを買い集めることと、ひとりで家にいるときにつけておくドキュメンタリーチャンネルだ。よく観るのは〈動物の王国〉。僕が最後に泣いたのは、あるオスのマウンテンゴリラの生涯を追う回を観たときだ。そこにはあらゆる人生ドラマがあった。《動物の王国》によれば、ドラマは次の四つに定義できるらしい。誕生、闘い（狩り）、パートナー探し、死。まったくもって、これこそが本質的な叙事だといえよう。

これを読んでくれている人たちに申し訳ないばかりだ。面白い殺し屋でなくて。日がな一日会社のデスクで過ごすあなたは、日に八時間はパソコンとにらめっこしている殺し屋の話など聞きたくないだろう。僕の計画を実行に移す人々のほうがまだ、僕よりドラマチックな人生を送っているかもしれない。だが、僕は基本的に、リスクの高い計画は立てない。実行役を危険にさらすのは、自分を危険にさらすのと同じだ。その内容は大抵、人にばれないように物を動かすとか、取り替えるとか、取り外すとか、戻しておくといった程度だ。こういったいくつかの不幸な偶然が連鎖すると、人は死ぬ。信じられないだろうが、それがすべてだ。現代人の人生は一週間、一カ月、一年周期でくり返される。したがって、その反復を支える柱にごくわずかなひびでも入ると、それが決定的な命取りになる。いずれにせよ、僕の計画を実行する者たちもまた、僕と同じくらい退屈な人生を送ることになるのは明らかだ。現代社会は分業化されていて、分業化された社会における人生はどれも似通っている。殺し屋でさえも。

これが僕の一週間だ。日にちを入れ替えても気づかないほど同じ毎日。かろうじて時の流れを感じられるのは、休日である日曜と、出勤日の水曜のみだ。そう。殺し屋も出勤する。名刺にある会社に出勤するのだが、普段の僕は、本社のあるニューヨーク時間に合わせて在宅勤務していることになっている。社員たちは、僕が本社に韓国支社の業務内容を報告し、指示を受けて伝え、韓国の市場について適切なコンサルティングをしているものと思っている。誰のアイディアかは知らないが、思いついた天才に会ってみたい。おかげで僕は、論文の翻訳から資料集めまで、雑多な仕事を思いどおりに頼むことができるばかりか、名詞にある肩書きにも忠実でいられる。オフィスの社員たちは全員僕のことを知っているし、何人かは親しげなそぶりまで見せる。出社すると自分の部屋でひとり、家とさほど変わらない作業をする。年末にはみんなで会食もする。そうして僕はホワイトカラーになる。

世界を股にかける美女、陰謀、華麗なアクションが登場する、映画のなかの殺し屋は忘れたほうがいい。僕の知る限り、少なくとも現実の大韓民国には、三つのタイプの殺し屋しか存在しない。

ひとつめは、野心に燃える暴力団だ。組織で大物になりたい、非情さで自身の存在を示したい、そう欲する彼らは、映画のなかにロールモデルを求める。そうして彼らは前科をつくる。前科は彼らにとって勲章であり、誇りであり、階級章だ。そんなふうに自分の価値を証明するうちに重刑を科され、刑務所で老いていく。そして戻ってくるころには、あらゆるものが変わっている。組織も、人も、ルールも。以前の自分のような、野心あふれる非情な後輩たちに背後を狙われる。それはどことなく、早期退職を迫られる会社員にも似ている。この現実のトーナメントで最後まで生き残るのは、情熱的で残忍極まりない人間ではなく、ビジネス感覚に富んだ抜け目のない人間なのだと気づくのは、邪魔物扱いされて身を引いたずっとあとのことだろう。ともすると、死ぬまで気づかない可能性もある。

組織犯罪についての最も大きな誤解は、それが暴力とパワーからなる成り立つものと思われている点だ。彼らは基本的に、マクドナルドと似ている。その本質は、多数の非正社員とフランチャイズ店にほかならない。ひとつ異なるのは、ハンバーガーの代わりに暴力と恐怖を売るという点だが、ビジネスにおいて、需要以上の暴力はリスクを育てるだけだ。過剰な暴力はマスコミや警察の耳目を引く。生産過剰の企業が、在庫を抱えきれず倒れてしまうのと同じ理屈だ。結局、組織内の殺し屋はすばらしく有能でない以上、将棋における歩にすぎない。彼らが登れる限界は、何も知らない新入りが希望を抱き、夢を描き、組織に献身する、ちょうどそのくらいだ。勲章を携えた彼らは、目下の者から羨望の眼差《まな》しを送られ、組織内でも敬われるものの、いざ事が起これば捨て駒にされる運命にある。あたかも、ブルーカラーに許された幻想が、ちょうどそれくらいであるように。将棋の駒はどこまでも将棋の駒、ゲームを主導するのは別の人間だ。しかも、その組織でさえもまた、別の者たちにとっての駒にすぎない。

ふたつめのタイプは、いわゆる便利屋が臨時で雇用している、殺人業界の日雇い労働者だ。彼らのほとんどは、金のために何でもやらざるをえない。借金に追われる者や、ギャンブルに資産を使い込んだ者、密入国した朝鮮族、家族に病人がいて金が必要な者まで、例を挙げればきりがない。要は、前科がなく、貧しく、追い込まれている人たちというわけだ。今すぐにでも臓器を売りたいと考える、金のためなら何でもやりたがる愚者たち。

捜査の盲点をついた方法だ。誰かが殺されたとなると、警察はまず、関係者と、類似の犯罪経歴をもつ前科者から調べる。したがって、彼らが捜査線上に浮かぶ可能性はきわめて薄い。現場に証拠や指紋を残さず、警察が初動捜査で方向性を誤れば、時に成功することもある。だが、彼らは素人であり、人殺しは初めてだ。殺人そのものに失敗し、犯罪の痕跡を残すことのほうが多い。もちろん、成功する者もいるし、未解決事件の相当数は彼らによるものだ。捜査はある程度はマニュアル化されていて、科学捜査なるものも指紋に頼るところが大きい。指紋も出ない、被害者ともまったく接点がないとなると、犯人捜しは、たとえホームズが実在したとしても困難を極める。だが、捜査に引っかからなかったといって終わりではない。彼らはいつも使い捨てにされる運命にある。

それにはふたつの理由がある。仮に犯人が、遺伝子検査が可能な毛髪や血痕を現場に残していたとしよう。そして運悪く、次の殺人現場で同じ毛髪が見つかったとしたら、警察はふたつの犯罪が同一犯によるものだと考える。すると当然、ふたつの事件の関連性を調べることになる。そこには請負殺人の可能性も含まれ、警察が請負殺人を疑い始めたら、捕まるのは時間の問題だ。被害者の死で最も得をする人間の仕業だろうことは、容易に予想できるからだ。令状を取って口座を調べれば、不審な金の流れが見つかる。あとは容疑者を取調室に入れてあの手この手で絞れば、十中八九はすらすら自白を始める。こういうわけで、一度殺人に成功したからといって次もやらせるとなると、リスクは桁違いだ。

ふたつめの理由は、もう少し切ない。犯人は大抵の場合、善良に生きてきた平凡な市民だ。前科がないという前提条件が、何よりそれを証明している。飲酒運転、暴行事件に一度も巻き込まれたことのないおとなしい人間が、ある日突然、金のために人を殺したと想像してみてほしい。

彼らの人間性は崩壊する。

かたちはさまざまだ。アルコールや薬物依存、ホームレスになる人、頭がおかしくなる人、ひどいときは自殺に至る人もいる。誰かを殺すことは、その人間の魂に取り返しのつかない傷跡を残す。最終的に、彼らは何らかのかたちで壊れてしまう。なかにはピンピンしている人もいるが、それも見かけだけの話だ。僕がこんなことを知っているのは、そのうちのひとりをリストラしたことがあるからだ。

どう見ても、金にもならなければ誰の頭を悩ますこともなさそうな、貧しくも純朴な二十代の青年をリストラするという仕事が入ってきた。何とも興味深いケースだったため、マネージャーにそれとなく事情を訊いてみた。それまでそういった質問に答えてくれた試しはなかったから、期待はしていなかったのだが、その日は快く答えてくれた。どうやら、ライバル会社から依頼を受けて上機嫌だったらしい。依頼したのは、便利屋だった。請負が本業であるはずの便利屋が、会社に依頼してきたのだ。

一年前、便利屋からの依頼を受けた青年は、心臓病を患う妹のために、自分と同年代の女を殺した。結婚詐欺の常習犯だった女は、誰もがひとめぼれしそうな美貌の持ち主だった。約束が欺瞞《ぎまん》に、愛が憎しみに変わると、誰かが金を払い、青年がそれを受け取った。見事な手際だった。女を、見るも無残にめった刺しにしたのだ。憎しみに身を震わせていた顧客は大満足し、警察は怨恨による犯罪だと見て調査したものの、容疑者には全員アリバイがあった。前科なしの善良な若者にしては珍しく、あっぱれな仕事ぶりだった。便利屋は感心しながら報酬を払ったが、彼が平気でいられるとは思っていなかった。そういった残忍な殺し方をしておいて平然として見える人間こそ、数カ月後には目もあてられない状態になっているものだからだ。青年の妹は手術を受け、経過もよかった。それで終わっていれば、おおむね満足のいく結末だったに違いない。

だが、それは始まりだった。しばらくして、青年がさわやかな顔で再び便利屋に現れたとき、スタッフたちは驚いたという。前回別れたときの姿と何ら変わっていなかったからだ。彼は落ち着いたにこやかな表情で、仕事がないかと尋ねた。前で述べた理由から、またも殺人を頼むのは気が引けたため、スタッフは届け物の仕事はどうかと提案した。殺人に比べれば簡単だし、人殺しをやってのけるくらいの腕なら安心して任せられそうだった。青年からしても、そのほうがずっと安全だろうし、報酬もよかった。だが意外にも、青年は断った。金が必要なのではないかと尋ねると、青年は「いいえ」とだけ答えて去っていった。

半年後、便利屋は、警察に仕込んである情報筋から奇妙な噂を聞くことになる。青年の住む京畿道《キョンギド》の衛星都市を中心に連続殺人が発生しているというもので、その手法は、青年が結婚詐欺師の女を殺した方法とぴったり一致した。若い女性、めった刺しにされた死体。便利屋はあらゆる手を使って、マスコミも入手不可能なほど徹底した管理下にあった、被害者リストを入手した。状況は一目瞭然だった。警察は青年が暮らす町に犯人がいるものと当たりをつけ、捜査網を縮めていた。そこで、便利屋は我々に依頼した。警察の耳目《じもく》を引かないよう、自然なかたちで青年を殺す必要があったのだ。

僕は、喜んで彼の事故を演出した。勤めていた工事現場で足場が崩れ、彼は二十一階から転落した。ちょうど安全ネットのない場所で、〝偶然にも〟彼は安全帯のフックをかけていなかった。便利屋から我々に依頼してきた理由は、シンプルだがわかりやすかった。被害者リストの四列目には、青年の妹の名前があった。事件は未解決のままに終わり、連続殺人もまた、マスコミに知られることのないまま警察署のキャビネットで眠ることになった。

このタイプの殺し屋の場合、見方によれば、いっそ殺人をしくじるか、逮捕されたほうが幸運といえそうだ。いずれにせよ、彼らは消費され、捨てられる。失敗することが人間として生きられる最後のチャンスとなる。ニーチェが警告したように、一度深淵《しんえん》をのぞき込んでしまえば、怪物にならずしてそこから出ることはできないのだ。

最後は、僕のように会社に所属しているタイプだ。彼らが僕のように会社に所属しているのか、僕以外にどれくらいいるのかはまったくわからない。可能性は薄いが、ひょっとすると僕だけかもしれない。だがほかにもいるのなら、その人はあなたの友人や隣人、今あなたのそばに座っているその人かもしれない。つまり、そこらのホワイトカラーと何も変わらないというわけだ。少し前までは、そう思っていなかった。そして、その数は非常に少ないものと信じていた。何しろ、人を殺す仕事なのだ。だが今は、自信をもって言える。彼らは平凡なホワイトカラーであり、中流階級の人間だ。そしてその数は、あなたの想像よりずっと多い。映画のネタにされないのも、しごく当然のことだ。観客自身の暮らしを録画して観るのと大差ないのだから。反復、日常、分業、そして効率性。前近代的で原始的、将棋の駒のような暴力団組織内の殺し屋や、資本主義社会で使い捨ても同然に扱われる非正規雇用の殺し屋。彼らと違って生き残ってこられたのは、僕、または我々が、資本主義社会に適応し、そのシステムの一部になったからだ。

ここまでが、僕のつまらない仕事についてあなたが知りたがるだろうすべてだ。

事務的関係

オフィスでの僕はおおむね、よき仕事仲間として通っている。最大の理由は、僕が同僚とじかに衝突することも、彼らに苦言を呈することもないためだ。オフィスワークでは、顔を合わせることが少なければ少ないほど相手に好印象を与える。僕はオフィスで唯一、公式に本社から派遣された社員ということになっている。すでにご存じのとおり、実際には本社など存在しないのだが。あるとき、いったい僕がどういうわけで若くして本社直属の社員になったのか、という話題で持ちきりになったことがある。誰かに訊かれたなら、ありのままを答えただろう。大学時代に偶然インターンに応募し、合格したのだと。もちろん、僕に直接尋ねてきた者はいない。オフィスには僕についての人事書類もなかったから、しばらくはいいネタになっていたらしい。

彼らは一方的に、僕のことを、アメリカの名門大学でＭＢＡを取得した人間と決めつけた。東海岸だとか西海岸だとか、アイビー・リーグだとかそうじゃないとかと取り沙汰されるうちに、僕は自分でも惚《ほ》れ惚《ぼ》れするほどのパーフェクトな人間となっていた。頭が切れ、親を大事にし、ハンサムでリッチなだけでなく、マナーもいいという、その存在自体がバットマンやスーパーマンほど曖昧模糊《あいまいもこ》とした完璧な人間に。足りない単位を補うために休暇中も特別講義を履修していた僕の成績表を見せてやりたいと思ったが、あえて噂を否定するようなことはしなかった。心のどこかで楽しんでいたのも確かだが、それほど近しい人間がいなかったのだ。のちに話すが、プライベートで会っていた相手もいる。だがその距離感を説明するなら、十万光年と五万光年の差といったところだろうか。結局、どちらも遠い彼方《かなた》の存在にすぎなかった。わざと距離を置いていたわけではないが、彼らにとって僕は居心地のいい存在ではなく、僕から彼らに近寄っていく理由もなかった。何より、僕には守るべき秘密が多すぎた。

オフィスでは支店長だけが、本当の僕の業務を知っていた。いや、厳密に言えば業務を知っているというより、僕が会社に所属し何か恐ろしいことに関わっていることを知っていた。内容については、全面的に彼の想像力に任せていた。週に一度出社すると、退社前に彼の部屋に寄ってかたちだけの報告をした。実際には僕が報告を受けていたわけだけれど。そのたびに彼は、信じられないほど卑屈な態度を見せた。親子ほど年の離れた僕に向かって敬語を使い、そういう質《たち》なのだと言い張ったが、僕以外の社員には一切敬語を使わなかった。気まずさを隠そうと親しげに振る舞い、そのせいで余計にぎくしゃくしてしまう、そんなタイプの人間だった。

　あるとき、会食の二次会でカラオケスナックに行ったことがある。新入社員の歓迎会だった。二次会にまでついてくる支店長を、皆は「もう帰ってくれればいいのに」という目で見ていた。場所を移動するあいだも口々に、「支店長、奥様が心配なさってるんじゃないですか？」「そんなに無理なさらなくても」とさりげなく彼を帰らせようとしていた。だが、彼は聞く耳をもたなかった。おそらくは、まだ残っていた僕の顔色をうかがっていたのだ。いつもの僕なら早々に帰っていただろう。だがその日はことのほか、僕の酔った姿を見たがる連中に引き止められた。わざわざ水を差すようなことはしたくなかったため、二次会の隙を見てトイレを理由に抜け出すつもりだった。幸い酒には強いほうだが、酔えば余計なことを口にするやもしれなかった。ともかく店を移り、歓迎会なのだから一曲目は当然、新入りがマイクを握った。最初のフレーズを歌ったところでドアが開き、トイレに行っていた支店長が入ってきた。彼はろれつの回らない口調で、新入社員に向かって怒鳴った。

「新入りのくせに、気の利かない奴め！　今日はな、久しぶりにお偉い方が同席してらっしゃるんだぞ！」

そしてマイクを奪った。新入社員は、やらかしてしまったのかとおろおろしていた。支店長はマイクを手に、腰掛けている社員たちの膝をまたぐようにして、一番奥に座っていた僕の前へやって来た。

「さ！　どうぞ」

こいつは俺をからかっているのか、はたまた頭がおかしいのか、といったあらゆる考えが頭をよぎった。と同時に、説明しがたい感情が押し寄せては引いていったが、最後に残ったのは同情だった。彼はこんなふうにして生き残った世代だった。時とともに筋肉が退化し腹に脂肪がつくように、彼の勘も老いてしまったのだ。目の前のマイクを見ながら、白けた気まずい雰囲気のなかで歌うことも考えてみた。そんなのは御免だった。

僕は支店長を連れ出し、タクシーに乗せて帰宅させた。彼はいまだに空気を読めないまま、「これはこれは、わざわざお見送りいただかなくても。恐れ入ります！」とわめき続けていた。

彼を見送った僕はしばらく道端でタバコを吸い、それから帰宅した。幸い、来週まで彼と顔を合わせることはない。翌朝になって、彼がおずおずと顔色をうかがってくるさまなど見たくなかった。

支店長のおかげで、オフィスの人間たちは、僕がＭＢＡ取得者だというくだらない噂を信じているようだった。それはともかく、彼を見ていると、自分もマネージャーの前で同じような表情を浮かべているのではないかという気がした。我々の関係は、会社からの指示を受ける者のほうが食物連鎖の上位にあるためだ。彼のような小心者がどういうわけで会社と関わることになったのだろう。答えを得たのは、彼と仕事をして四年ほど経《た》ったころだ。

「あ、あの、たまには会食に参加されたほうが、社員たちとも自然な関係をつくれますし、それに……」

旧盆を控えた週だったと思う。その日、社内の会食があることは知っていたが、僕はニューヨークの現地時間に合わせた勤務を言い訳に、またも遠慮しようとしていた。ニューヨークに旧盆はなく、抜けるのはあなたのせいだと言いたかったが、そうすれば彼は連休のあいだじゅう、その言葉の意味を巡って悩むに決まっていた。

「それは命令でしょうか？」

「ち、違います。わ、わ、私はただ……」

彼の額にぽつぽつと汗が浮かんでいた。どこまでも冗談の通じない人間だった。いや、ユーモアが成立しない関係なのだろうか。

「ご心配いりません。取って食ったりしませんよ」

微笑みかけながら腰を上げると、彼は引きつった笑顔を浮かべて一緒に立ち上がった。

「では、お気をつけて」

「ええ。ではまた来週……」

恐ろしいほど気まずい空気だった。ドアのほうを振り向きざま、彼がごくりと唾を呑む音が聞こえた。この気まずさを解消しようと、最も無難だと思われる言葉をかけた。

「ところで、ご家族はお元気ですか？」

次の瞬間、支店長の脚がガクガクと震え始めた。まるでおもらしをしたかのような表情だった。

「しょ、承知しています。本当に差し出がましい真似を……お、お許しください」

彼がいきなり土下座し、頭を深く下げた。おかげで、ぶるぶる震えている尻が見えた。

彼がぬかずいていたからよかったものの、それを見つめる僕の表情も見ものだっただろう。僕は立つように言った。怯えきった彼は目元に涙を浮かべ、またもや、出しゃばった真似がどうとかこうとかと弁明した。それ以上聞きたくなかった。そのまま部屋を出た。可能性はふたつだ。彼は、会社に依頼して家族の誰かを殺した。あるいは、会社に家族を人質に取られ、脅迫されている。もっとも、家長のなかで家族の暮らしを人質に取られていない者などいないだろうが。もしくは、両方かもしれない。重要なのは、彼も僕と同様、会社の奴隷だということだ。不憫《ふびん》だとは思わない。いや、むしろ見苦しいという表現が正しいだろう。彼に僕の立場を説明することもできた。または、互いの事情を語り労《いた》わり合うこともできたかもしれない。だが、そうはしなかった。僕としてはそのほうが楽だからだ。

オフィスを出る際、経理の女性が僕に微笑んで見せた。さっきまでの不快感がいくらかましになった。電話に出ていた彼女は、電話する、というしぐさをして見せた。

何度か入れ替わりはしたものの、そのころオフィスにいた経理の女性はオフィスで唯一、僕にわかりやすく好感を示してくる人間だった。おそらくは、僕の給料がほかの誰よりも多いことを知っていたからだろう。

ヒョンギョンという名の彼女は、自分の名前を嫌っていた。いつだったか理由を尋ねたとき、彼女はこう答えた。

「サイワールド（一九九九年に開始された韓国発のＳＮＳ）で私の名前を検索したらいくつ出てくるか知ってる？」

彼女は、当時流行《はや》り始めていたチック・リットの先駆けのような人だった。偉大なるアメリカドラマが、ケーブルテレビを通じて働く女性についての幻想を農薬のように撒布《さんぷ》し、意味をつかみかねる〝クールな人生〟とやらへの幻想が腐るほど量産されていた。二十代半ばに移行しかけていた彼女は、ブランド物を愛し、金の価値を知っていた。ヒョンギョンにとってファッションとブランド品は、陳腐な名前の自分を他人と区別させるツールだった。週に一度しか出社しないせいか、彼女が同じ服、同じ靴を履いているのを見たことがなかったが、バッグだけはいつも同じだった。どうか誤解しないでほしい。そんな彼女を不快に感じたわけではない。そもそも、自分がそういうことを評価できる立場にあるとも思っていない。考えてみてほしい。人を殺すよりブランド物を愛するほうが百倍ましだ。僕はヒョンギョンが、愛だの恋だの信頼だのという話を持ち出さないところが好きだった。実に無駄な言葉だからだ。

少なくとも年に一度は、保険金と遺産のために配偶者をリストラするという仕事が回ってきた。彼らは恋愛中、そして結婚を経ながら、愛や信頼について語らなかっただろうか？　他人が口出しすることではないかもしれないが、利口な人なら、死の間際まで愛の言葉を囁いたに違いない。いや、死んでもなお、パートナーとの別れを惜しんで嗚咽《おえつ》したかもしれない。もちろん、愛が冷めることだってある。心変わりしたり、別れたりもする。そういったことを否定しようというわけじゃない。法はそういった場合に備えて、離婚という制度を設けている。だが、彼らはその道を選ばなかった。会社に連絡し、パートナーに愛を囁いたその口で、自然な死が本当に可能なのかと確かめたのだ。

いつだったか、著名人の配偶者を殺したことがある。ひと月後、彼が朝のテレビ番組で、自分がパートナーをどれほど愛していたかを泣く泣く語る姿を見かけた。男であれ女であれ、さして変わりはない。本当に愛していたかもしれないが、それならなおさらおぞましい。だから、そんな奴らよりはいっそ、ブランド好きだとかチック・リットといった、欲望に正直な女のほうがずっといい。だがもちろん、そういう女を好んだのにはもっと大きな理由がある。

ヒョンギョンはよく電話をかけてきた。僕はどちらかといえば、用件を伝えたらすぐに切りたがるタイプだった。だが彼女は、懲りずに電話してきた。そして、ご飯は食べたか、今日は何をしているのかと尋ねた。彼女が本当に気にかけて電話してきていると思うほど馬鹿ではない。ただ、ファンタジーを愛する彼女のことだ、どうせ引っかかるのなら、うぶな大物が釣れたと思わせてやりたかった。

ヒョンギョンと食事に行ったのは、彼女から電話をもらい始めて四カ月ほど経ったころだった。そのうち諦めるものと思っていたのに、読みが外れたわけだった。僕たちが向かったのは、雑誌やネットでも有名な、デートコースの王道ともいえるレストランだった。雑誌から切り抜いたかのようなゴージャスなインテリアに囲まれて、映画に出てきそうなゴージャスな人々が、どこかの料理本で見たようなゴージャスな料理をつついていた。あたかも、自分の人生はゴージャスなのだと証明したがっているように。ある米国作家の著書で、「芸術の目的とは、人生を価値あるものと錯覚させることにある」という文章を読んだことがある。彼の言うとおりなら、こういった見栄えのするゴージャスさこそが、我々の人生を支える芸術というわけだ。女たちがゴージャスさを愛する理由がわかる気がした。それゆえに、僕たちもまた、発音しようとすると舌がもつれそうな、意味もわからない長たらしい名前の料理を頼んで向かい合っていた。人の殺し方は、ナイフで切るごとに赤い肉汁のしたたるレアステーキに添えるにはもってこいの話ではあるが、誰かに自慢するような話ではない。かといって、エクセルを使った精算方法や、見たこともないドラマを話題にすることもできなかった。仕事中の彼女が慣れた手つきで金を数える姿はセクシーだったが、そんな話を持ち出すにはまだ早かった。思った以上に気まずく、何かに食いついてくれないかと互いに質問を投げ合っていた。そろそろ話題が尽きかけたころ、結局は相手について話すしかなくなった。僕が彼女について知っていたのは、いつも同じバッグを持ち歩いているということだけだった。

「バッグに何か特別な意味でもあるの?」

「え?」

「いつも一緒だよね。服と靴は違うのに」

「わあ、気づいてたんですか？　私には興味ないのかと」

「どうして。このあいだの赤いハイヒールとそのバッグ、よく似合ってたよ」

「ほんとに？　今度また履いてきます」

「ともかく、バッグはいつもそれだね」

「そういうわけじゃ。ただ、このブランドが好きで……」

「よく知らないけど、ルイ・ヴィトンってずいぶんするんじゃなかったかな？　うちの会社って、そんなに給料いいの？」

「まさか。仕事も多くないし、早めに帰れるのはいいけど、お給料は安いほうです。前に通ってた会社は毎日夜勤に残業で、いやになって辞めたんですけど」

「そう。僕はあまり出社しないから……所属も韓国支社じゃないしね」

「家でひとりで仕事するの、退屈じゃありませんか？」

「いや、実は性に合ってるんだ。誰かに嫌味《いやみ》を言われることも、気を遣うこともないから」

「寂しくなることもない？」

「慣れてるからね」

僕は肩をすくめた。しばし気まずい沈黙が流れた。彼女が求めていた答えではなかったようだ。いいムードとはいえなかったが、切り替えることもできなかった。ヒョンギョンが僕に関心を寄せる理由は明白で、だから、いいカモだと思わせる必要があった。そういった面では、こういった不手際も有利に働くに違いない。彼女は巧みに収拾に乗り出した。

「これ、プレゼントされたものなんです」

彼女はバッグを少し持ち上げて見せながら言った。

「ああ、それでいつも持ち歩いてるわけだ。特別な人からのプレゼント？」

「いえ、そういうわけじゃ。デザインとかイメージとか、とにかくこのブランドが好きなんです。好きなんてものじゃないかもしれない。正直に言うと、新作のトートバッグを買ってくれる人がいたら、大好きになっちゃうと思います」

彼女はバッグに付いている、金属性のでかでかとしたブランドイニシャルを指しながら笑った。大好きになっちゃう、か。僕はしばし窓の外に目を向けた。必要な情報は揃《そろ》った。次の約束はいつにしよう？　そうするうちにデザートが運ばれてきた。彼女が訊いた。

「日曜日はどんなふうに過ごしてるんですか？」

「〈動物の王国〉を観てるかな。これが面白くてね」

「へえ、動物が好きなんですね。私も犬を飼ってます」

僕は苦笑いした。

「いや、動物好きというより〈動物の王国〉好き、というのがほんとのところかな」

「私はゴリラが好きです」

「じゃあ、今度は動物園へ行こうか？」

ヒョンギョンが微笑んだ。僕は内心、動物園の近くにしゃれた宿があったか考えていた。家に帰ったらネットで検索してみようと。

　そんなふうに、二度目のデートは動物園に決まった。動物園は信じられないほどさびれていた。動物たちの表情は、どこか人間のそれと似ていた。どの動物も、通勤バスで見かけそうな不安げな面持ちで檻《おり》のなかをうろつくか、そうでなければ眠っていた。実際は、ほとんどの動物が夜行性だからだろう。夜のあいだは、今より幸せだろうか？　いずれにせよ、僕たちはマウンテンゴリラを見に行った。マウンテンゴリラの表情は、少し違った。彼らは悲しそうだった。何というか、以前、パソコン通信の端末機を押入れから引っ張り出したときの僕の表情に似ていた。どうしてあんな顔をしているんだろう？　もしかすると、鉄格子に囲まれた暮らしをするうちにおのずとそうなるのかもしれない。だが、ヒョンギョンは楽しそうだった。

「あのね、ほんっとに好きなの。ゴリラ。似てるでしょ、キングコングに。キングコングと一緒にエンパイアステートビルのてっぺんに登れたらどんなに素敵かしら。映画のなかで、キングコングが死んだときはすごく泣いたわ」

彼女はあどけない表情でそう言った。つまり彼女は、エンパイアステートビルに自分を登らせてくれるキングコングを探していた。くらくらするようなスリルは、オーガズムに負けずとも劣らないだろう。

彼女だけが、動物園のなかで唯一元気だった。感嘆の言葉を連発しながら動物園の隅々まで駆け回る様子は、幼いカモシカのようだった。サラサラと揺れる後ろ髪を見ていると、なぜか小さなため息がこぼれた。ひょっとすると、僕に元気がなかっただけかもしれない。でも、〈動物の王国〉で観る動物たちとここにいる動物たちはあまりに違った。

夕食をとりに移動した。ホテルのスカイラウンジで食事しながら、彼女にトートバッグを贈った。彼女が愛してやまないあのブランドの。なんてわかりやすいのだろう。あらゆる趣味趣向が商品番号に集約されているとは。ブランドのそういった単純さが好きだ。夢と希望をこれ以上含蓄的に表すのは難しいだろう。値札付きのセレナーデ。

その日の夜を、僕たちはホテルで過ごした。期待以上だったと言いたい。言葉よりも体のほうが通じ合えた。次回はコンドームをもういくつか準備しておいてよさそうだ。明かりを消して眠りにつく前、そんなことを思った。と、ヒョンギョンが訊いた。

「お金、使いすぎじゃない？　ひとり暮らしでしょ？　今度は家で会いましょうよ。料理なら得意なの」

喜ぶには多くを知りすぎていた。女に引っかかるにしても、おいしい餌にむやみに食いついてはならない。釣られた挙げ句に、三枚おろしにされる可能性もある。僕はそつなく断った。

「大丈夫。君のために使うのはちっとももったいなくないから。僕にとってとても大事な人だからね」

そして実際、そのとおりに行動した。ドルチェ&ガッバーナ、マノロ・ブラニク、シャネル、ティファニー、カルティエ、エルメス、再びルイ・ヴィトン。月に一、二度はほかの銘柄も交じった。金ならあった。ほかに使うあてもなかったから。いや、人を殺して残高が増え、銀行のVIPとしてぺこぺこされるたび、耐えがたい気持ちになった。ああ、自分はそれだけの人を殺したのだと。だから、そんなかたちでもいいから金を使いたかった。

彼女が身に着けているもののなかに、見覚えのある品が増えていった。僕が出社する日には、彼女は僕からのプレゼントで身を固めていた。いつものバッグも、僕が贈ったほかのバッグに取って代わり始めた。気になることがふたつあった。彼女がこれまで身に着けていた服や靴は、いわゆるバッタものだったのか。彼女がいつも持ち歩いていたあのバッグは、いったい誰からもらったものなのか。

そんな関係が一年ほど続いたように思う。その間、ありとあらゆるものをプレゼントしておきながら、彼女を自宅へ招いたことも、誰かに挨拶させたことも、彼女の家族や友人に挨拶したこともなかった。言い訳はいくらでもあった。僕は夜間に仕事をしていて、どんな仕事をどのくらいしているのか、どれほど忙しいのかを知るのは僕だけだった。彼女も馬鹿ではなかったから、それが意味するところはわかっていただろう。認めたくなかったかもしれないが、僕が彼女のキングコングになってあげることはできない。ヒョンギョンという名は、殺し屋の妻として生きるには平凡すぎる。彼女なら、僕が殺人をしても、ブランド物さえ手に入るならわかってくれるかもしれない。だが、彼女が僕の仕事を受け入れ、その金でブランド物を買うことに妥協したとしても、自己満足のために人殺しを受け入れる女を僕は容認できない。自己矛盾だとわかっている。だが、殺人の影がちらつく家庭に暮らしたいとは思わなかった。

ある日を境に、彼女からの電話が途絶えた。いつもそうだったように、僕のほうからかけることもしなかった。そんなふうに終わった。大げさな別れのシーンも、もっともらしい別れの儀式もなかった。僕たちは毎週会社で顔を合わせ、軽い目礼を交わした。それだけだった。彼女の表情を読み取ろうとしてみたが、難しかった。彼女はしごく平然としていた。忍耐強い彼女も結局は、限界を感じて諦めたのかもしれなかった。あるいは、彼女の言葉どおり——僕がトートバッグを買ってあげたからかもしれないが——いっときは心から僕のことを好きだったかもしれない。そうかといって、何も変わりはしない。こんなふうに終わることは、始まる前からすでにわかっていたのだから。

中毒

クラス委員から連絡をもらったのは、ヒョンギョンと別れた直後だった。同窓会のメンバーの誰かから連絡が来るとは想像もしていなかったから驚いた。あの日路地で殴られたことで、高校時代をはるかにしのぐ強烈な印象を残したという自覚はあったが、当時仲がよかったわけでもなく、卒業後に連絡を取り合ったこともなかった。彼は大企業に勤めていた。順調に昇進し、平凡な社会生活を送っていた。僕はその会社の会長の死に絡んでいたものの、彼が知るはずもなかった。いくら考えても、彼が電話をかけてくる理由が思い当たらなかった。だから無性に会いたくなった。

再会したクラス委員は、腹にもう少し肉がついた以外は以前と変わりなく見えた。彼が人のよさそうな笑みを浮かべて手を差し出し、僕たちは握手した。いい店があるからと彼が先に立った。ここ数年の急激なワインブームに乗り、狎鷗亭《アプクジョン》にできたワインバーのひとつだった。照度の低い薄暗い店内、木材と赤レンガを使ったインテリア、セラーにずらりと収まるワイン。酒をほとんど口にしない僕にとっては、あまり見慣れない光景だった。ほかの人ならこの手のスタイルを何と呼ぶのかわからないが、無知な僕はただその薄暗さが気に入った。

「最近は何といっても、ブルゴーニュワインだな」

今となっては思い出せもしない長たらしい名前のワインを頼み、彼はこう付け加えた。

「つまみはチーズの盛り合わせを。シェーブルチーズは抜いてください」

高三の秋を思い出した。大学入試を控え、気合い酒を飲むために集まったホルモン屋で、クラス委員の彼は今と同じ、自然なトーンでメニューを注文した。場馴《ばな》れしていることを見せつけるような声に、親近感と、ある種の距離感を覚えた。

「ワインに詳しいんだな？」

「仕事上、知らないわけにもいかないからな。高校んときと同じさ。あのときはナイキを履いてなきゃ変人扱いされてたけど、それがワインに置き変わっただけだ。お前んとこの会社だってそうじゃないのか？」

「意外に人に会わないから」

僕は肩をすくめて見せた。

「羨ましいよ。でも、会社生活をするならこのくらいはたしなみだ」

会社生活という言葉は僕の耳に、どこか他人事のように聞こえた。彼はずいぶん長いあいだ、ワインについてまくし立てた。どれも週末版の日刊紙に出てきそうな内容だった。場をもたせるために何でも熱く語る姿勢はありがたくもあったが、だんだん退屈になってきた。やがて話題は、彼が夢見るワインの話へと移っていった。

「マジでさ、一九八六年産のシャトー・ムートン・ロートシルト、一九九〇年産のシャトー・マルゴー、二〇〇〇年産のオー・ブリオン、この三本を並べて、テイスティングしながらその香りを吟味できたらこれ以上の天国は……」

ふと、名前も憶えづらいワインの数々を、彼は実際どのくらい知っているのだろうと思った。

「今言ったワインのなかで、飲んだことのあるやつは？」

するると彼は、きまり悪そうに笑った。

「こんなのは……常識みたいなもんだよ。飲んだことないワインの話をしちゃいけないか？」

「いや、そういうわけじゃ……」

「俺だって飲みたいさ。宝くじに当選したらすぐに買うよ。一本いくらするか知ってるか？」

「僕が知るわけないだろ。でも、すごく詳しそうだから。どんな味なのか気になって」

「これだからワインは勉強しとかなきゃ。訊いたのが俺でラッキーだと思えよ。よそでそんなこと言ったら白い目で見られるぞ」

僕は返事の代わりにうなずいた。彼が正しい。変なのは僕のほうだ。なかには、一度も乗ったことのない車の最高速度を知っている人もいる。車ばかりではない。飲んだことのないワイン、所有したことのないオーディオ、買うこともない宝石、着ることのできない服を人は求めてやまない。いつかそれが手に入るものと想像しながら。

子どものころは誰もが、何らかの事件が起きることを、あるいは特別なパワーが具わることを夢見た。例えば、恐竜や怪獣が現れ、地球が危機に陥り、空を飛ぶといった夢を。ヒーローになり、地球を救い、実はどこぞのお姫様だったことが明らかになる、そんな空想をしていた。思春期になると、空想の対象は異性に取って代わった。テレビのなかの芸能人や、バスで乗り合わせた魅惑的な香りの女性は、つねにめまいを起こさせた。それらはさらに、偶然の、だが運命的な出会いと切なく激しい恋へと続く胸震えるストーリー、あるいは妄想と化して頭のなかを駆け巡った。だがいつからか、人々は変わり始めた。あまたの物語とキャラクターはインターネットという空間で仮想のカートに入れられ、最終的に取り消しボタンを押されるものになっていった。それは時に家だったり、車だったり、何かのブランド品だったりした。いずれにせよ、ストーリーとキャラクターは駆逐され、意味をもつのは事物だけになった。ここに付け加えられるストーリーとは、宝くじ当選や株で大儲けといった、このうえなく短くもつまらないものが関の山だった。物語とキャラクターはどこへ消えてしまったのだろう。ワインは苦い後味を残した。

「ところで、何だって連絡をくれたんだ?」

「お前ならよく知ってると思って」

「何を?」

「リストラだよ」

彼は今年入ったインターン社員を指導していた。インターンは三人、皆頭がよく、覚えも早く、仕事もできた。それどころか、彼らは正社員である彼の同僚や部下たちより優秀だった。だがインターン期間も終わり、三人のうちふたりの首を切らなければならない。彼は知りたがった。誰を切るべきか。そして僕に助言を求めてきたのだ。僕がリストラのコンサルティングをしているから。しばし考えた。どんなアドバイスができるだろう。本質的にはいつもの仕事と変わりなく思えた。僕はなるたけまことしやかに、リストラについて自分が知っていることを話した。

「どいつを選んだって一緒だろ。そのなかに会社を潰すような子がいると思うか? 反対に、会社を大躍進させるような子でもいい。人事部が何をほざこうと、結局はそのポストで黙って働いてくれる誰かが必要なだけじゃないか。好きに選べばいい」

彼はうなずいた。苦々しい表情を浮かべて。

「そのとおりだけど、聞いてると、何だか会社がいやんなってくるな」

「それなら辞めればいい。とっ捕まってるわけじゃないんだから」

彼の弱気な言葉が神経を逆撫《な》でた。仕事を辞めたからといって、僕みたいに命の危険があるわけでもなし。

「冗談じゃない。今月のクレジットカード代に、保険料に、車のローン、先月入った終身保険のせいであっぷあっぷなんだ」

記憶のなかの十七歳の彼は、大学に入ったら旅をするのだと豪語していた。決してサラリーマンなどにはならない、旅行記を書きながら世界中を飛び回るのだと。だが、今の彼が移動する最長距離は、ランチで向かう飲食店ぐらいのものだろう。彼は寒々しい表情でグラスを手に取った。

「そっちの方面のプロなら、もっと違うアドバイスの仕方があるんじゃないか」

「プロ？」

僕はプレートに載った、半分欠けたチーズを見た。チーズに混ぜるのにもってこいの毒薬が数種類、頭に浮かんだ。プロと言えばプロだった。

「コンサルタントをしてるからって、例えば、車の製造法や、家電製品の作り方、ビルの建て方についてわずかな知識でも備えてると思うか？ 冗談じゃない。だけど会社は僕たちを雇う。なぜって、あらゆる決定はコンサルティングの結果であり客観的な評価だ、そう言えるから」

グラスを置いた彼の表情に疑念が混じった。

「それでも、それなりに客観的なんじゃないのか？」

「客観？ コンサルティングで参考にする資料は誰が作ってると思う？ 会社だよ。僕の価値判断が入らないからって、それが客観的ってことにはならないだろ」

僕はもう、顧客の善悪を判断するようなことはしなかった。それらはたんなる依頼にすぎない。

「てことは、コンサルティングを任せる理由はただ、責任を回避するためってことか？」

「もちろんほかにも理由はある。金を出す人たちに、何かしら専門的で客観的なステップを踏んでると信じさせてやるんだ。けっこう大事なポイントだよ。それに、何たってこっちには、手際よく、正確に片付ける腕がある」

僕が立てた計画で死んだ人たちを思い浮かべてみた。僕は彼らをよく知っていた、誰よりも。だがそこには共通の思い出も、記憶もない。彼らの健康記録は主治医ほども熟知していたが、体臭も知らず、体温を感じたこともない。これこそ専門的というものだ。

「平気で切れるよ。結局は他人だからね。君みたいに下手に関係があると、不安を感じたり恐怖に駆られたりもするだろう。知り合いだからね」

「恐怖だって？　俺は彼らがかわいそうだから……」

「憐《あわ》れみだと言いたいのか？　君にもわかってるだろう。決断したくない理由が。本当は、自分も大差ない立場にいるからだと知ってるからじゃないのか？」

ふと、その言葉を自分自身に投げていることに気づいた。彼に説明しながら、おぼろげながら自分のやっていることの正体がわかった。要するに、コンサルティングとはそういうものなのだ。

「結局、責任の話に戻るわけだ」

「ああ、そういうことだ」

彼は血と見紛《みまが》うようなワインを見ながらつぶやいた。

「俺の責任だと思うと嫌気が差すな。いったい、誰を残して、誰を切るべきか」

それでもまだ、対象を選ぶこともできれば、相手が死ぬこともない。彼が羨ましかった。

そんなふうに僕たちは、フランス・ブルゴーニュからやって来たワインを一本空けた。明日になれば、彼は残るべきひとりの名を上司に告げ、あとのふたりはクビになるだろう。そして僕は、殺すべき誰かの身辺情報が記載された書類を受け取ることになるだろう。それが、僕たちの住む世界だった。

駐車場で代行のドライバーを待った。彼は立派な車に乗っていた。僕はエチケットとして小さな嘆声を上げ、彼は誇り高い声で照れくさそうに、まだ一年ローンが残っているのだと言った。ほろ酔いの彼は、会社勤めがいかにストレスであるかを強調しながら、テレビショッピング依存症なのだと打ち明けた。今月はカニの醬油漬《ケジャン》けにズボンの三点セット、スチーム掃除機、ケンポナシのエキスを買い、テレビを観ていると電話を手に取らずにはいられないのだと。半年を棒に振ることになるふたりの若者への罪悪感を、それで忘れられるのなら安いものだった。僕は咳払いをひとつした。

「仕事のほうはどうだ？」

「さあな。リストラってのはひとまず、誰かに辞めてもらうことだから」

「どこも似たようなもんだな」

「そうだな。会社だから」

「うちでもコンサルティングを頼むようなことがあったら、お前んとこを推しとくよ」

「高いよ、うちは。やたらと」

「どうせ俺が出すわけじゃないし」

「頼むようなことがないことを祈るよ」

「実績が伸び悩んでるとなれば例外はないさ。すぐにこれだ」

彼が首を切るしぐさをした。そのとき、代行のドライバーが到着した。彼は僕の手を握りながらこう言った。

「ありがとう。恩に着るよ」

社交辞令にすぎない言葉を聞きながら、かすかな笑いが洩れた。このあいだの仕事は、君んとこの会長をリストラすることだったと言いたかった。その瞬間、彼が僕に会いたがった理由がわかった。彼は誰を選ぶべきかわからなかったんじゃない、自分の行為を合理化してくれる人が必要だったのだ。平凡な人間の合理化のために悪役を任されるのは、思ったより後味が悪かった。ヒョンギョンと寝たくなったが、電話しなかった。結局は彼女も、ホームショッピングと変わるところのない依存対象にすぎない、そう思った。偽りの慰め。いつか読んだ資料を思い出した。イギリスの科学者によれば、セックスと買い物と麻薬は、快楽中枢が刺激されるという面で同じ快楽なのだという。

彼が羨ましかった。そのずる賢さが羨ましかった。それは、当たり前の暮らしをしている人だけのものだった。その平凡さが切ないほど輝いて見えた。少なくともその瞬間は。

茶封筒

　このころから正月や盆に顔を合わせるたび、親戚からの干渉がひどくなっていった。この年頃の未婚者にとっての通過儀礼のようなものだ。親元を離れて本格的に仕事を始めると同時に、言われずとも人並みに結婚しようとは思っていた。だが仕事が仕事なだけに、思うだけに留まっていたのだった。そうこうするうちに年齢も、殺した人の数も三十を超えてしまった。盆正月には皆、飽きもせず同じ質問をした。「結婚はいつ？」。僕はいつも「さあ」と答えていたように思う。

　ある日、母親から電話がかかってきた。大変だから急いで来てくれと言われ、サンダルをつっかけて駆けつけてみると結婚相談所だった。帰ろうとしたものの、背中を叩かれて連行された。そんな具合に、知らない女性たちと会う日々が始まった。カップルマネージャーだという人に導かれ、ほぼ隔週で新しい女性に会った。会社で作ってもらった名刺がまたもや本領を発揮した瞬間だった。

最初のうちは、ランク別の検印を押されて冷凍庫にぶら下がっている肉のような気分だった。だがそれも、何度かほかの肉と入り交ざっているうちに慣れてしまった。殺し屋になることで慣れなければならなかった事々に比べたら、ランク分けされて売られていく気分など軽い余興にすぎなかった。殺した人の数が自分の年を越えれば、何をしても楽しいものだ。死がもたらしてくれた報酬のおかげで、僕はなかなかの女たちに出会えた。いや、訂正しよう。かなりいい女たちに出会えた。みんながみんな、明日結婚してもおかしくないほどすばらしい女性たちだった。でも、だからこそ、僕をためらわせるものがあった。それが何かを知ったのは、彼女に会ってからだ。

イェリンという美しい名前をもった彼女は、たとえるなら僕のマネージャーの日向《ひなた》バージョンだった。マネージャーが僕の性欲の化身だとしたら、彼女は僕のファンタジーの化身だった。線の細い、しとやかで神秘的な趣の、ハナショウブのような女性。窓のほうを向いて静かに話す横顔を見ているだけで幸福感に包まれる、そんな人だった。初めて会って話した瞬間から、何か違うものがあった。それまでの女たちはまず、僕が自分に釣り合うかを確かめようとした。例えば、ランクを示す検印がちゃんとついているか、肉質はいいか、瑕疵《かし》はないか。目的に忠実だった。そのための席なのだから、不満はなかった。だが徐々に、そんな出会いに疲れ出していた。プロフィールと外見が異なるだけで、同じ人に会っている気分だった。結婚相談所でつくられたクローンだと言われても信じただろう。カップルマネージャーに遠回しに尋ねると、彼女はいかにも誇らしげに答えた。

「それだけ候補者のレベル管理が徹底されているということです。最適な配偶者を見つけて差し上げられる細分化されたデータベース、それこそが弊社の自慢ですから」

そう聞いて、僕は自分が作成した、殺人のための細分化されたデータベースを思い浮かべた。どこも似たようなものらしい。だがイェリンは違った。例えば、彼女が口にした最初のひとことはこうだ。

「ここに来る途中で、昨日の雨でできた水溜《みずた》まりに青い空が映ってるのを見たんです。なんていうか、すごく爽やかな気分になって」

彼女の最初のひとことを生涯忘れることはないだろう。僕たちは伝統茶の店でお茶を飲んだ。彼女が茶碗《ちゃわん》を取って口に運ぶ姿を見ているだけで、そよ風が脳天を吹き抜けていくような気分になった。口元へ向かう彼女の白い手は、柔らかで優雅な曲線を描いていた。僕の表情を見たカップルマネージャーは、あとは当人同士で、と微笑み、いそいそと席を立った。

昔から付き合っている彼女みたいだった。お見合いの公式めいた質問はそっちのけで、僕たちは天気やマグリットの絵、雨の日に聞きたい音楽について語り合った。二度目の約束では、前回の話に出た音楽を焼いたCDを交換し、最近彼女を怒らせた友人について意見を交わした。彼女は僕より五歳下で、母親の剣幕《けんまく》に押されて結婚相談所に登録したという点は僕と同じだった。イラストを描く仕事をしていて、アズラエルという名前の三歳の白猫を飼っていた。一度、深夜に電話をかけてきてこんなことを言ったこともある。

「ビートルズのリフレインの、イエーイエーイエーって部分、すっごくいいと思わない？」

そしていつか、ある画家について話しているとき、芸術は人生より大事かを巡って論じ合った。彼女はこう答えた。

「そういう大きなことを決めるのは好きじゃないわ。だってそのあと、心のなかで永久に修正し続けることになるんだもの」

彼女のことなら、これまで会った誰よりも詳しく話せるだろう。これまで出会ってきた人たちと、僕が殺した人たち、全員を合わせても。まったくもって不思議なのは、それでもどこかミステリアスなところがあって、会うたびに胸がときめくことだ。まるで何か秘密をもっているかのように。愛という言葉以外に説明がつかなかった。彼女にもらったCDを聴きながら帰宅していたとき、軍隊で考えたひとりめとふたりめの子どもの名前を思い出した。バスの後部座席の窓にもたれて、僕は腑抜《ふぬ》けのように笑った。

翌日、僕は車を購入した。それまでは必要なかった。外出することがなかったからだ。だが、彼女を家へ送っていくために車を買うことにした。彼女が好きそうな車にしたいと思い、皆の憧れのメーカーの店舗を訪ねた。すべての趣味趣向はブランドで説明できることをヒョンギョンから学んだからだ。

売り場のインテリアは冷たく、シンプルながらも、華やかだった。相反する性質をもち合わせていることは、そのブランドがいかに高級かを意味していると教えてくれたのもヒョンギョンだった。ディーラーは言った。

「これはですね。ただの車じゃありません」

彼は片手で、滑るような車体を愛撫《あいぶ》するように撫でた。

「着いた先でこの車から降りた途端、周囲の空気がさっと変わるんですよ」

彼は自負に満ちた声でそう言った。そして、その言葉に嘘はなかった。クラス委員がなぜローンという足枷を自らはめてまで高級車を買ったのか理解できた。車線を変えようとウィンカーを出すだけで、後続車がブレーキを踏むのがサイドミラーで確認できた。アクセルを踏むたび、車はゆうゆうとほかの車を追い越した。僕は路上の王様だった。ディーラーの表現を借りるなら、「ブレーキを踏んだ瞬間、女たちのパンティーが濡れるという、ヨーロッパ譲りのスマートな」新車を買うには、リストラ三人ぶんの報酬がいった。それでもかまわなかった。顧客はいくらでもいるのだから。

新車のシートで、彼女にもらったCDをくり返し聴いた。それだけで心に温かい光が満ちていくようだった。先日の雨で木々はすっかり葉を落とし、季節は冬に差しかかっていた。それでも、家の外へ出るとすべてが青々として見えた。

そして、車でどこへでもともにした日々があった。今でも雪の日には、漢江《ハンガン》沿いの駐車場に車を停めて音楽を聴きながら、白い雪にどんどんかき消されていく河を見ていた瞬間を思い出す。彼女の唇はとても温かく、肌は泣きたくなるほど柔らかかった。彼女の体は白く輝き、あらゆるものは降りしきる雪のなかであまりに淡すぎた。そしていつしか、僕と彼女さえも曇る窓の向こうへと消え入っていった。

僕たちがともにしたすべての瞬間のなかで、大切でない時間などなかった。そぼ降る雨、晴れていく雲、欠けてゆく月を見ながら、いくらでも彼女を思い出すことができた。並んで歩いた道、一緒に聴いた音楽、彼女のにおい、なめらかな肌。それらは烙印《らくいん》のように残り、目を閉じればこの手で触れられそうなほどありありと思い出せた。幸せすぎて怖かった。ひとりで家へ帰る道すがら、車を停めてタバコを吸いながら、すべてが夢なのではないかと不安になった。どうしようもないほど切なくなる、そんな日々。今もそのころを思い出すだけで指先が震える。ときどき、どこかで引き返せないだろうかという後悔が胸の奥底から浮かんでくる。だが自分の気持ちも、その後に迫り来る出来事もどうすることもできなかった。

彼女にプロポーズしようと決めたのは、啓蟄《けいちつ》までいくらも残らないある日のことだった。何度か春雨が降ったあとの、花冷えのするその日、僕たちは日曜日を一緒に過ごした。彼女は素肌にエプロンを着けて、テンジャンチゲを作ってくれた。キッチンの小窓からのぞく前日の雪と彼女の白い肌が入り混じり、輝いて見えた。まぶしい陽射しを見ながら思った。

明日、あんなふうに輝く指輪を買おう。

二日前に降った雪がどろどろに溶け、通りは汚かった。白いスニーカーが台無しになった。以前の僕なら絶対に外出しなかっただろうが、天気など関係なかった。いや、百年ぶりの寒波でさえも、僕の行く手をふさぐことはできなかったはずだ。僕は店員に言った。「プロポーズ用の指輪を見せてください」。そう言いながらも、僕の求めるのは指輪ではなかった。夢の種だった。僕は長い時間をかけて、大きなダイヤのリングを選んだ。そんなときでも、ひとりぶんの命と同じ値段だと考える自分に嫌気が差した。だが、あらゆる選択には代価が付き物なのだ。

シンプルなふたつのリングのあいだに、ダイヤが花のように咲いている指輪だった。いつ、どんなふうに渡そう。どうしたら彼女にとって生涯忘れられないプロポーズになるだろう。考えることだらけだった。もしも断られたら？　突然指輪が重たく感じられた。

帰り道で二度も信号違反をし、車線を間違えもした。そうしてようやく家に戻ると、客が来ていた。最初は、鍵を閉め忘れたのだと思った。玄関には黒いハイヒールがあり、僕はイェリンの名前を呼びながらなかへ入った。彼女以外に、うちに来る人などいなかったからだ。リビングにはマネージャーが黒いコートを着たまま座っていた。彼女が言った。

「新しい仕事よ」

何かがおかしかった。マネージャーがじかに仕事を持ってくるなど一度もなかったことだ。僕は初めて、自分の性欲の女神を前にして嬉しいと思わなかった。感情を隠すため、無理やり明るい声を絞り出した。

「儲かってしょうがないな。たった今金を使ってきたとこなのに」

彼女は茶封筒をテーブルに置いた。

「恋愛中でお忙しいでしょうけど、きっちり頼むわよ」

僕は書類を見下ろしながら言った。

「いい加減な仕事をしたことはないよ。どうして？　何か問題でも？」

「そうじゃないけど……今回のはある意味テストだから」

　マネージャーが席を立った。

「テスト？　それなら合格したはずじゃないか」

　思わず大きな声になっていた。マネージャーは呆れたような顔で言った。

「国から出される運転免許だって更新するのよ、当然でしょ？」

「だからって毎回テストを受けるわけじゃないだろ」

「毎回テストしないからこんなに事故が多いんじゃない。知ってるでしょ、会社がどういうものか」

　彼女はそう一笑に付し、視線を茶封筒に投げた。

「ちょっと心苦しいかもしれないわ、知ってる人間を殺すのは。でもこの人、ちょっとまずいことを知っちゃったから」

　マネージャーはふっと微笑んだ。にわかに頭が真っ白になった。知ってる人間、知ってる人間、知ってる人間。知ってる人間、という言葉が頭を巡りながら、あらゆるものを破壊していった。指輪も、この数カ月間の幸せも、浮ついた気持ちも、まぶしい時間も、すべてがたった六文字の言葉に砕かれていった。僕はコートを脱ぐのも忘れて、その場に立ち尽くしていた。我に返ったときには、マネージャーの姿はすでになく、茶封筒だけが残されていた。封筒はテーブルの上にあまりに整然と、瞭然とそこに在った。

誰だろう。知っている人間とは誰だろう。知り合いのなかで、まずいことを知ってしまいそうな人とは誰だろう。頭のなかで、書類に載っていそうな人間を推測するふりをしてみた。だがすでにわかっていた。悩む必要もなかった。自宅に出入りしていたのはひとりだけだから。パソコンには見られてはならない情報が詰まっていて、クローゼットには前回殺した人間の記録がまだ残っていた。

僕は家中を掃除し、溜まっていた洗濯をすませ、引き出しを整理した。クローゼットのなかの記録もすべて処理した。それでも茶封筒はそこに在った。

洗い物をし、シンクの生ゴミを捨て、車を磨き、ゴミの分別をした。それでも封筒はそこに在った。

この四年間の領収証を整理し、パソコンを分解して掃除し、洗面台と排水口をきれいにした。汚物が横隔膜を刺激した。僕はそれらを捨て、捨て、また捨てた。それでも封筒はそこに在った。

誰かに絶望について尋ねられたなら、それは薄いベージュ色の茶封筒の形をしていると答えよう。少なくとも僕にとってはそうだった。封筒を開くのに三日かかった。勇気が湧いたからではない。不安で、恐ろしすぎて、それ以上耐えられなかったからだ。何かしらの決断を下したわけでもない。彼女を救って僕が死のう。そんなすばらしい確信があったなら怖くもなかったはずだ。だが僕が命懸けで防いだとしても、本当に彼女が知ってはならないことを知ってしまったのなら、それは卵を岩に打ちつけるようなものだ。僕の努力で会社を立ち止まらせることができるとは思えなかった。いや、そもそも僕は会社の正体さえ知らないのだった。

封筒を開いた。書類の束が入っていた。僕はそれを手に取り、テーブルの端にとんとんと打ちつけた。きれいに揃った書類の重みが、ずしりと堪えた。最初のページをめくる。写真があった。知った顔だった。これから自分が死へと導かねばならない相手の目をじっと見つめた。

原罪

子どものころ、教会へ行ったことがある。クリスマスのことだった。クリスマスには教会でお菓子がもらえるからだと思ったあなたは、僕よりひとつ前の世代に違いない。一九八〇年代初頭に子ども時代を送った僕たちは、ひどく貧しい家の子でない限り、クリスマスに教会で配られるお菓子やパンなどには目もくれなかった。もしも当時、お菓子をもらいに教会に行こうと友人を誘っていたなら、こんな返事を聞いたはずだ。

「やだよ。ゲームセンターでギャラガやってるほうがいい」

でも僕は、ある友だちのお導きによって教会へ行くことにした。クリスマスが僕にとって特別だったのは、お菓子やパンのためではなく、ある例外のためだった。

その時代、夜九時のテレビニュースが始まる前には決まって、月と眠っている子どもの絵をバックにしたアナウンサーが登場し、「いい子は夢の国へ」という今となってはあほらしくて仕方ない言葉を吐いていた。社会はそういった放送を鵜呑《うの》みにし、九時以降に外をうろついている子どもには、見知らぬ大人までが家に帰るよう強《し》いた。大人たちもサイレンが鳴ると同時に出回れなくなる時代だったから（一九四五年から一九八二年まで韓国のほぼ全域で夜間通行禁止令が敷かれていた）、立場は子どもとそう変わらなかった。のちに全財産がたった二十九万ウォンになる軍人が国を治めていたころで、国全体が軍隊さながらの様相を呈していた。

当時の僕にとって最大の謎のひとつが、午前零時を過ぎると果たして何が起こるのか、ということだった。なぜお化けは零時を過ぎてから出るのか？　僕がお化けに遭遇しないのは、九時になると寝なければならないからに違いなかった。ひょっとしたら『ポールのミラクル大作戦』のように、零時になると異次元へのドアが開くのかもしれない。時には明かりの消えた部屋で、就寝前にそんな想像を巡らせたものだ。

何だって大人たちは、子どもが夜遅くまで起きているのを留め立てするのだろう。僕は絶えず想像した。すべての子どもを寝かさねばならないほどの秘密とは何だろう。早く大人になりたかった。だが、時間は味方をしてくれなかった。そのころはまだ、十日が一カ月に、一年が十年に感じられていた時期だった。十年後など永遠に来る気がしなかった。

だが、そこまで待つ必要はないことに気づいた。つねに例外というものがあり、その例外とはクリスマスだった。僕は両親に、礼拝が終わる時間まで教会にいてもいいという許可をもらった。

初めて訪れた教会は、不思議な場所だった。クリスマスに際して劇を上演したり歌を歌ったりと、色んな行事があったように思う。だが習慣とは恐ろしいもので、九時になるやまぶたが重力に逆らえなくなってきた。固い意志とは裏腹に、教会ならではの退屈で温かい雰囲気が、僕を夢の世界へといざなった。そうしてうたた寝しながら、零時直前までぐっすり睡眠をとった。

もうすぐ零時というとき、誰かの大きな声で目が覚めた。牧師だった。牧師はよく響く声で、イエス様は我々の罪のために十字架に磔《はりつけ》になったのだと説いていた。だから、イエス様に近づかない限りは天国へ行けないのだと。僕は口元のよだれをぬぐってから、隣にいた幼年部の先生に小声で訊いた。

「じゃあ、罪がない人は、イエス様とは関係なく天国に行くってことですか?」

すると先生は、説教の邪魔にならないよう低い声で答えた。

「罪のない人はいないのよ」

「生まれたばかりの赤ちゃんや、やさしい友だちだってたくさんいるのに……その子たちにも罪があるんですか?」

先生は新顔の僕に、やや煩《わずら》わしそうな面持ちで、全人類の祖先であるアダムが罪を犯したため、その子孫であるすべての人間は生まれながらに罪を抱えている、それが原罪なのだと説明した。言うなれば、存在するだけで罪を犯しているのだと。子どもの僕でさえ首を傾げるような内容だった。さらに口を開こうとすると、先生は、今は説教の時間だから静かに、と制した。僕は、「ちぇっ、自分ばっかりしゃべって」とぼやきながら席を立った。全員の視線が僕に注がれるのがわかったが、かまわず教会を出た。僕が知りたかったのはそんなことではなかったから。

外は静かで、冬の夜気はしんと冷たかった。眠気の名残りが北風に吹き飛んでいった。どこからか酔客たちのにぎやかな声と、犬の吠《ほ》える声が聞こえてきた。そして、教会の鐘の音。午前零時を告げるものだった。僕は立ち止まった。心臓がどきどきし、思わず笑みを浮かべていた。

だがそれで終わりだった。不思議なことなど起こらなかった。鐘の音がやむと、辺りは再び静かになった。犬の咆哮《ほうこう》がやみ、人々の足音も薄らいだが、それだけだった。漫画のように時が止まることもなければ、空を覆う大きなコウモリも、白装束の幽霊も、狼《おおかみ》人間も、のっぺらぼうも現れなかった。それなら大人たちは、どうして早く寝ろと僕たちに強いたのか？　にわかに怒りが湧いてきた。零時が特別だったのは、それが禁じられた時間だったから。それだけだった。

　零時を過ぎても世界は変わらないのだとわかると、クリスマスもつまらなく感じられた。お化けもいない、異次元への扉も開かない、魔法の時間もないのだから、サンタクロースもいないに決まっていた。複雑な気持ちだったが、当時はあてはまる言葉が見つからなかった。もてあそばれた気分だとわかったのは、もっと年を重ねてからのことだ。

　母に楽しくなかったのかと訊かれ、そうだと答えた。温かいココアを飲んでから眠った。目が覚めたとき、枕元にはサンタクロースが置いていったというプレゼントがあった。内心ではフンと鼻で笑っていたものの、びっくりした表情でこう叫んだ。

「わあ!　本当にサンタさんが来てくれたんだね」

　それからはすべてを冷めた目で見るようになった。年明けには夜間通行禁止例が解かれ、「いい子は九時に就寝」というあほくさい放送もなくなった。ギャラガもまた、あとから登場したゼビウスに人気を奪われた。その年の新学期には文学全集を揃えるのが大流行し、中産階級ならば世界文学全集と百科事典は当たり前といわれた。我が家はシャーロック・ホームズの全集を購入した。魔法と冒険、サンタクロースのいたところに、犯罪と探偵が鎮座した。

あらゆるものがそんな具合に変化していったが、原罪という概念は時折思い出すことがあった。存在そのものの罪。なぜ存在すること自体が罪になるのか？　なぜ立派な大人がそんな馬鹿げたことを信じているのか？　時が経ち、思春期を迎え、三十歳を過ぎてからも、凍えそうな夜にはその言葉を思い出した。

それを知るのは、コンゴに行ってからだ。そして僕がコンゴに行くことになったのは、ほかでもない、あのベージュ色の茶封筒のためだった。むろん、当時は自分がコンゴへ行くことになるとは、そして、その答えを知ることになるとは思いも寄らなかった。

書類にあった人物の職業はイラストレーターではなかった。実に幸いなことに、僕の予想は外れた。かといって、喜びの涙を流すこともなかった。マネージャーの言ったことは嘘ではなかったからだ。

ターゲットはヒョンギョンだった。どんな気分だったか？　初めは安堵だった。そして若干の喜び。続けて、しばし呆然《ぼうぜん》とした。あれを恋愛と呼ぶべきかはわからないが、いっときは交際していた女性だった。だから悩ましかった。一緒に動物園でゴリラを見た。彼女から学んだことも多い。いわゆるブランド品が誇る、スタイルやシンボリズムといったもの。僕の目には同じに見えても、それらはめいめいが驚くほど多彩な意味を備えていた。

象徴と暗示、隠喩と誇示の新世界。だが、殺してはならない理由にはならなかった。セックスの相性はよかったが、命を懸けるほどのものではなかった。おまけに僕は、彼女の生死を決められる立場にいるわけでもなかった。

いい面だけを見ようと考えた。いずれにせよ、イェリンは生き残り、僕は彼女にプロポーズできる。運悪くかつての恋人が事故に遭えば残念な気持ちになるだろうが、ヒョンギョンからしても他人の手で苦しい最期を迎えるよりはいいだろう。どうであれ、僕たちは恋人とまでは呼べない関係だった。

僕は書類を広げた。そして、ヒョンギョンの日常を再構成した。僕の知る彼女の日常は週に一日程度だったから、どこか奇妙な感覚を覚えた。彼女について、会っていた当時よりも詳しく知ることになった。

彼女の家はひどく貧しかった。ぶらぶらしている父親と、工場に勤めている弟。子どもたちはおそらく、市場で働く母親に育てられたのだろう。恐ろしく平凡な名前、それ以上に恐ろしい貧しさ。書類を見るだけでありありと想像できた。そんなヒョンギョンにとってブランド品とは、自分を実際よりもずっと素敵に見せてくれる手立てのひとつだったのだろう。それにしても、マネージャーの言っていた、知ってはならないこととは何だろう？

類推することはさほど難しくなかった。彼女は経理としてオフィスの資金フローを調べていたとき、ふとおかしな点に気づいたのではないか。誠実さが仇《あだ》になるとは、少し切なくもあった。おそらく本物は、僕にもらったプレゼントと、最初から持ち歩いていたバッグだけだったのだ。給料を握り締め、バッタものと呼ばれる偽物を求め歩く彼女を想像してみる。そしてそれらで埋め尽くされた、半地下の部屋のたんすを思い浮かべる。はなはだ悲しくなるような光景だった。だがそれ以上に悲しいのは、彼女のたんすに収まっている僕のプレゼントだった。半地下の狭苦しい部屋にあるルイ・ヴィトンが、いったい何を証明してくれるというのか。

あらゆる感傷を排除し、じっくり計画を立てていった。若い人を殺すのは簡単なことではない。選べる死の範囲が狭いからだ。若くして迎える死は、往々にしてむごたらしい。若さと死が生む対比のせいでもあるが、実際、事故以外にはなかなか死ぬことなどないからだ。老人なら疾患も多岐にわたり、服用している薬も多い。周囲の人間も彼らの死を受け入れやすい傾向にある。難易度そのものが異なるのだ。幸いといえるのは、若い人は若いがゆえに持てるものも少ないため、依頼対象になりにくい。たんに弱者を消すにしては、かかる費用が大きすぎる。死というサービスを受けるにおいても、そこには明確な格差が存在し、それこそが資本主義社会なのだ。僕が自然な死をもたらした人のほとんどは、どんなに若くても四十代そこそこだった。

彼女は僕の知る人、肌を重ねた人だった。むごたらしく痛々しい死をもたらしたくはなかった。資料を綿密に分析したおかげで、ずっと気になっていた小さな事実が判明した。彼女がいつも持ち歩いていたバッグをプレゼントしたのは、支店長だった。僕と付き合い始める直前、いや、僕と初めて寝る直前まで、ふたりはずいぶん深い関係だったらしい。愉快な気持ちにはなれなかったが、おかげでプランを練るあいだの後ろめたさは大いに軽減した。そして、彼女の自然な死に必要な事実をひとつ思い出した。

死に関してよくある誤解のひとつが、自殺は偽装しやすいというものだ。捜査官と監察医を買収できるのならそれも可能かもしれないが、そうでないなら偽装は困難を極める。遺体そのものが死を語るからだ。もしも自殺に見せかけようとしている相手が少しでも抵抗しようものなら、遺体には防御創が残る。薬物を使う場合も、故人が普段から薬物に依存していたという証拠か、それに準ずる診療記録が必要だ。診断書なしに睡眠薬を百錠手に入れるのは不可能だし、おまけに、抵抗されずに相手に百錠もの睡眠薬をどうやって飲ませるのか。アメリカでなら、コカインのような幻覚剤を使うことも可能だろう。周辺に薬を撒いて、腕に注射器を刺しておけば一丁上がりだ。だが、韓国でそんな死に方をしたとなると、すぐさま麻薬取締部《マトリ》に目をつけられ、事件の裏を嗅ぎつけられてしまう。つまり、こういった自殺は誰の目にも怪しく映るのだ。

首吊《くびつ》りを装うのはどうか。経験豊富な人が見るという前提で、その絞殺痕が自殺によるものか他殺によるものかを区別するのはいとも簡単だ。力の加え方から手の向き、絞殺痕の位置と発見当時の遺体の姿勢、あらゆるものが自殺か否かを物語る。ほかも同様で、バスタブで静脈を切る方法から墜落死まで、映画のように自殺を偽装するのは至難の業だ。中央情報部（大韓民国中央情報部「ＫＣＩＡ」は、朴正熙が創設した大統領直属の情報機関）によって死因を自殺と捏造《ねつぞう》された崔鐘吉《チエジヨンギル》教授のケースを見ると、情報機関でさえ、最も容易な墜落死を偽装することに失敗している。殺人を自殺と誤って結論づける場合、その多くは計画した側が有能なのではなく、調査した側が無能なのだ。もちろん、僕の計画に運が味方してくれる可能性もあるが、そんな姿勢では会社の追及を免れない。僕はつねに最悪の場合を想定している。そうでなければ完璧な仕事などできないから。

いずれにせよ、自殺を偽装するのはそれくらい難しい。僕が唯一自殺を装うのは、顧客が鬱病患者で引き出しのどこかに遺書を潜ませていたり、その病歴がテレビの番組表のように長い場合のみだ。これなら遺族も警察も、死を受け入れる。そうでない場合、死因のごくささいな部分を遺族や友人から疑われることになる。親しい人、あるいは愛する人が亡くなったと想像してみてほしい。昨日一緒に冗談を言い合っていた友人の自殺など、すぐには信じられないだろう。そしてあなたは、責任を感じるはずだ。何か防ぎようがあったのではないかと。やがて我が身を苛《さいな》む気持ちが大きくなりすぎると、自殺ではないかもしれないと思うようになる。するとあれこれ嗅ぎ回るようになり、亡き人ではなく、つらい気持ちから救ってくれる何かを追い求め始めるのだ。あらゆる証拠を組織的に操作できる特殊な環境でなければ、彼らのこういった行動を防ぐ手立てはない。

僕がラッキーだったのは、まさにこの点だった。ヒョンギョンは普段から抗鬱薬を服用していた。食後のガムを噛《か》むように薬を含み、僕には幸せの薬だと言い張った。薬のためには病院に通う必要があったが、気にしていない様子だった。

「簡単なの。こういう表情をつくって、生きるのがつらいって言えばいいだけ」

彼女は眉間にしわを寄せ、滑稽な表情をつくって見せながら薬を飲んだ。なるほど、僕の無関心に彼女が挫折しなかったのも当然だった。彼女のブランドバッグの片隅にはポジティブの詰まった錠剤が常備されていて、それらが脳に届くことで元気と幸福が湧いて出るのだ。シンデレラに出てくる妖精の杖《つえ》にほかならない。そして彼女は自身の幸せを守るため、毎月ちょっとした嘘をつけばそれでよかった。彼女の生き方がそれほど単純で直線的なのはその薬のせいなのか、それとも、例の〝クールな人生〟とやらのために薬を飲まずにはいられないのかわからないままだったが、ともかくこのたびは、その薬が僕に儲けさせてくれる番だった。

統計上、鬱病の患者は回復期に自殺しやすい。自分はよくなったものと思い、薬を断つ。すると脳がドーパミンを求めて悲鳴を上げ、津波のような憂鬱に襲われる。そうして結局、薬の代わりに自殺を選ぶのだ。僕のプランはシンプルだった。彼女の薬瓶をいっぱいにし、クロロフォルムで眠らせたあと、首を吊ればいい。そうすれば警察は、彼女が薬を断ったものと考え、長い経験から自殺と結論づけるだろう。

だが僕は、あることを見過ごしていた。彼女と僕の関係。彼女に何かあったとき、警察が僕を調べないはずがなかった。

楽園の終焉

マルコ・ポーロの『東方見聞録』に、山の老人と暗殺者についての話がある。山の老人は暗殺者たちのために楽園をつくり、同時に、楽園を利用して暗殺を指示していた。

ムーレット地方のアラディンという老人は、山の上の秀麗かつ雄壮な宮殿に暮らし、高尚で篤《あつ》い信心のために山の民から預言者と崇《あが》められていた。自らも噂を否定しなかった。彼は実際に、自分の天国をもっていたのだ。

彼はふたつの山に挟まれた谷に、自分と、自分が世に送り出そうとする暗殺者以外には何人《なんぴと》たりとも踏み入ることのできない秘密の庭園をつくった。そこには想像しうる限りの美しい邸宅が立ち、溝にはミルクと蜂蜜が流れ、テーブルには山海の珍味が盛られていた。そして庭園の花と果樹の合間には、黄金とシルクで着飾った美しい女たちがいた。彼女たちは、男を喜ばせるありとあらゆる嬌態《きょうたい》と技巧を尽くした。

もしあなたがその時代にそこに暮らし、充分に健康で、アラーへの揺るがない信仰をもっていたなら、ある日突然地上につくられた小さな天国であるそこで目覚めることも可能だ。その奇跡は、老人と神について軽い談笑を交わし、彼が与える飲み物を飲んだ直後に起きるだろう。そこにいる女たちはあなたを愛し、服従し、望むものすべてがあなたのものとなる。それればかりか、ハシシやありとあらゆる幻覚剤もある。それらは目の前に広がる小さな楽園を、いっそう生き生きとした天上の何かに塗り替えてくれるだろう。時間は吐き出す煙の彼方へ消えてゆき、不幸は楽園の外へと追いやられる。あなたはついに天国を見つけたのだ。老人に殺したい人が現れるまでは。

果てしない快楽と尽きない幸福は、ある日突然終わりを迎える。老人の冷たい宮殿の床で目を覚ましたあなたは、何が起こったのか理解できない。禁断症状で体が震え、天国が消えてしまったことに耐えがたい喪失感を覚える。震える声で、あなたが見ていた自分でも信じられないものたちについて老人に説明する。楽園から追放されたアダムであるあなたに老人が答える。そこがまさしく、預言者マホメットが説いた天国であると。あなたは死にたくなるだろう。脳はハシシを求めて悲鳴を上げ、肉体はまるで巨大な重りのごとく、ものすごい重力であなたを床に縛りつける。あなたが自殺しない理由はただひとつ、自殺が自らを殺す罪であるために天国へ行けなくなることを知っているからだ。

天国への熱望、はたまた禁断症状に身を震わせるあなたの手を握り、老人は言う。「神のご加護を」。その加護とは次のようなものだ。「預言者マホメットの教えに逆らうある人についての話だ。彼を殺せば、ここへ戻って楽園が約束されるであろう。万が一失敗したり途中で命を落とすことがあっても、魂は預言者マホメットのそばに迎えられるだろう」

老人の話を聞いたあなたにためらいはない。親切な老人は旅立つあなたのために、盛大な宴を開いてくれるだろう。ともすれば、剣を突き刺すことになる震える手のために、少量のハシシをくれるかもしれない。そうしてあなたは、追放された楽園に戻るために砂漠を横断する。

幻のような昼夜が砂嵐のなかで幾重にも交差し、楽園は地獄へ、地獄は楽園へと影を重ね、ついには幻覚剤の煙と半月刀《シャムシール》、赤い血に終わる暗殺者の短い話はこのように始まる。

『東方見聞録』に出てくるムーレット地方は、現実には存在しない。ムーレットとはサラセンの言葉で異教徒を表す。それはイスラム教シーア派のうち、消えた第七代イマームを信じるイスマーイール派の別称だ。この小説のような話は、いくぶん誇張され脚色されてはいるものの、実際にあった出来事だ。

歴史に残る事実はもう少し冷酷だ。ハサン・サッバーフという若者がいた。元々シーア派だったこの若者は、スンニ派との戦いに巻き込まれてあとを追われていた。逃げ隠れる日々が続いていたある日、彼はイスマーイール派と遭遇し、彼らに感化される。第七代イマームを信じる彼らは、スンニ派のみならず、十二イマームを救世主とする少数のシーア派からも異教徒として排斥されていた。そのため、自分たちの信仰を守り伝播《でんぱ》するために、強力な何かを必要としていた。初めは要塞だった。イスマーイール派の中心人物となったハサン・サッバーフは、アラムートという大きな岩山が天恵の要塞になりうると目をつけ、近隣の渓谷と山にふたつの要塞を築いて、この場所を自らの教えの拠点とする。だが敵はあまりに強く、あまりに多かった。そこで彼らは、最低限の人数で最大の効果を狙える方法を選んだ。信仰と信念にあふれる若者たちを訓練し、弾圧を加えてくる者たちの寝室に送り込んだのだ。世界初の秘密暗殺団が誕生した瞬間だった。

『東方見聞録』の内容とは異なり、実際のアラムートは楽園とはほど遠いものだった。きわめて禁欲的かつ宗教的な場所であり、修道院も同じだった。実際に、ハサン・サッバーフの息子はぶどう酒を飲んだという理由で処刑されている。彼らは奥地に住んでいたため、医学の恩恵に与れなかった。優れた戦略家にして宗教指導者、学者でもあったハサンは、自身が従える者たちのために薬を作った。そこにはもちろん、鎮痛剤も含まれていた。そう、ハシシのような。時が経つにつれ、陰湿な暗殺団の噂は、彼らが使用する鎮痛剤ともにひとつの伝説となっていく。

この宗教集団が政治的な集団へと変貌していくのは、のちに『東方見聞録』の山の老人と結びつけられることになるラシード・ウッディーン・スィナーンが登場してからのことだ。当時、アラムートは地理的に十字軍の影響圏にあった。彼らにとっては、同じイスラム教徒でありながら自分たちを弾圧してくるスンニ派もキリスト教徒も、大きく変わらなかった。いや、むしろ敵の敵は味方という言葉どおり、彼らはキリスト教徒と手を結ぶ。キリスト教徒に保護費を払い、イスラム指導者たちの暗殺を請け負いもした。宗教は後回しになり、自分たちの勢力圏を維持し、それ相応の金を得るために暗殺をくり広げた。キリスト教徒を追い出したサラディンと戦うことさえ厭わなかった。

この伝説的なイスラム指導者の暗殺は幾度か企まれ、そのどれもが彼らによるものだった。もちろん、サラディンも復讐しようとした。遠征に出た討伐隊は要塞の前までやって来たが、アラムートはハサン・サッバーフの狙いどおり天恵の要塞だった。怒濤の勢いのモンゴル人たちが現れてアラムートに火を放つまで、彼らはほぼ二百年にわたって、東方西方を問わずあらゆる場所で、噂と伝説の入り混じった悪名をとどろかせる。

暗殺団の滅亡には、二重の裏切りと死があった。宿敵であるアッバース朝を滅ぼしたモンゴル人たちの切っ先が自分たちに向けられると、当時の首長であったルクン・ウッディーンは協力と保護の約束のもとに降伏した。むろん、首長の裏切りをよそに、暗殺団はアラムートで最後まで抵抗する。ルクン・ウッディーンが城で厚いもてなしと快楽にふけるなか、アラムートは包囲され、少しずつ少しずつ没落に向かっていた。アラムートが天恵の要塞であることに変わりはなかったが、首長がその秘密を言いふらしていたうえ、いかなる城壁も当時のモンゴル人を阻むことはできなかった。そしてモンゴル人は、自分たちの軽蔑する暗殺集団の本拠地を、文字どおり木っ端微塵《こっぱみじん》に破壊する。そして裏切り者のルクン・ウッディーンは、アラムートの没落とともに凄惨な死を遂げる。モンゴル人たちは、いつ自分の寝室に忍び込んでくるやもしれない災いの種を残しておくわけにいかなかったのだ。

暗殺者を意味するアサシン（assassin）の語源はハシシ（hashish）であるという。そしてハシシが、ハシシを常習的に服用する者たちを指すことは広く知られている。だが一部では、ハシシがハサン・サッバーフの追従者を示しているという声もある。

＊＊＊

ヒョンギョンと顔を合わせるのが気まずくなったのも当然だった。いや、そうでなくても気まずい関係が、それ以上に気まずい何かになった。だが、彼女のほうは違ったらしい。会社を出ようとしていた僕を呼び止め、食事に行かないかと誘ってきた。こうした一切のことが、彼女にとっては何でもないことなのかもしれない。彼女には、幸せを与えてくれる小さな妖精たちがついていたから。それは彼女のアラムートにほかならない。気まずかったが、断れなかった。こう言うと笑われるかもしれないが、僕は、自分の計画によって死ぬ人の頼みを断るほどの薄情さは持ち合わせていない。もしかすると、そんな生半可な善意こそ余計なのかもしれないが。

彼女はいつもどおりの快活さと楽しげな口調で、僕たちが別れたあとどうしていたのか語った。特別なことはなかった。何度か言い淀んではためらう姿が見られたが、話自体はどれも雑談にすぎなかった。調子を崩して会社を休んでいるあいだ、家で掃除をしていたら掃除機が壊れたとかいうたぐいの話には以前から興味をもてなかったが、今はなおさらだった。僕は、彼女が決して口にしないだろうことまで知り尽くしていた。楽しげに語る日常に半地下がオーバーラップすると、どんなに明るい声であっても、そこに憂鬱がにじんでいる気がした。こんな話のために僕を誘ったのかと、かすかな苛立《いらだ》ちさえ覚えた。

　だが、心底怒りを覚えたのは、別の理由からだ。僕をいたたまれなくさせた最大の理由は、その前日、会社の私書箱に彼女の自然な死のための計画書を送ったからだった。計画に抜かりはなく、遺体も傷つかないはずだった。それなりに満足していた。切手を貼りながら、心のなかで彼女を弔《とむら》った。そのため、この場にいる彼女はすでに死んでいて、僕にとっては亡者《もうじゃ》との気味の悪い食事にほかならなかった。料理はゴムのように感じられ、まるで針のむしろだった。耐えきれなくなった僕は、食事の半ばで手を止めて訊いた。

「で、食事に誘った理由は？」

「どうして？　もう食事もできない仲なの？」

　ヒョンギョンの顔からマネキンのような微笑が消えた。

「そういうわけじゃ……」

　理由は言えなかった。彼女はもう死んだも同然なのだ。

「会社を辞めるつもり」

　僕の顔を睨《にら》んでいた彼女がふいに言った。頭のなかがいっそう複雑になった。なぜ僕にこんなことを言うのか？　辞める理由は何だろう？　何を知っているから始末されようとしているのか？　彼女は今、僕を脅しているのか？

「どうして？　理由は……」

「もううんざりだから」

意味が呑み込めなかった。もううんざりだから。何がうんざりなのか。本能は席を立てとアラームを鳴らしていた。どう見てもよからぬ状況だった。彼女はどこまで知っているのだろう？　不吉な予感が、葦原《あしはら》に落ちた火種のように広がっていく。放っておけばすべてを焼き尽くすに違いない。だが問題は、それがどこに落ちたのかだ。まさか、僕が彼女を殺す計画を立てたことまで知っているのだろうか？

「もう前みたいには戻れない？」

彼女の言葉に、反射的に顔をしかめていた。そして彼女は、その瞬間を見逃さなかった。まずい、と後悔したが遅かった。食事に誘われたときに気づくべきだった。彼女が近づいてきたのは何かを知っているとか何かを望んでいるからではなく、ただ僕を求めていたからだった。正直、誰かに求められるのは悪い気分ではなかった。だが、彼女は間もなく死ぬのだ。仮に死なないとしても、もう彼女を選ぶことはない。正直に言わなければ。何を知っていようと、もうすぐ永遠に口を閉ざす人なのだ。

「好きな人がいるんだ。プロポーズしようと思ってる」

ヒョンギョンは少しのあいだ、よくわからない表情を浮かべていた。そこに浮かんでいたのは悲しみでも、怒りでも、諦めでもない、何かカテゴライズしがたいものだった。確かなのは、幸せそうには見えなかったことだ。

「かまわない。ほかに誰かいても」

彼女は冷たく言った。それを聞いた瞬間、どこかほっとした。結局、彼女はたんすの中身をもう少し華やかにしたかったのだと。肌を重ね、ブランド物を買う。簡単明瞭だった。だが、彼女とよりを戻すわけにはいかない。僕には心から愛する人がいて、その関係を汚したくはなかった。

「必要なものがあれば言ってくれ。何でも。でも、以前のような関係には戻れない」

彼女は微笑んだ。絞り出した笑みだった。

「そんなのどうでもいいの。私はただ……」

何も変わりはしない。ヒョンギョンが何を言おうと、僕はこの長くて退屈なかくれんぼのような会話を終えたかった。はっきりと線引きをしなければ、彼女は諦めないだろう。傷つけることになってもかまわない。僕は彼女の言葉を遮り、とどめを刺すようにこう言った。

「僕を支店長みたいな人間だと思わないでくれ」

彼女の目元ににじんでいたのは涙だったろうか。彼女は間もなく、何かを振り払うかのようにぶんぶん首を振ったかと思うと、もうこの話はよしましょう、と明るい声で言った。それでもわかった。僕が彼女に何をしてしまったのか。彼女はすでに死人のような顔をして座っていた。とはいえ、どうしようもなかった。ともに過ごすあいだ、うまく立ち回っていたのはつねに彼女のほうだった。僕が引いた線を誰よりも正確に理解し、決して越えようとしなかった。それなのに、なぜ今になって？　彼女はいったい何を知っているのか？

自分の疑問が間違っていると気づくまでに、そう長くはかからなかった。本当に重要なのは、彼女が何を知っているかではなく、僕が何を知らないかだった。僕は終始、的外れな疑問を浮かべていたのだ。だが本当に悲しいのは、どのみち彼女の運命は大きく変わらなかっただろうことだ。会社の決定は下され、現実はすでに坂道を転げ落ちていた。

一週間後、ヒョンギョンは予定どおり自殺した。予定どおりと言うべきかためらわれるのは、僕の予想より少しばかり早かったからだ。それまで、会社が僕の計画を実行するには、およそ半月ほどの時間を要していた。彼女が何を知っていたかはいざ知らず、会社はよほど急いでいたらしいと僕は考えた。だが、それさえも間違っていた。

調査

　その日は僕の出社日だった。ヒョンギョンの姿は朝から見えなかった。支店長の指示があり、社員たちは何度も彼女の家と携帯に電話をかけたが、反応はなかった。おおよその見当がついていた僕は、鼓動が速まるのを感じた。彼女の母親から連絡が届いたのは、お昼休みのあとだった。皆驚いた。彼女は決して自殺するような人に見えなかったからだ。見るからにショックを受けている人たちの合間に、僕は気まずい思いで立っていた。そのとき、支店長が僕を呼んだ。僕は彼の部屋へ入っていった。

　支店長は泣いていた。赤く充血した目で僕を睨んで言った。

「ここまでする必要はなかったじゃありませんか！」

　彼は知っていた。会社の所業であることも、彼女が何を知っていたのかも。その攻撃的な態度は僕をたじろがせた。

「何をおっしゃっているのか……」

「嘘だ。お前らの仕業だってのはわかってる」

僕は眉をひそめながら彼の目を凝視した。

「ヒョンギョンさんがどんな死に方をしようと、僕には何の関係もありませんよ」

そう言うあいだも、彼は子どものように泣きじゃくっていた。彼にとってヒョンギョンはどんな存在だったのだろう？　そして、彼女が僕を選んだとき、どんな気分だったのだろう？　支店長は明らかにそれを愛だと信じていたようだ。だがヒョンギョンが望んだとしても、決して離婚していなかっただろう。彼はそういう人間だった。そんなものを愛と呼べるのなら、ヒトラーをイエスと呼ぶことだって可能だろう。

「あの子はあなたのことを知りたかっただけだ。好きだから、だから知りたいんだって。私は止めました。私にもわからないし、彼は危険だって。彼女が調べたところで、知れることなんてたかが知れてるはずだ。それなのに！」

「そういう言葉遣いが招く危険について、一度じっくりお考えになったほうがいいのでは？」

僕はくるりと背を向け、支店長の部屋を出た。ほかに言うこともなかった。ヒョンギョンが何を知っていたのか、僕も知らなかったから。彼女が会社のターゲットになったのは、誠実さやしくじりのためではなかった。僕の裏を調べたからだ。いったいなぜそんな愚か真似をしたのだろう？　最後に食事をしたときのことが思い出された。　探り出した何かで脅迫するには絶好のチャンスだったが、彼女は何も言わなかった。

僕はようやく、自分が何か大きく取り違えていることに気づいた。僕と別れたあとの彼女の行動に一貫性を認めるには、それを貫く大きな何かが欠けていた。人は欲望によって動く。彼女の欲望とは何だったのか。支店長の部屋の前に立ったまま、自分には思いも及ばなかった彼女の目的について考えた。警察署から電話がかかってきたのは、そのときだった。

刑事は形式的な手続きだと言うが、それでも平静ではいられなかった。一度も法に触れることなく真面目に生きてきた人間でも、警察署に来れば緊張するのは仕方ない。自分の年齢を上回る数の人間の死に関わってきた立場からすれば、警察からの呼び出しが喜ばしいはずもなかった。

なかへ入る瞬間から、脈が速まるのを感じた。頭のなかに、次々と不吉な想像が浮かんだ。もしや、支店長が警察に何か洩らしたのではないか？　それとも、会社が僕を見捨てて生贄《いけにえ》として捧げた？　わかっていた。支店長にそんな度胸はなく、会社が僕を始末するつもりならこんなややこしい手順は踏まないだろうと。頭ではわかっていたものの、いざ警察署に座っていると、てのひらに汗がにじむのをどうにもできなかった。僕は不安を見透かされないように、深く深呼吸をした。

刑事はくたびれ果てた表情だった。形式的なものだと言うだけあって、形式的な質問が続いた。彼女に自殺の兆候はなかったかと訊かれ、わからないと答えた。僕は彼に、自分たちはすでに別れていて、だから何かしらの兆候があったとしても気づけなかったはずだと言った。いつ別れたのかと訊かれ、半年以上前だと答えた。そして、そう答えながら、警察の呼び出しを受けて以来途絶えることのなかった不安の正体を悟った。なぜ警察が、僕たちの交際について知っているのか。別れて半年が経っていて、僕たちの関係を知る者はなかった。ひょっとすると、彼女が自分の家族に話していたのかもしれない。家族に話を聞いた警察が、彼女の携帯電話から僕の連絡先を見つけたのだろう。だがそれなら、家族から直接電話があって然《しか》るべきではないか。

僕は姿勢を正した。刑事が、何か？　と訊いた。僕は悲しげな面持ちで、こんなことになるとは信じられないと答えた。刑事の顔を、嘲笑にも似た微笑が掠めた。不吉なしるしだった。彼の態度は丁重だったが、僕の知らない何かを知っていた。そしてそのせいで、僕に否定的な感情を抱いているに違いなかった。舌にできた口内炎のようにひりつく不安に、思わず唾を呑んでいた。最後に会ったのはいつかという問いに、一週間前だと答えた。

会った理由はと訊かれ、よりを戻したいと言われたと答えた。刑事はため息をついてから、黙ってキーボードを叩いた。僕は小さく咳払いをしてから、口を開いた。

「何かまずいことでも？」

刑事がモニターから僕に視線を移し、呆れたような顔でこう言った。

「そりゃあね。人がひとり死んでるんだから」

飽き飽きしたような表情だった。僕は頭のなかで統計を引っ張り出した。韓国全土で、日に三十人前後の人が自殺をする。年間で、人口十万人あたり二十五人前後の人が自殺していることになる。きっとこの署でも毎日のように自殺者の対処をしていて、順に担当したとして少なくとも月に三、四回は自分の番が回ってくる。僕は一番無難な返事を選んだ。

「信じられません。一週間前はあんなに元気そうだったのに」

「みんなそう言うよ。そういう態度が、結局は自殺の放置につながるんです」

刑事はモニターに視線を留めたまま笑い飛ばした。彼は僕を非難していた。何が問題なのか？　ここで怒るべきだろうか？　怒らなければ怪しまれるかもしれない。僕は悔しそうに言った。

「半年も前ですよ。別れたのは。彼女が首を吊ったからって、どうして僕が呼び出されなきゃならないんです？」

彼の手が止まった。顔を上げた。そして僕を見ながら眉をひそめた。心臓がバクバクい
い始めた。とっさに、答えを間違ったのだと悟った。彼は片方の腕を持ち上げた。
「何です？」
刑事は腕を横に向け、飛び込みのしぐさをした。
「身投げしたんですよ。漢江大橋から。首吊りじゃなくて」
僕につきまとっていた何かが、大きな亀裂と騒音を伴ってゆっくりと崩れ落ちていく。
僕の計画では、彼女は首を吊ることになっていた。会社はいまだかつて、計画どおりに進
めなかったことはない。僕の表情を見た刑事が言った。
「どうしました？　想像すると怖くなりましたか？　どうして自分が呼び出されなきゃな
らないのかと訊きましたね。別れて半年も経つのに」
彼はタバコを出してくわえた。僕の視線は無意識に彼の動きを追っていたが、頭では事
の顚末《てんまつ》を理解するために必死で考えていた。漢江に身を投げた？　悪い手ではない。防御
創が残っていないなら。しかし、遺書も確実な自殺事由もない場合は、発見された遺体が
検死に回される危険が伴う。会社はなぜこんな手段に出たのだろう？
刑事は火をつけたタバコを一度深く吸い込み、煙を吐き出しながらこう言った。
「自分は殺人だと思ってますよ。くそったれ、法が何と言おうとね」

僕はぎゅっと目をつぶった。警察署に足を踏み入れた瞬間から本能で感じていた不安が、ここへきて実体を現し始めた。ふと、この先どんな状況に追い込まれようと、口を閉じていたほうが有利だと思った。とりあえず弁護士を呼ぶべきだろうか。

「殴ったり刺したりってだけが人を殺すわけじゃありませんからね」

ひとことひとことに、血の気が引くようなめまいを感じた。終わりだ。会社は僕を守ってくれるだろうか？　多くを知っている身なのだから、会社も手をこまねいてはいないだろう。大丈夫、逃げきれる。会社にできないことはないのだから。僕は自分の気を落ち着かせるため、胸のなかでつぶやいた。だが、体の震えをどうにもできなかった。

「その顔を見ると、どうやら良心はあるみたいですね。こちらを。ご遺族もあなたに読んでもらいたいと」

目を開けた。目の前に白い封筒があった。

「調査は以上です。お引き取りいただいてけっこうですよ」

僕はきょとんとした顔で刑事を見た。彼は疲れた顔でタバコを消していた。

「おたくもこんなことになるとは思ってなかったんでしょうね。望んだわけでもないだろうし。人の縁ってのはまったく……どうぞお帰りください」

同情のこもった眼差しをあとに、封筒を受け取って警察署を出た。車のシートにもたれて、ほっと胸を撫《な》で下ろした。一巻の終わりだと思っていた。いったい何がどうなっているのだろう。僕は封筒を開けて、なかの紙を取り出した。見慣れた書体が目に留まった。ヒョンギョンの筆跡にそっくりだった。「お母さん、ごめん」。最初の一文を読んで、遺書なのだと気づいた。これも計画になかったことだ。いったい会社はどういうつもりなのか。筆跡鑑定に回される危険を考えなかったはずもないが、こんなアイディアを思いついた間抜けの顔を見てみたいものだ。

僕はゆっくりと彼女の遺書を読み進めた。とんでもない話が詰まっていた。僕は笑った。笑いすぎて涙が出た。泣く理由などなかった。これは作り物なのだから。会社が別の人間を雇ったに違いなかった。その間抜けは驚くなかれ、彼女を突き落とし、遺書まででっちあげた。有能な監察医だったら、橋から突き落とした際に手首や背中にできた防御創を見逃さなかったはずだ。こんな素人くさい手を使うとは、ばれなかったのは幸運にほかならない。司法機関の無能な人間どものおかげで今日も浮かばれない死が続出していると思うと、涙が止まらなかった。これは、どう見てもプロの手腕ではない。それなのに、愚かな刑事と出来の悪い監察医はこれらの証拠を見過ごし、自殺と結論づけたのだ。ほとほと信じられなかった。

遺書

お母さん、ごめん。本当にごめんね。お母さんがどんな気持ちかわかってる。子どもが死ぬなんて、本当につらいよね。信じてくれないかもしれないけど、よくわかるよ。だから本当に申し訳ないと思ってる。

でも、わかってほしいの。決心するのは簡単じゃなかったって。すっごくすっごく悩んだ。それから待った。時間が解決してくれる。そう信じてた。でも、だんだんつらくなるばかりだった。今じゃほとんど眠れないの。つらくてつらくて、ほかに方法がなかった。

あのね、ひとつ嘘をついてた。あの人のこと。もうすぐ結婚するんだって話。全部嘘。別れたの。もうずいぶん前に。五日前に、やり直せないかって言ってみたけど、駄目だった。あの人、知ってた。過去の私を。私、その場で死んでしまいたかった。

でも、あの人を恨まないでね。いい人よ。本当に幸せだった。今も初めて一緒に食事したときのことを憶えてる。あんなに素敵な店は初めてだったから。右往左往している私に、あの人は親切に手ほどきしてくれた。ちっともいやな顔をせずに。場違いな気がして小さくなってると、やさしい声で、大丈夫って言ってくれた。いつも見てるって言われたときは、涙が出そうだった。嬉しすぎて。自分が特別な人間になった気がして。それから、一緒に動物園にも行ったのよ。知ってるでしょ。学校行事の遠足に参加する余裕もなくて、動物園にも行ったことがないこと。あの日、こんなことも言ってくれた。私のこと、大切な人だって。あのとき時が止まってしまえばよかったのに。それならどんなによかったことか。

あの人は、会うたびに本当に私を大切にしてくれた。お母さんも知ってるでしょ？　以前付き合った男たちがどんなふうだったか。あんな人は初めてだった。毎回毎回、どんなに素敵なプレゼントをもらったか、お母さんも憶えてるよね？　本当に嬉しかったけど、怖かった。真夜中にひとりで、彼からもらったプレゼントを見てるとね、それがこんなふうに語りかけてくる気がしたの。お前はあの男と釣り合わない。

何度か電話したけど、ほら、あの人、アメリカの時間に合わせて仕事してるでしょ？　いつも邪魔しちゃって、そのたびに思い知らされた。私って人間は、あの人にとってなんて役立たずなんだろうって。それでも、会えば楽しかった。忙しくてなかなか会えなかったけど、それでも、一緒にいるあいだは世界を手に入れた気分だった。

でも、いつしか怖くなった。あの人がいつも、ここではないどこかを見ている気がして。私の話を聞いてるし、いつもやさしいけど、何かが足りないの。初めはほかに女がいるのかもしれないと思ったけど、違った。馬鹿みたいだけど、仕事終わりに彼の家の前で見張ってたこともある。彼の家にほかの人の出入りはなかった。嘘じゃなく、私と同じくらい孤独な人だった。一緒にいるときは心のなかで叫んでた。私を見てって。それから思った。彼は私を見てる。すべては自分の不安のせいだって。

でもね、一緒に過ごす夜はときどき、彼が死体みたいに冷たく感じられるの。いつだったか理由を尋ねたら、笑ってこう答えたわ。全然そんなことないよって。でも、私にはわかってた。秘密があるってこと。あの人、いつも何かを隠してたから。じゃあ、その秘密って何？　それから思った。彼は私を愛していない。それが秘密なんだって。

一度疑い始めると止まらなかった。頭がおかしくなりそうだった。一日中あの人のことを考えて、彼が出社しない日はつらくてたまらなかった。病院に通い始めたのはそのころだと思う。お医者さんに言われたわ。彼と話し合うようにって。でも、言い出せなかった。彼が何かを語って、それで取り返しのつかないことになったら？　私に訪れた初めての幸せなのに、そんなふうに終わってしまったら？　それで薬を飲み始めたの。彼に薬のことを訊かれたときは、身が縮む思いだった。ただでさえ欠点だらけなのに、薬まで常用してるなんてあまりに情けないでしょ。でも、それでこの幸せが続くなら、そう思ってた。

だけど、生理が来なくなったの。私、考えたわ。電話するのをやめよう。彼のほうからかけてくるまで。彼が電話してきたら、私を愛してるってこと。彼はこのニュースを喜ぶだろうし、私たちは結婚するだろうって。でも、電話はかかってこなかった。がっかりしなかったよ。予想してたから。前に言ったことあるでしょ、電話は好きじゃない人だって。だから目標を変えたの。週に一度、オフィスで顔を会わせるとき、電話をしない理由を私に訊いてくるまで待つ。そしたら、私は理由を答える。それから……。

そうして一週間が過ぎた。私は思った。忙しかったんだろうって。また一週間が過ぎた。何かあったんだろうって。それからまた一週間が過ぎた。うん、先週は連休があったからって。信じられる？　そんな理由で訊いてこなかったんだと、本気で思ってたなんて。でも彼は、会社で顔を合わせるたびに何のためらいもなく、事もなげに挨拶するの。まるで、私たちのあいだに何もなかったみたいに。

だから病院を訪れた。全然平気だった。当時は私も腹が立ってたから。お金がなくて、彼にもらったネックレスを宝石店に引き取ってもらった。びっくりしたわ。思ったよりすごく高かったから。理解できなかった。私たちが何でもない関係だったなら、いったいどういうつもりでこんなものをプレゼントしたんだろう？　どうでもよかった。何でもかまわなかった。何でもない関係から生まれた、どうでもいい命なんだから。

雨が降った翌日だった。空がきれいに澄んでたな。病院を出て薬を飲んでから、自分に言い聞かせた。平気。最初から何もなかったんだって。私は泣きもしなかった。泣く理由がなかったから。

ところが、眠れなくなったの。病院に行って睡眠薬を処方してほしいとは言えなかった。ただでさえ薬を飲んでるのに、睡眠薬まで頼めば理由を訊かれるでしょ。死んでも秘密にしておくつもりだった。墓場まで持っていくと決めた秘密だった。

それから、一睡もできない日が続いた。私は毎晩のように彼からのプレゼントを引っ張り出して、箱に詰めながら考えた。夜が明けたら出勤前に全部燃やそうって。でも、そうして朝日が昇ると、くたびれた体で元の場所に戻すの。

そして、あの人がいた。いつもと少しも変わらない姿がどれだけ憎かったことか、お母さんにわかるかしら。憎くて憎くて、殺してしまいたかった。彼を見るたび、とりとめもない感情に押し潰されそうだった。理由を訊きたかった。どういうつもりで私にやさしくして、どういうつもりで私を捨てたのか。

だからあの人を尾行した。そして理由がわかったの。彼には新しい恋人がいた。もしもほかに女がいるなら、一緒に死ぬかその女を殺すつもりだったのに、彼女を見た瞬間、不思議にも怒りは湧いてこなかった。その人はね、お母さん、私が大好きだったブランドを人間にしたみたいだった。私の憧れ、私がなりたかった姿そのもの。信じられなかった。怒りじゃなく、悲しみだった。ああ、私がこうなったのも当然なんだ、そう思ったわ。それにね、彼女はまるで、デパートから毎月送られてくるパンフレットから出てきた人みたいで、欲しいものは何でも買えるくらいのお金持ちなのに、私が持ってる時計よりずっと安いものしか身につけてないの。もう笑うしかなかった。

わざわざ高いものを身につける必要もないくらいだってこと。おまけに、彼女は誰も殺してない。私は自分の子さえも殺してしまったのに。

このころになると、家にひとりで横たわってたら、赤ちゃんの泣き声が聞こえてくるようになった。最初は怖かった。薬も飲んだ。でも、ときどきうとうとするようなことがあると、どこからか赤ちゃんの泣き声が聞こえてきた。

雪の晩のことだったと思う。私、耐えられなくなって家から飛び出したの。上着も羽織らず、サンダルを引っかけて出てみたら、ぼたん雪が降りしきってた。前も見えないほどの雪で、寒さに足がかじかんで、思わず肩をすぼめたわ。お腹《なか》の芯まで冷えて、歯がガチガチいって。私、泣き声が聞こえてくる路地に向かってわめいたの。もうやめて！　いい加減にして！　そしたら嘘みたいに泣き声がやんだ。それで家に戻ろうとしたら、滑って転んじゃって。痛みよりも、積もった雪のせいで寒かった。そうするうちに、ふと気づいたの。

あの子が寒くて泣いてるんだ。

馬鹿よね、母親のくせに気づかないなんて。あの子を殺したのは私なのに。お医者さんによく考えるように言われて、かまわないって答えたのは私なのに。だからあの子が家に帰れなくて泣いてるのに。その日初めて泣いたわ。あの子のために。

ひとりの夜は、子どもの代わりに私が泣いた。死んじゃったのに、誰にも知られることもなければ、誰にも泣いてもらえないんだもの。だから私が、ほかの人のぶんまで泣いたの。そのうち涙も枯れちゃった。それでも、会社に行くときは平静を保とうと、精いっぱい気を張ってた。あなたという人がいなくても平気、そう思わせたかった。でも、あの人にとってはどうでもよかったみたい、このすべてが。だから思ったの。殺してしまおう。あなたの秘密が何であれ、子どものために死んでもらわなきゃって。誰かは、両親のどちらかは、あの世でひとり泣いてるあの子のもとにいてあげるべきじゃないかって。

ちゃんと計画も立てた。どういう段取りにするか。やり直そうとホテルに誘って殺すつもりで、バッグに包丁も入れておいた。彼にもらったあのバッグに。

あの人と食事をしたわ。笑えるのはね、そうやって一緒に座ってたら、やっぱり胸がときめいたってこと。それから思い出したの。自分がこの人をどれだけ愛してたか。でも、だからって決心に変わりはなかった。こう思ったわ。この人を殺して私も死のう。そうしてあの世で三人で暮らそう。どうせこの世ではあの女に勝てないから。私は計画どおりの言葉を言った。憶えてる？　お母さんが前に言ってたこと。男はみんな同じだ、考えることは一緒だって。でも、あの人は断った。好きな人がいるって言われたけど、私はかまわないって答えた。好きな人も何も、頭のなかはあの人を殺すことでいっぱいだったから。ホテルへの誘いに乗ってこないなら、今ここで殺してやろうと思った。どこだって関係ない。でも次の瞬間、彼に言われて、私は初めて気づいた。あの人が何を隠していたのか。それは私の過去だった。私が彼に隠していた、消してしまいたかった時間。

お母さん、お母さんならどうしてた？　少なくとも、私みたいに子どもを諦めたりはしなかったよね。今はすべての時間を後悔してる。どうしてあんな投げやりな生き方をしてたんだろう。やり直せるかもしれない。よくいうように、今からでも遅くないかもしれない。でも、そしたら、名前もないあの子は？

このまま生きるなんて、私にはできそうにない。お母さんみたいに、いい母親にもなれそうにない。でも、今からでもあの子のそばにいてあげたいの。お母さん、わかってくれるよね。ごめんなさい。

これだけはわかって。本当にごめんなさい。そしてありがとう。お母さん、大好きだよ。

シンボル

暗殺団が存在したのはイスラム社会だけではない。インドにも悪名高い暗殺団があった。彼らが登場したのは、イスラムの暗殺団が蒙古《もうこ》民族によって滅ぼされたころのことだ。歴史からひとつの暗殺団が消えると同時に別の暗殺団が登場するというのは、興味深い事実にほかならない。

広大な領地と多様な人種、複雑な文化とさまざまな階層をもつインドの暗殺団の特徴は、イスラムに比べると、もう少し金と密接な関係にあったということだ。彼らが崇拝していたのは、破壊や死を司《つかさど》るカーリーという女神だ。彼らは、人殺しはカーリーを喜ばせる行為であり、自分たちはカーリーの庇護のもとにあると信じていた。カーリーの神話に基づいて使命を果たしていると主張していたが、彼らのカーリー崇拝は言い訳に近いものという印象がある。

カーリーは破壊の神シヴァの妻であり、見方によって、シヴァの妻のひとりだとか、同じ妻の別の姿であるとか、シヴァの破壊的な面が際立つ女性性であるともいわれる。あまたの神が存在し、それらの神が結局はひとつだと信じるインド人の宗教観からすれば、特段おかしな話ではない。

破壊の女神であるカーリーは、インドのあらゆる神のなかでも最も恐ろしい姿で表される。髪を振り乱した彼女は、首に敵の生首をつないだ首飾りをつけ、切り取った手足で腰を飾っている。それればかりか、彼女の舌は自分が食べた犠牲者の血で真っ赤に染まり、その舌はつねに誇らしげに突き出されている。複数の手にはさまざまな武器を携えており、そのうち一本の手は悪魔を突き刺した槍を宙に掲げ、片足で夫のシヴァを踏みつけている。それはそれは美しくも、豪快な女神だ。

暗殺団が自分たちの目的を正当化するために用いたカーリー伝説は、悪魔ラクタヴィージャとの戦いに由来するものだった。ラクタヴィージャは、先に説明したカーリーの槍で突き刺された悪魔で、滅ぼすことのできない存在だった。彼の血が一滴大地に落ちれば、そこから千人のラクタヴィージャが生まれるからだ。そこでカーリーは、自分の服の裾をちぎってふたりの人間に与え、落ちた血から生まれるラクタヴィージャの首を締めて皆殺しにするよう命じた。そして自分は、ラクタヴィージャの体を宙に投げて槍で突き刺し、槍をつたって滴り落ちる血を飲み尽くす。何ともパワフルな女傑だ。暗殺団は、自分たちはラクタヴィージャの後裔《こうえい》を殺しているのだと主張した。もちろん、金を持たない者はラクタヴィージャの子孫になりえない。そもそも、悪魔の後裔が貧しいわけもないのだが。

彼らのやり口は、イスラムの暗殺団のように組織的でも、専門的でもなかった。主なターゲットは、だだっ広い大陸を移動する旅人や巡礼者、商人だった。彼らは巡礼者のふりをして偶然を装い、のちの犠牲者たちに同行する。相手が警戒を解き、人里離れた寂しい場所まで来ると、そこで仕事に取り掛かる。暗殺団のひとりが犠牲者の注意を引いているあいだに、もうひとりが被っていたルマールと呼ばれるスカーフで絞殺する。カーリーの服を象徴する黄色いルマールで。そして最後のひとりが、地面を掘って死体を埋めた。

イスラムより優れていたのは、効率的に分業化された手順と、秘密を重視する態度だ。それもそのはず、彼らの暗殺はどこまでも現実と利益に基づくもので、暗殺を謀って捕まったり死んだりしても、その先に天国が待っているわけではなかった。犠牲者が死んだらポケットを探り、目立たない場所に埋めて帰宅した。カースト制度を絶対としてきたインド社会らしく、暗殺団もまた世襲制だった。この世襲こそが秘密にほかならず、家族のなかでも引き継いだ者だけが暗殺団の正体を知っていた。仕事の際には仲間内での隠語を使ったため、秘密が洩れることもなかった。彼らは収入の一部を税金として払い、さほど難しくない依頼を解決してやることで、地元の土豪たちや王室とも有機的な関係を結んでいた。そのため、権力の庇護下にあった彼らは、いつまでも自生的な組織でいられた。反面、地域的で家族的な組織であったため、体系的なまとまった勢力とはならなかった。政治的な影響力も、独自の要塞もなかった。絞殺の際に使う、カーリーを象徴する黄色いルマールだけが、お互いの承認と協力につながる暗黙のサインだった。そういうわけでインドの暗殺団は、イスラムの暗殺団がほしいままにした神話に近い悪名も、強大な権力も決して我がものにできなかった。

だが、結局はこのような姿勢が、早々に掃討されたイスラムの暗殺団とは異なり、自分たちの生業《なりわい》を数百年間、静かに脈々と引き継がせることになる。暗殺団が存在するという噂がまるで都市伝説のように飛び交ったものの、その実体を知る者はいなかった。ただ、毎年、旅に出た多くの人々が帰らないというだけだった。信頼できる統計かはわからないが、毎年約三万人もの人々が行方をくらませていたという。散発的なかたちであるにはせよ、なかなかの働きぶりだったというわけだ。

インドの暗殺団もまた、この地域を支配した外国勢力によって潰えた。十九世紀、イギリスはインドの発展を阻んでいる組織犯罪を一掃することにした。イギリス人がターゲットになることはなかったから、それまで暗殺団の存在は、インドの都市伝説や一種の伝説とみなされていた。だがある日を境にその見解は一転し、イギリス軍は暗殺団を掃討することにした。

これにはふたつの説がある。ひとつは、暗殺団がイギリス人を殺害する事件があったというものだ。時の経過とともにインドの富を独占するようになったイギリス人が彼らの標的になったのは必然といえよう。イギリスはインドで行方不明になったイギリス人を調査し、その背後にいた暗殺団を掃討したというのがこの説のあらましだ。

もうひとつは、カーリーの神殿にまつわる説だ。神殿に駐屯していたイギリス軍は信じがたい光景を目にするのだが、それは祭壇いっぱいに供えられた死体だった。多くの死体に食べられた痕跡があった。すさまじい光景に驚いたイギリス軍は、神殿にいた人たちを問い詰める。彼らは、女神カーリーが夜のうちにやって来て死体を食べるのだと語り、イギリス軍は夜通し待ったが、カーリーは現れなかった。イギリス軍はこの野蛮な所業を神殿の者たちによるものと判断し、彼らを殺した。そして、実はそれが暗殺団の仕業であることをのちになって知ったというものだ。

いずれにせよ、イギリスは暗殺団を掃討することに決める。早くから暗殺団の駆逐を訴えていたひとりのイギリス人にこの重責が課せられた。死体埋葬地と囁かれていた場所が掘り返され、森や洞窟から数百体の死体が続々と発見された。全国各地で広範囲な逮捕と拷問、処刑が行われ、数百年続いた暗殺団はかくして幕を閉じた。

彼らの崇めるカーリーも、暗殺団の崩壊を止めることはできなかった。暗殺団は自分たちが神に見放されたものと受け止め、秘密はもう秘密ではなくなった。逮捕された暗殺団のほとんどは監獄で老いて死に、彼らの仕事を世襲する者はいなかった。だが、イギリスが掃討したのが本当に暗殺団だったのかは誰にもわからない。当時のイギリスにとっては、暗殺団として逮捕し処刑してしまいたいインド人が数多く存在し、拷問では必要以上に多くの名が吐き出されるのがつねだった。

確かなのは、カーリーを崇拝し、ルマールで首を締めていた素朴な暗殺団が、今はもう存在しないという事実だ。昔のように徒歩や馬で旅をすることはほとんどなくなり、旅行客の移動手段が死体遺棄に都合のいい場所に停まる例も珍しい。

実際、インドの暗殺団撲滅にひと役買ったのは、移動手段の発展だっただろう。三人組で絞殺するという営業が通用しない世界になったのだ。最終的に暗殺団を壊滅に至らせたのは、頂点を極めた産業化社会であり資本主義だった。彼らはいわゆるモダンな社会に適応できなかったのだ。いずれにせよ、インドには今も多くの組織犯罪グループが存在し、彼らは自分たちを暗殺団の後裔だと自任している。しかしながら彼らは、保護税を巻き上げ、さまざまな利権ビジネスに首を突っ込む暴力組織にすぎない。こうして再び、巨大な暗殺団は歴史の幕の彼方へと消え去ってしまった。

＊＊＊

家に戻ると、マネージャーがいた。明後日の都合を訊かれ、かまわないと答えた。どうでもよかった。異見を述べるには疲れすぎていた。会社が面会したがっているという言葉に、僕はうなずいて返事に代えた。本当は訊きたいことがたくさんあった。だが、ヒョンギョンに関してマネージャーが何か知っているとは思えなかった。ただでさえ僕について知りすぎているのだ。知らないなら、今以上の情報を与えたくはない。いや、本当に会社の仕業だとしたら、彼女が知らないわけがなかった。もしかすると、たんなる強がりだったのかもしれない。

「少し寝たら？　ひどい顔してるわ」

マネージャーはそう言い残して去った。彼女からそんな台詞を聞いたのは初めてだった。本当にひどい顔をしているか、マネージャーも何か知っているか。鏡を見た。そこには顔があった。平凡な、次の瞬間には忘れていそうなぼんやりとした印象の男がいた。ひどい顔、という表現はよくあるが、その基準は何だろう。わからなかった。そこにあるのは、殺人者の顔。ともすると僕は、いつだってひどい顔をしていたのかもしれない。

寝ろと言われたものの、とうてい眠れそうになかった。僕は酒のボトルをテーブルに出し、もう一度遺書を読んだ。作り物だという証拠はなかったし、そう判断するだけの根拠もなかった。対照できる資料もなく、あったとしても、筆跡鑑定についての知識は微々たるものだった。文字の流れ、曲線の引き方、句読点の打ち方、数字の書き方。だが、僕レベルの鑑定人を騙すのは難しくないだろう。それも、酒に酔った状態なら。内容においても同じだ。妙に具体的な部分もあれば、あまりに抽象的な部分もある。もし会社が僕たちの会話を盗聴していたなら、あとは想像力でまかなえるレベルの内容だ。そして僕の知る限り、会社はターゲットとなった人物の一挙一動まで監視する。判断は留保することにした。そう決めたのには何か理由があったはずだが、この当時の記憶はほとんどない。割れたガラスのように粉々だ。そのときの感情も。

ベッドに横たわってため息をつき、目を閉じた。そして泣いた。子どものように大声で。理由はない。泣きたかった。そしてベッドから出て、ガスコンロの火で遺書を焼いた。冷静に考えれば理解しがたい行動だ。その遺書だけが、ヒョンギョンの死に関する真実を突き止められるかもしれない唯一の証拠だった。ひどく酔っていたからだろう。嘘じゃない。

目を覚ましたのは、翌日の昼過ぎだった。枕元にイェリンが座っていた。

「おかゆを作ったわ」

体を起こした。動くたび、誰かに脳を蹴り飛ばされているような感覚だった。

「どうしてここに？」

ひとこと吐くたびに頭がずきずきした。

「憶えてないの？」

僕は食卓に着いて目を閉じた。イェリンの膝に顔をうずめて泣いていたのをぼんやりと思い出した。耳たぶがほてるのを感じた。

「僕が……電話したんだっけ？」

「うん、夜中に」

イェリンがガスコンロからおかゆの鍋を運んできた。それから、先に冷め始めた上の部分からてきぱきとすくい始めた。

「ごめん。みっともないとこ見せて」

「大丈夫」

彼女は、おかゆの入った器を僕の前に置くと、僕の手に自分の手を重ねた。

「電話をくれて嬉しかった」

てのひらから、彼女の温《ぬく》もりが伝わってきた。思わぬ反応にたじろいだ。

「全部終わったら、ちゃんと理由を聞かせてね」

イェリンはその日、夜まで一緒にいてくれた。疲れていたはずなのに、そんなそぶりも見せずに。僕はぼんやりとソファに座り、イェリンを見ながらヒョンギョンを思った。そしてヒョンギョンのことを思いながら、もう一度イェリンを見た。そう、認めるしかない。僕は三十人以上の人間を殺した。そこにひとり、いや、もうふたり追加されたかもしれない。もしも地獄があるのなら、罰は地獄で受ければいい。ふたりには申し訳ないが、そのためにイェリンまで不幸にしたくはなかった。彼女が僕の過去を受け入れられるのか、それが怖かった。だがそこには、ある確信のようなものがあった。彼女は充分に理解してくれるだろう。少なくとも、僕が一緒に過ごした、僕の知る彼女なら。現実に存在するとは思えないほどすばらしい女《ひと》だった。僕のすべてを知っていそうな、僕のすべてを受け入れてくれそうな。ヒョンギョンの遺書のなかでさえ、彼女はそんなふうに描写されていたではないか。僕だけでなく、誰もがそう感じるだろう。

そうかといって、すべての問題が解決するわけではない。ヒョンギョンの一件に関しては、いくつかの不幸な誤解と不可避な出来事の結果と説明できたとしても、僕はこれからも人を殺すのだし、うまい殺人プランを練らなければならない。イェリンと僕を結びつけていた高収入は、それらの死がもたらしてくれたものだ。仕事を辞めれば金もなくなる。会社のほうは、僕が辞めることを許すかもしれない。でも、一文無しになった僕を、彼女は受け入れられるだろうか？　あるいは、僕が人殺しをするのを受け入れられるだろうか？　どちらもうまく想像できない。本当にプロポーズするつもりなら、事実を隠し通すべきか、それとも正直に伝えるべきか。指輪を買う前に悩むべきことなのに、愚かにも今になって頭を抱えていた。

その晩、仕事部屋でひとり、あたかも殺人計画を立てるときのように、バランスシートを作ってリスク分析をした。答えはなかなか出なかった。これなら殺人のほうがまだわかりやすいと思えた。誰かを殺すことより、自分の結婚と、真実を伝えるべきか否かを決めることのほうが難しいのだと思うと、我ながら少し恥ずかしくなった。つまるところ、他人の命は僕にとってその程度のものということだ。

翌日は、会社の人との約束があった。僕は早くに起き出して黒いスーツを着込み、ヒョンギョンの葬儀に立ち寄った。遺族のなかに僕を知る者はいなかった。社員たちは昨日のうちに顔を出していたため、僕はその場の弔問客のなかにまぎれていた。遺影ではなく、彼女の顔をじかに見たいと思ったが、どうしようもなかった。外へ出て式場の裏へ回った。そして、彼女がいるだろう建物の外壁に手をつき、少しだけ泣いた。頭が混乱していた。彼女への気持ちがどんなものだったのかつかみかねていた。哀悼や悲哀、罪悪感もあったが、それ以上の何かがあった。自分が思う以上に大事なものだろうことは重々承知しつつも、僕は生き残り、これから結婚するのだった。誰であろうと、多くを背負いすぎては生きていけない。生き残るために、時には振り捨てなければならないものもある。たとえそれが、大事なものかもしれないという予感があっても。

僕はそのとらえどころのない感情に、コンクリートできれいに蓋をした。あたかもマフィアが死体を処理するように。あとは、忘却という名の無意識の海に、そのドラム缶を投げ捨てれば終了だ。

会社から来たという男は、思ったより年を食っていた。彼は、俳優のチェ・ブラムを連想させる、人情に厚そうな笑みを満面に湛えていた。

「お葬式に寄られたようですね」

彼は僕の黒いスーツを見ながら言った。僕はうなずいて返事に代え、向かいの席に腰掛けた。

「ご用件は何でしょうか？」

「そうお急ぎにならなくても。用がなければ二度と会うこともない仲です、ゆっくりお話ししませんか。言いたいことも、聞きたいこともたくさんあるかと」

彼はすべてお見通しだという顔でそう言った。おのずと拳を握り締めたくなる、どこか忌々しい表情だった。

「いえ。今も知りすぎているほうですからね。いやになるほど」

彼はうなずいた。

「そういう謙虚な態度が会社で高く評価されるのです」

今彼の顔を殴れば、果たしてどう評価されるのか。

「まずはお祝いを。今回もテストに合格されました」

「それは……また……テストがあるということですか？」

もう少しでヒョンギョンの話が口をついて出るところだった。だが、訊いたところで意味はない。男が何と答えようと、僕はそれを信じないだろうから。会社がくり広げるゲームの正体が、おぼろげながらわかってきた気がした。会社は嘘を生んでいるわけではない。嘘と真実を混ぜ合わせ、それを均一にして、真実がどこにも存在しないことにしてしまう。

ヒョンギョンについて訊けば、彼は何か言うだろう。そしてさらに追及すれば、彼はこう答えるだろう。「見方によればの話です」。そう。彼らにとってはすべてが観点の問題にすぎない。ヒョンギョンは自殺したのかもしれないし、自殺を装ったのかもしれない。それは僕のせいかもしれないし、でっちあげかもしれない。その過程でヒョンギョンが僕の子どもを妊娠し堕胎したのかもしれないし、それもまたひとつの嘘かもしれない。要は、彼らの返事など信じられないということだ。もちろん僕のほうでも、酒に酔って彼女の遺書を燃やすことで、彼らの計画に加担してしまったわけだが。

男は上体を反らせ、背もたれに体を預けた。そして、興味深そうな面持ちでこう言った。

「またあるかは私どもにもわかりません」

今にも悪態が口をついて出そうになったが、かろうじて押し留めた。怒りをぶつけるのは賢明ではない。できる限り友好的に会話を引っ張り、より多くの情報をつかむのだ。会社だけが、僕の身に起こった出来事の真相を知っているはずなのだから。さっきの返事をじっくり反芻《はんすう》してみた。彼が知らない可能性もある。だが彼は、「私ども」という表現を使った。つまり、彼だけでなく会社も知らないと言っているのだ。ひょっとすると彼は、会社の重要な構成員のひとりかもしれない。そして、会社が決定すべき問題について共同決定権をもっているのかもしれない。

「会社はテストについて決定権をもたないということですか？」

「何か誤解されているようです。テストは会社が行うものではありません」

男は例の慈愛に満ちた笑みを浮かべてそう言った。喉が渇いた。

「というと？」

「会社は誰も必要としません。いかなる脅威にも耐えうるばかりか、そもそも会社を脅《おびや》かすものが存在するのかさえ疑わしいですね」

何の話をしているのやら、ちんぷんかんぷんだった。彼は僕の反応を静かに見守りながら、この場を楽しんでいた。仕方ない。鍵はいつでも、より多くの秘密を握る側の手にある。

「会社がテストを行うのは、秘密を守ったり、脅威を食い止めるためではありません。資格の有無を見定めているのです。どこまでも、あなたの安全のために。あなたは大切ですからね。会社に必要な限りは」

結局、運転免許証も同じだった。資格の問題だと？　007の殺人許可証でもあるまいし。

「方法はシンプルです。ある対象が充分な脅威にさらされたとき、ごく小さな石を載せておく。特別な動機はありません。ともかく、大事なのはその人が我々にとってどんな存在なのか知ることです。貴重な存在なら守らなくちゃなりませんから」

その小さな石とはヒョンギョンの遺書だろうか、それとも、ヒョンギョンの殺人プランを立てろと指示したことだろうか。あるいはその両方？　会社は僕を守るためにテストを行った、それが彼の言い分だった。あまりに馬鹿げていた。

「それで駄目になるようならそこまで、テストをクリアすればもう少し教えてあげるわけです。真実を」

男の口の端がくいと上がった。

「真実とはつねにつらいものですからね」

言葉の迷路。彼は僕をもてあそんでいた。いいだろう。いくらでも相手になってやる。真実のためなら。

「で、何が真実なんです？」

男が顔を下げた。次の瞬間、笑いをこらえているのだと気づいた。僕は思った。こいつの首を締めたら、死ぬまでにどれくらいの時間を要するだろう？

「そんなことを訊く理由がわかりませんね。私が思うに、すでに答えをご存じのようですが」

突然、体が椅子にゆっくりと沈み込んでいくように感じた。ヒョンギョンの入ったコンクリ詰めのドラム缶が、深淵から浮上してきた。彼の言うとおりなら、少なくとも会社がヒョンギョンを殺そうとした理由はわかりそうだった。彼女が僕を殺そうとしていたから。だが、果たしてそれが真実なのか？　彼はにこにこ笑っていた。その首を刎《は》ね、臓物を引きずり出してまき散らしてやりたかったが、微動だにできなかった。体はゆっくりと硬直しつつあった。

「むろん、ご本人はまだ認められないでいるようですが」

男はハンカチを出して口元を隠し、短く発作的な呼吸をした。笑いをこらえる彼の顔が視界を埋めた。彼は上体を傾け、こちらへ顔を近づけた。今すぐ舌を引っこ抜いてやりたかったが、どんな行為もかえって彼を楽しませるだけだろう。こいつは楽しんでいる。僕の苦しみを。僕の痛みを。つらい様子を見せればこちらの負けだ。僕は目を閉じて深呼吸した。浮き上がったドラム缶からヒョンギョンの腕が出てこようとしていた。彼が囁いた。

「すばらしい自制力ですね。一発殴られてよさそうなものなのに。予想以上ですよ。ご褒美に、いいことを教えて差し上げましょう」

男はその姿勢のまま、上着のポケットからメモ用紙を取り出した。そしてそこに小さな絵を描き、僕に渡した。ダイヤモンド形の図形の両側に三角形がくっついた、全体的に大きな三角形に見える絵だった。これと断定はできないものの、どこかでよく見かけたマークという気がした。

「会社のシンボルです。むろん、公《おおやけ》に使用してはいませんがね。使うにしても、この基本形に多くのアレンジが加わります」

会社にシンボルがあるとは、やや意外だった。これまで思い浮かべてきたイメージにそぐわなかったからだ。

「予想外だと言いたげですね。でも、憶えておいてください。会社は広範囲で、フレキシブルな組織です。互いの正体を知らないまま協力することもあり、そういう場合にこういったシンボルが必要になってきます」

「何を象徴しているんですか？」

「この世界が存在する秩序の原理です。大きな三角形は権力を表しています。生態系の食物連鎖、ピラミッドの強大な支配権力、三角形の安定感。最も安定的な図形ですからね。そして、そのなかのダイヤモンド形は、我々の社会を表しています。あなたも学校で習ったでしょう。現代社会のヒエラルキーはずばりこの形をしていますよね。少数の上層階と少数の下層階があり、多数の中層階が存在する。面白いと思いませんか？　本当にこんな社会が存在するということが」

僕は、ダイヤモンドの両側にくっついている三角形を指差した。

「これは何を意味しているんでしょう？」

「ダイヤモンドが立つために必要なあらゆるものです。ダイヤモンド形は決して自力で立てません。何か支えが必要なのです。トータルで、世界を三角形に仕立ててくれる……内容はさまざまです。ええ、本当に。世界はそういった存在であふれていますから」

彼は何をぬかしているのだろう。まるで、会社がこの世のあらゆる秩序を背負っているとでも言いたげな、誇らしげな表情で僕を凝視している。会社がこの誇大妄想患者を送り込んできた理由は何だろう？　真実を聞かせるだと？　すべてはたわごとにすぎない。

「今はピンとこないでしょうが、そのうちわかるようになります。遅かれ早かれね。あなたなら、思ったより早そうだ。ヒントを差し上げるとしたら、我々が殺してきた人々もすべてこの小さな三角形に該当する、ということです」

男は上体を起こした。僕たちはしばらく、静かにお茶を飲んだ。頭が混乱していた。今やヒョンギョンはドラム缶から這い出て、僕の首に腕を巻きつけている。隠そうとしていたすべてが、完全に蘇《よみがえ》った。彼がほざいた言葉を思い返した。僕の知らない、隠された意図があった。それは何だ？　彼が腰を上げた。

「会社は今まで以上に多様な仕事を頼むことになるでしょう。報酬もぐっと上がりますよ。ひとまずテストに合格したんだし、言ってみれば昇進したということです。会社をあまり敵対視しないでください。愉快な方ですから、個人的にひとつお教えしましょう。ま、そのうちわかることですがね。テストに終わりはありません。始まりもなかった、というのが本当でしょうか」

彼は手を伸ばし、絵の描かれたメモ用紙を回収した。

「この絵の意味を悟ったときにわかるでしょう。結局は……すべてを受け入れるか、諦めるかです」

彼がにこりと微笑んだ。そして、手に持っていたメモ用紙をぐしゃりと握り潰し、席を立った。

ひとり残された僕は考えた。自分が必死で否定しようとしていた事実と、男が投げかけた謎について。そう、認めないわけにはいかない。僕はヒョンギョンの死について、卑怯な態度を取っていた。彼女の死が会社によるものであれ自殺によるものであれ、結局は僕の責任だった。子どもの話は……おそらく本当だろう。仮に会社が遺書を捏造したとして、わざわざそんなエピソードを入れる必要はないからだ。酒に酔った僕が遺書を燃やさざるをえなかったのは、そのためだった。でも、ほかにどうすればよかったのか。僕はすでに彼女の心臓を何度となく突き刺し、首を締めた。彼女を生き返らせることができるなら、彼女のお腹の子を生き返らせるためなら、何でもできた。だが、それは不可能だ。今になってできることなどひとつもない。

きっと、男に会うことは二度とないだろう。だが彼が放った言葉は、また別のかたちの呪縛になるに違いない。そうでなければ、会社が彼を送って寄こす理由がない。

長くはかからなかった。彼がなぜ、あれほど丁寧に会社のマークについて説明してくれたのか悟るまでに。そしてそれは、まさしく呪縛だった。だがそれより注意を傾けるべきだったのは、彼の最後の言葉だ。結局は、すべてを受け入れるか、諦めるか。受け入れるか、諦めるか……。果たして、このふたつの単語のあいだにはいかほどの隔たりがあるというのか。

呪縛

家へ戻った。隅から隅まで探したが、酒はなかった。外で買ってくる気力も残っておらず、僕はベッドに横たわってタバコを吸った。僕らしくなかった。だが、僕らしくないことをしたかった。黒い天井に広がった煙は、さまざまな形となって闇のなかへ溶けていった。何の形か想像してみようとしたが、タバコを一本吸い終えるまでいかなる想像力も働かなかった。それは、どこまでもタバコの煙にすぎなかった。

イェリンのために買った指輪を取り出した。ダイヤモンドは美しかった。その小さく透明な、硬い炭素の塊は、テーブルスタンドの明かりを受けて燦爛《さんらん》と輝いていた。ふと、彼の言葉を思い出し、ダイヤモンドの支えの部分を見てみた。そこには、いくつものゆがんだ三角形があった。最も安定した形。小さな三角形。理解できなかった。ともかく、元気を出してプロポーズする。それが今の僕にとって一番大事なことだった。わかっている。自分がどれほどおぞましく映るか。だがすでに、多くの血と引き換えにここまで来ていた。

生き残った者は、生きねばならない。あらゆる恥辱と罪悪感と羞恥をよそに。

気を取り直そうとキッチンへ向かった。冷蔵庫の残り物をかき集めてチャーハンを作った。テレビがついたままのリビングで、映画を観ながらひとり食事をした。一九六〇年代の日本のホラー映画が流れていた。いかにも昔の映画らしく、ひどく演劇チックなセットのなかで、俳優たちが大げさな演技をしていた。血糊《ちのり》は絵の具のようで、幽霊の顔は白塗りだった。オムニバスの内容はどれもつまらなかったが、わざわざチャンネルを変える元気もなかった。ひとつの短編が終わると、雪女の話が続いた。

凍えるような雪の晩、少年は、老人と薪《まき》を集めて村へ戻っていた。雪と嵐のために船は途切れ、ふたりは渡し場のそば、草ぶきの小屋で眠りにつく。夜も深まったころ、少年は激しい寒さに目を覚ます。そして、傍らで眠っていた老人の精気を吸い取っている雪女に気づく。ほどなく老人は凍え死に、振り向いた雪女と少年の目が合う。姿を見たからにはお前も死んでもらうと言う雪女に、少年は、老いた母親をひとり残しては死ねないと命乞いをする。心を動かされた雪女は、少年にある提案をする。自分を見たことを誰にも言わないと誓えば見逃してやると。少年は誓い、雪女は、もしも約束を破れば再び現れてお前を殺すと告げる。

翌日、嵐がやんで村へ戻った少年は、老人が死んだ本当の理由を誰にも言わなかった。

明くる年の春、少年の母親は渡し場でひとりの美しい少女に出会う。口減らしのために東京のある屋敷に奉公に出るのだという少女に、少年の母親は、陽も暮れかけているから自分の家に泊まるよう勧める。少女は少年の家に向かい、ふたりは互いに好感を抱く。少年の母親は、東京に行っても苦労するのは目に見えている、それよりも自分の息子と一緒になってはどうかと、それとなく結婚を促す。

時が経ち、少年は青年になった。夫婦《めおと》になったふたりのあいだに子が生まれ、少女も今ではすっかり大人の女性となり、村でも貞淑でしっかり者の嫁と評判だった。ふたりの幸せそうな姿に満足した母親は、心安らかに息を引き取る。

やがて、少年もいい年になった。子どもたちも大きくなったが、妻はいつまでも若く美しかった。

ある冬の夜更け、眠る子どもたちの合間でわらじを編みながらおしゃべりしていた夫は、ふと、外の吹雪を見て雪女を思い出す。そして妻に、子どものころ見た雪女の話をする。と、その話を聞いていた妻の表情がゆっくりと変化していく。話に夢中になっていた夫はにわかに、あのとき見た雪女と妻の顔が瓜二つ《うりふた》であることに気づく。

ここでチャンネルを変えた。子どものころに観ていた〈伝説の故郷〉の「九尾の狐」にそっくりだと気づいたからだ。それにしても、果たしてどちらが真似したのだろう。推測するのは難しくなかった。分身様とも呼ばれるコックリさんをはじめ、数多くの怪談が国産でないことは承知していたからだ。植民地時代の影響なのか、それともよくある日本のコピーなのか、はたまた説話の元型性のためなのかはわからないが、やはり、テレビはドキュメンタリーに限る。

チャンネルを変えると、人間が消え去った地球上では何が起こるのかというドキュメンタリーをやっていた。画面のなかで、冷却水が途絶えた原子力発電所が臨界点を超えて融解していた。僕はテレビをつけたまま、ベッドに戻って眠った。夢うつつに聞こえてくる音声のために、夢とコマーシャルが織り交ざった。愛するイェリンがチョコレートと携帯電話を宣伝し、そこへ雪が降りしきった。次にそれらは、あの日の車のなかの風景へと転じた。どこか遠くで臨界点を超えた原子力発電所が爆発し、雪は死の灰と化してすべてを白く染めた。

朝になって目を覚ますと、頭はすっきりと晴れ、迷いもなくなっていた。もの悲しい気持ちも、入り乱れた考えも、かすかな疑惑も、重苦しい感情も、嘘のように消えていた。

生き残るための最も賢明な方法、それは、どうにもならないことならとっとと忘れること。僕はイェリンに電話した。今夜会おうと言うと、彼女の自宅に誘われた。今日プロポーズするつもりだった。どこかのスペースを貸し切りにして、とびきり豪華な、生涯忘れられないプロポーズにしたかった。だが、その準備をするうちにまたも心が乱れるのではないかと不安だった。わずかな余地さえあれば、ヒョンギョンを思い出すことがわかっていた。時間がない。僕は招待を受け入れた。

引き出しから指輪を取り出し、クローゼットを開いた。これぞという服がなかった。約束の時間までにヘアサロンで髪を切り、服を探して回った。有名ブランドの売り場を歩いていると、ヒョンギョンとのデートが思い出された。そしてふと、ヒョンギョンとの感情の交流はすべてブランド品に頼っていたことに気づいた。プロポーズ直前に思い出すにふさわしい思い出とはいえない。信じられなかった。忘れるのは得意だった。誰かを殺す計画を立て、次の瞬間には忘れていた。時折、顧客の訃報を新聞記事で見つけることがあっても、至って平気だった。ひどいときには、気づかずに見過ごして、あとになってから「あ、そういえば」と無感情に思い出すことさえあった。それなのになぜ、彼女の思い出は影のようにつきまとうのだろう。

イェリンの家へ向かう途中で、花束とシャンパンを買った。何はともあれ、彼女の家に行くのは初めてなのだ。彼女を送り届けるために幾度となく訪れてはいたものの、いつも玄関までだった。ふと、彼女の家を訪れるのも初めてだというのに、早急すぎるのではないかという気がした。いや、かまわない。彼女の気持ちはどうあれ、自分の気持ちは確かだった。それに今、僕の人生で確信できるものはそれだけだった。人生が何かの拍子に揺らぐことがあったなら、可能なものから礎《いしずえ》を築いていけばいい。それがこのプロポーズだった。卑怯なのはわかっている。だがほかにどうしろというのか。この人生のすべてを、僕が選択したわけじゃない。いつからか、会社に促されるままにここまで来てしまったのだ。だから、僕にだって幸せを選ぶ権利はある。

家の前まで来たとき、駐車場まで迎えに出てきたイェリンの姿が見えた。恐れることはない。あそこに、僕に保障された幸せがあるのだ。

彼女の家は彼女に似ていた。シンプルかつモダンなインテリアに手描きのイラストが加わることで、内にある温もりを表現していた。まるで、インテリア雑誌か、今時の独身女性が登場するコマーシャルに出てきそうな家。だだっ広いだけで、家具がほとんどないにもかかわらず、小さなカオス状態にある我が家とは正反対だった。急に、これまでうちで過ごしてきた彼女との時間が恥ずかしくなった。家のなかを見学しながら、徐々に脈が早まるのを感じた。運命の時間が近づきつつあった。だが同時に、心のどこかに影が差すのを感じた。それはまさしく影のようだった。彼女が輝けば輝くほど、彼女への思いがどうしようもなく膨らめば膨らむほど、いっそう濃くなった。ひょっとすると、それは僕の良心なのかもしれなかった。ヒョンギョンをあれほどの不幸に陥れておいて、こんなことが許されるのかという。でも、僕はそれを、断られることに対する不安だと結論づけた。僕は臆病者だったし、これまでのあらゆる卑怯な姿勢がそれを裏付けていたからだ。だから今は、一人前の大人としてその不安を認め、プロポーズすればいいのだ。

彼女の手料理を食べた。文句のつけようがないサラダと、とびきりのステーキ。口に入れて吟味するたび、この先数十年をともにする幸せが、舌を伝ってゆっくりと歩み寄ってくる気がした。彼女のほうも、何か特別なことが起こると予感しているはずだ、そうに違いないと自分を奮い立たせた。ごくわずかな、米粒ほどの勇気でもかき集めたい瞬間だった。

食事を終え、部屋へ入った。お茶を淹れるから少し待つようにと言われた。ひとりになった僕は室内を見回した。彼女に似て、こざっぱりした印象の部屋だった。花瓶には僕が買ってきた花が生けられ、机に置かれた数冊の画集と作業台の絵の具の跡以外は、すべてがきれいに整頓されている。ドアの脇に、彼女のイラストがあった。雑誌広告で見たことのある、キャラクターがこちらに乗り出してくるかのような躍動的な絵だ。僕は、彼女が思ったより有名なイラストレーターであることに多少の驚きを覚えた。彼女はまだ若かったからだ。年に不釣り合いな彼女の成功は、業界でも至って珍しいケースに違いない。そう思うと、また少し気持ちが萎えた。

イラストのなかでは、中心となる三人の人物が、今にも絵から飛び出してきそうなポーズを取っていた。サブキャラのふたりが両サイドで、おのおの反対方向の角を見上げているという、やや型どおりの構図。だがそこには、独特の躍動感があった。広告だからというのもあるかもしれない。

絵を見ていると、彼女がお茶と果物を運んできた。僕はトレーを受け取り、ベッド脇のサイドテーブルに置いた。そして、彼女の両肩に手を沿え、サイドテーブルの隣に立たせた。彼女の前に膝をついて指輪を差し出すつもりだった。使い古されたベタなスタイルだとは思ったが、だからこそうまくいくと確信していた。典型的な構図、伝統的な手法。いつの日も、成功率が高いのはそういったものだ。彼女をそこに立たせて、ポケットに手を入れた。きょとんとした表情の彼女を見ながら、指輪を取り出そうとしたそのとき、愛《いと》しい彼女の顔越しにイラストが見えた。キャラクターは彼女の顔で隠れ、絵の構図だけが目に入った。

にわかに、それまでつきまとっていた影の正体に気づいた。その構図は、会社の人間に見せられたあのシンボルとぴったり一致していた。走る三人のキャラクターがつくるダイヤモンドの形と、両サイドのサブキャラがつくる三角形。さっきも言ったように、型どおりの、ありがちな構図だった。だから？　それがどうしたというんだ？　そのとき、昨日観た雪女の映画が思い浮かんだ。イェリムと雪が、記憶のなかであまりに深く結びついているからだろうか。リビングで見かけた彼女のCDラックはどんな形だった？　これまた、四つの小さな三角形が大きな三角形を形作っていた。それはつまり、ダイヤモンド形とふたつの三角形にも見て取れた。わかっていた。それが、彼女と会社の関係を示すいかなる証拠にもなりえないことは。そういうCDラックはいくらでもあった。だが、彼の言葉が思い出された。「テストに終わりはありません」。イェリンは会社が仕込んだ人間だろうか？　だとすれば、僕が会社のことを話したとき、何が起こるのだろう？　これらの疑問が頭に浮かんだのは、ごくわずか、二秒にも満たない時間だった。さまざまな考えが、堰《せき》を切ったかのように、一斉に悲鳴を上げていた。僕は文字どおり、その場に凍りついた。

僕の様子に気づいた彼女が言った。

「どうかしたの？　あなたの顔、まるで……」

僕は笑顔を浮かべて見せた。そして、指輪を握っていた手をポケットから出し、もう一度彼女の肩に置いた。彼女の体をイラストのほうへ向けながらこう言った。

「これ、君の絵だったの？　びっくりだよ！　僕が思ってたよりずっとすごい人だったんだね」

下手な芝居だった。だが、当時の僕の立ち振る舞いに拍手を送ってやりたい気分だ。それは、堤防に開いた穴を指でふさいでいるのと同じだった。それでも希望を捨てたくはなかった。すべては、自分の神経が過敏になっているせいだと。僕ひとりのために会社がここまでするというのか？　そんな馬鹿なことがあってたまるものか。ふと、マネージャーの顔が浮かんだ。僕の性欲の女神。その途端、会社は果たして僕にどこまでできるのか、その限界がわからなくなってきた。プロポーズするんだ。すべては断られる不安から生まれた言い訳にすぎない。僕は自分に言い聞かせた。だが、体が動いてくれなかった。彼女に大丈夫かと訊かれ、僕は、胃もたれがするのだと震える声で答えた。

トイレに入って考えた。クソみたいな妄想はそれくらいにして、とっととプロポーズするんだ。顔を上げると、バスタブの周りのタイルのパターンが目に入った。それは珍しくも三角形で、またもや会社のシンボルに似ていた。その瞬間、自分があの男のかけた呪縛にがんじがらめになっていることに気づいた。びくともできないほどに。

僕はその日、イェリンにプロポーズできなかった。またも自分の人生が、いや、自分が夢見ていた人生が根こそぎ揺さぶられているのを感じた。礎を築こうとして、最後の支えを引っこ抜かれた。僕にはもう何も残っていなかった。

男が見せてくれたシンボルについて、言いたいことはたくさんある。ゼルダの伝説というゲームがある。そこに登場するトライフォースというシンボルは、彼に見せられたシンボルを四つの三角形に分けた形をしている。国内屈指の財閥のうち、変更前のイニシャルとして同じような形を用いていた大企業がある。のみならず、インターネットで検索すれば、今でも似たようなシンボルを使っている企業はいくらでもある。大学、研究所、スポーツチームと、至るところで三角形が使われている。図案に関するある本によれば、三角形は企業が最も好む形のひとつらしい。安定感の象徴だという理由で。それだけじゃない。あるデパートの化粧品売り場で、彼が言っていたのとそっくり同じ形のショーケースを見たこともある。イェリンの家にあったのと同じ形のCDラック、同じ形のブックラックもある。ルーヴル美術館のガラスのピラミッドだってそうだ。同じような模様は数え切れないほどあって、伝統的な韓屋《ハノク》の木戸にもこの形の細工が見られる。それらを目にするたびに、僕は恐怖に慄《おのの》かねばならないのだろうか。それとも、会社の影響力とパワーを褒《ほ》め称《たた》えるべきだろうか。

馬鹿馬鹿しい。ノミのような心臓とガラスのような神経を呪った。そんなことを言い出せば、ドル紙幣に描かれたピラミッドの眼だって同じに見えてくる。神経衰弱に違いない。だが、カップルマネージャーが彼女について言っていたことや、イェリンが見せてくれた信じがたいほど完璧な態度が交錯し、意味という意味はとりとめもなく移り変わっていく。彼女の言葉が思い浮かんだ。

「そういう大きなことを決めるのは好きじゃないわ。だってそのあと、心のなかで永久に修正し続けることになるんだもの」

何と正確な表現なのだろう。これをどう受け止めればいいのか。確かめる方法はある。訊けばいいのだ。僕と会社を最もよく知る人に。

質問

　その日、マネージャーが目の前に現れるまで、僕は彼女への質問をくり返しシミュレーションしていた。決して隙を見せてはならない。想像できるあらゆる可能性と、あらゆる場合の数についてリスクを分析してみた。不確定要素がありすぎて、分析など何の意味もなかった。そう。自分自身をコンサルティングすることはできない。僕は自分を叱り飛ばした。こんな方法じゃ何ひとつ探れるもんか。だが、もう止まれなかった。どうして止まれるだろう。これは、崩れ落ちた礎を建て直すための最後の足掛かりなのだ。何でもいいからつかまねばならない。たとえそれが、枯れて朽ちた藁《わら》であっても。だが本当に恐れていたのは、そのあとに待っているものだった。僕は、目の前にさらされた真実を受け止めることができるだろうか？　ふと、それが、この仕事をすると決めたときに自分に投げかけた問いであることに気づいた。だとすれば今の僕は、あのときからどのくらい変わったのだろう？

マネージャーとは、ホテルの地下のバーで会うことにした。一緒に酒を飲むのはこの日が初めてだったが、断らないだろうという確信があった。彼女は僕のマネージャーで、僕の身に起こったことなら最低限は知っているに違いないのだ。ちゃんとご飯を食べるようにと言ってきたくらいなのだから。

マネージャーは約束の時間ぴったりに現れた。彼女らしかった。でも、今からその彼女らしさを打ち砕かなければならない。その皮を剝ぎ取らなければ真実に近づけない。僕たちは簡単な挨拶を交わしてから、カクテルを注文した。彼女はブラッディ・メアリー、僕はマティーニを頼んだ。何を話すでもなく三杯ほど飲んだ。まるで、互いに銃口を突きつけ合っているような気分で。ひょっとすると彼女のほうも、この沈黙から僕が何を言い出そうとしているのか察していたかもしれない。そうだとしても、酔っ払ってくれたほうがよかった。テーブルを拭いていたバーテンダーは、僕たちに気を遣ってかバーの向こう側へと席を移った。大事なのは一打目だ。僕は彼女の耳に囁いた。

「君と寝たい」

マネージャーは笑った。彼女らしかった。とびきりのジョークを聞いたかのように、カウンターに前屈みにもたれて大声で笑った。ほかの客たちがこちらを見た。僕はたじろぎ、ゆっくりとグラスを空けた。悪戯がばれた子どものような顔で。

「何が知りたいの？」

やはり彼女は有能だ。もう少し狼狽《ろうばい》するところを見たかったが、仕方ない。

「言えば答えてくれるのかな？」

「答えれば信じるの？」

僕はおもむろにオリーブを口に入れて噛んだ。そして、カウンターに置かれたマネージャーの手に自分の手を重ねた。彼女がフッと笑った。

「肉体的接触は禁止だって、嘘だよね？」

僕は自分の想像しうる最もキザな口調でそう囁いた。

「下手な芝居はよして。笑っちゃうから」

彼女はすっと手を抜き、ハンドバッグをつかんだ。付け入る隙がない。そのとき、ある手を思いついた。

「僕の身に何かあったら、君はどうなるんだろう？」

はたと彼女の動きが止まった。そして、ハンドバッグを元の位置に置いた。

「どういうこと？」

「例えばさ、ほら。僕が事故に遭ったり、睡眠薬の過剰摂取で死んだり、酒浸りになって使い物にならなくなったりしたら、どうなるのかなって」

彼女の表情に動揺が見て取れた。うまくいったようだ。僕は固唾《かたず》を呑んだ。

「ありえないわ」

「そうは言い切れないだろう？　一昨日会った会社の人間も言ってたよ。テストをするのは会社のためじゃなく僕のためだって。会社を脅かすものはないかもしれない。でも、僕がいなくなったら会社はどうなるんだろう」

「代わりを探すでしょ。人ならいくらでもいるんだから」

彼女は平然と答えた。だが僕は、わずかな表情の変化を見逃さなかった。

「じゃあ君は？　またその顔を一からつくり直すの？」

短い沈黙が流れた。そして、彼女のため息が聞こえた。

「知ってることでもあなたに言えないのは、会社がそれをあなたのためだと判断したからよ」

「だろうね。僕もそう思うよ。会社に感謝しきりだ。だけどそろそろ、何かひとつくらいは自分で決めたいと思ってね」

マネージャーは爪の先で忙しくカウンターを叩いた。やがて、そのコツコツという音がぴたりと止まった。

「いいわ。じゃあひとつだけ」

「イェリンは会社の人間？」

彼女はやにわに呆れた表情を浮かべた。そして親指の爪をカウンターの端に引っかけ、ぐっと力をこめた。ネイルチップがペキッと剝がれた。

「どうして私に訊くの？」

爪がもう一枚剝がれた。

「一度、自分の胸に訊いてみたら？」

もう一枚。

「どうして私と寝たいなんて言うのか」

またもう一枚。

「どうしてヒョンギョンはあなたに受け入れられなかったのか」

そして最後に、小指のネイルチップまでもが剝がれ落ちた。

「どうして彼女はあなたの理想どおりの女性なのか」

ネイルチップがすべて剝がれ、彼女は生爪だけとなった手を見せながら言った。

「あなたは私に尋ねるまでもないことを質問してる。自分で決めたくないから」

鋭い指摘だった。鋭すぎて、ひとことひとことが胸に突き刺さるようだった。何も言えず、僕はうなだれた。カウンターには彼女が剝がした、華やかな色と模様の爪が転がっていた。美しいものだな。僕は腰を上げた。彼女は自分が払うと言った。僕はホテルを出た。

ホテルの前にはタクシーが並んでいたが、それには乗らず歩いた。マネージャーに僕の人生をコンサルティングしてもらうという試みは失敗に終わった。南山《ナムサン》循環路をたどって家々に灯《とも》る明かりを見ながら、彼女の問いかけを反芻した。自分で決めるべきときだった。僕はなぜ彼女と寝たいのか。彼女は会社から僕のために、いや、会社のためにそうしつらえられた存在だった。なぜヒョンギョンを受け入れられないのか。彼女はごく現実的な欠点の目立つ女性だった。それが問題にはなりえない。人間なら誰しも欠点をもつからだ。なぜイェリンは僕の理想どおりの存在なのか。彼女は僕と好みも同じなら、外見も僕好みで、僕が思う理想的な振る舞いをした。まるで、ヒョンギョンが愛したブランド品のように。

会社から送られてきた男は言った。テストは僕のためのものだと。恋に落ち、相手にプロポーズして自分の仕事を打ち明けたとき、それが悲劇的な結果に終わった場合に最もショックを受けるのは僕だ。仕事に影響が出る可能性もある。これこそが、会社にとって最も望ましくない状況だろう。見事につじつまが合う。だがひとつだけ、前提に疑問がある。ヒョンギョンの遺書は本当に彼女が書いたのか？　わかっている。この問いを掘り返すのは卑怯だと。だが、どんな小さなことも疑われてならなかった。それに彼は、テストに終わりはないと言った。それならこれも、会社の画策のひとつではないのか？　もしもイェリンが会社の人間だとしたら、僕に対する気持ちはどうなる？　いや、このすべてはただの妄想にすぎないのだろうか？　僕の計画から、僕の人生から、ありとあらゆる不確実性は排除されていた。だが突如として、すべてが不確実に思われてきた。もちろん、今のこの状況でさえも会社の思惑どおりなら、たんに僕の知らない、またもうひとつの軌道ということなのだろう。初めて、会社の決定どおりに歩む人生に違和感を覚えた。それがいやなら今この瞬間、この混沌のなかで自ら決めるべきだったが、答えを出すことはできなかった。僕はただの一度も、自分で決断したことなどなかったから。

家に着いたときには、日をまたいでいた。テレビをつけた。ドキュメンタリーチャンネルでは〈動物の王国〉が流れていた。声優が言った。

「マウンテンゴリラはコンゴの熱帯雨林で群れをつくって生活します。よく見ると、彼らの行動は人間そっくりです。ＤＮＡの構造は人間のものとたった二パーセントしか変わりません」

ゴリラたちはとても穏やかな表情で互いの毛をいじり合っていた。ヒョンギョンと動物園で見たゴリラたちの表情とはかけ離れていた。彼らの暮らしはシンプルで、幸せそうに見えた。たった二パーセントの違いがもたらす、そのわかりやすい生き方が羨ましかった。イェリンに会いたかった。だが、このままでは何の結論も出ないだろう。僕は、決して自分がやりそうにない選択をしなければならない。そうして初めて、会社に定められた人生から、会社の影から逃れられる可能性が生まれるのだ。僕はまるで啓示でも待つような心持ちで、ソファに埋もれて画面に集中した。僕が決して選ばない道、この人生から逃れる道は何か。そのとき、はっと頭に浮かぶものがあった。

コンゴへ行こう。

コンゴへ行ってゴリラを見るのだ。あのわかりやすい生活に、きっと何かしらの答えがあるはず。わかっていた。まったく正気の沙汰ではない。だが今、そうしなければそれこそ正気を失いそうだった。誰も意図しなかった動きをしよう。本気で逃げてみるのだ。

だが僕は、自分が何から逃げているのかさえわからなかった。

翌日、旅行会社のスタッフはもう一度考え直すように言った。

「このあいだ紛争が終わったばかりで、ＰＫＯ部隊が入っているところですよ」

「ネットでは、紛争はとっくに終わったものと書かれてましたが」

「そりゃ、現地の事情を知らないからですよ。終戦宣言後も前線ではいまだに反乱軍と対《たい》峙《じ》してるし、首都のキンシャサはつい最近ゲリラの襲撃を受けて、死人が出るわ外国人は非難するわの大騒ぎでした」

「そんなに危険なら、どうして外交部は入国を禁止しないんです？」

「そりゃあ、あっちで重要なビジネスをしてる人も多いからですよ」

　旅行会社のスタッフはもどかしげな表情で、手前にあったモニターをこちらに向けた。ロンリープラネットの英語版サイトだった。コンゴ民主共和国という文字の下に、「旅行危険地域」と大きな赤い文字で書かれていた。その下には小さな文字で、治安が極度に不安で、局地的な内戦と散発的なゲリラが勃発しているとあった。ここにまで会社の影響が及ぶはずがない。僕は心を決めた。ため息をついていたスタッフは、飛行機と宿泊先は何とか手配しようと言ってくれた。

「マウンテンゴリラを見るならヴィルンガ国立公園ですが、ツアーをやってる旅行会社があるかどうか。私の知る限り、最後のツアーが組まれていたのは私が新人のとき、ですから、もう十年以上前の話です」

　僕は現地で旅行会社を訪ねてみると答えた。今思えば、無知にもほどがあった。僕はマネージャーに電話をかけ、沈んだ声で応じた彼女に、休暇が欲しいと伝えた。彼女は短く、わかったとだけ答えた。それからイェリンにも電話した。出張だと嘘をつくのは気がとがめたが、行き先がどこであろうと、彼女が会社の人間ならどのみち知ることになる。もしもそうでないなら、知らないままでかまわない。

コンゴ

パリからキンシャサへ向かう飛行機のなかで、僕はすでに疲れていた。初めての海外旅行だというときめきと興奮のためだけではなかった。言葉が通じないことのストレスが思ったより大きかった。乗り換えのために八時間待機したパリでランチを注文するとき、読み書きに特化した僕の英語力を実感した。何度言っても相手に伝わらなかった。ひとまずは筆談で乗り切ったけれど、コンゴではどうなることやらと不安になってきた。

飛行機のなかでは、窓越しにぼんやりと空を眺めていた。雲の合間に、アフリカの赤い大地と緑のジャングルがのぞいた。眠れず、半ば魂が抜けたような状態では、どんな雑念も浮かばなかった。よかった。コンゴ行きのメリットをひとつ見つけられたのだから。

そのままどれくらい経ったのだろう？　シートベルト着用のアナウンスが流れ、窓の外にコンゴの地が見え始めた。広大な密林と草地を過ぎると、背の低い家々のそばに、藁の山のようなものが並ぶ場所が見えた。着陸のために飛行機が旋回すると、街が現れた。ドキュメンタリーで観た黄土色の滑走路や、丸太や黄土で作られた家を想像していた僕は、アフリカに街らしい街があることに新鮮な衝撃を受けた。それらしい街もあるだろうとは思っていたが、紛争、暴力、危険という言葉ばかり聞かされたせいで、崩れかけた廃墟《はいきょ》が並んでいるものと想像していた。ところが、飛行機から見下ろす限り、色褪《いろあ》せた都市に漂うどんよりした雰囲気を除けば、韓国の地方都市といってもおかしくない平凡な風景だった。タラップに立つと、蒸し暑いアフリカの空気が体を包んだ。感極まって息を大きく吸い込むと、重たい空気のなかに緊張が走った。

入国審査の際、審査官は露骨に賄賂を要求してきた。英語力が心配だった。だが驚いたことに、彼は僕の英語を聞き取った。両者とも細かい発音の違いを聞き分けられないがゆえの奇跡だった。僕は喜んで賄賂を献上した。

バスで向かったキンシャサ市内は、案外にぎわっていた。思った以上の車と人混みで活気に満ちている。やはり旅行会社の人間は何もわかっていなかった。来てみたこともないのだろう。政府が渡航を禁止しないのには、それなりの理由があった。交差点には鉄十字を着けたドイツ軍や、国連軍のマークがついた装甲車が見え、ある集合住宅地には銃撃や砲撃による穴が開いていたものの、それらも、子どものころによく見かけた戦闘警察のバスや、再開発を控えた撤去中の建物とさほど変わらなく思えた。

ここで戦争があったのだと実感したのは、車が信号に引っかかって一時停止したときだった。空き地に、運転席の辺りが吹き飛ばされたバスが一台停まっていた。四、五歳ぐらいの子どもたちが、そのバスにぶら下がって遊んでいた。怖いといえば怖いが、子どもたちの存在が、そんな光景さえも平和なものにしていた。信号が変わって車が動き出すと、それも建物の陰に隠れてしまった。どこを見ても、一九七〇年代のソウルの街並みだった。キンシャサの中心街に入ると高層ビルの森が見え、ホテルのある外国人エリア一帯では高級住宅街も目についた。植民地時代を思わせる華やかな邸宅が並び、ヨーロッパのリゾート地のようにも感じられた。いったいどこが危険だというのか？

ホテルについて言えば、五つ星だけのことはあった。星五つが保障する均一さ。もとよりソウルの最高級ホテルとは比べものにならないが、ソウルの中心街にある名ばかりの五つ星ホテルに比べれば、広々とゆったりした造りになっていた。何より、ロビーから僕を迎え入れてくれるエアコンの風が爽快な気分にさせてくれた。

荷を解いた僕は、フロントで旅行会社について尋ねた。するとフロントスタッフは、ビジネスで来たのかと訊き返した。僕は笑った。旅行会社について尋ねているのに、ビジネスが何だって？　彼も英語が得意でないか、僕の英語が聞き取りにくいせいだろう。何といっても、コンゴにあるホテルのスタッフなのだ。どうしてもコミュニケーションが取れず、英語で話すことが怖くなってきた。だが、ほかに手はない。旗を振りながら親切に案内してくれるガイドは、ここにはいないのだ。何度かちんぷんかんぷんなやりとりをし、手振り身振りを駆使した末に、旅行会社の電話番号と位置を教えてもらった。番号をメモし終わった途端、時差のせいで疲れが押し寄せた。ゴリラは待ってくれるさ。僕はそうつぶやきながら部屋へ戻った。そしてそのまま、ベッドに倒れ込むようにして眠りについた。

夢を見た。サファリトラックに乗って非舗装道路を走っていた。土埃《つちぼこり》を上げながらしばらく走っていた車の前方に森が見えてきた。森のなかに入った車は、草木の生い茂る道をガタゴトと突き進んでいく。窓の向こうを、韓国に残してきた人たちの顔が流れていく。僕は彼らに手を振り、彼らも嬉しそうに手を振り返した。そんなふうに森を抜けると、腰まである草に覆われた空き地に出た。僕は車を降りた。木々に囲まれた小さな空き地は、まるで死そのもののようにひっそりと静まり返っていた。

少しすると、何やら騒がしい声が前方から聞こえてきた。首を伸ばして、森に目をこらす。声は徐々にこちらへ近づき、森と空き地の境までやって来た。僕は眉をひそめ、声のするほうを見据えた。そのとき、ゴリラの群れが藪《やぶ》から現れた。あれほど会いたかったゴリラだった。その体は、想像よりずっと大きかった。ゴリラたちの表情は、大丈夫、問題ないよ、と言っているようだった。動物園で見たゴリラたちのしょんぼりと悲しそうな姿とは似ても似つかなかった。それだけで心が和んだ。ハワイでもないのに、ゴリラたちは僕の首に花輪をかけてくれた。そして僕の手を握った。その手は大きく、自分の手が子どもの手のように感じられた。彼らは、子どもに立ち返ったような気分で面食らっている僕を森へと導いた。行く手を阻む背高の藪をかき分け、ゴリラたちが道をつくってくれた。

そうしてしばらく森を進むと、遠く、木とツルの合間に何かが見えた。それはバスだった。昼間、ホテルへ向かう途中に見かけた、壊れたバス。そのなかに、ヒョンギョンが座っていた。彼女は上衣を脱ぎ、赤ん坊に乳を含ませていた。ゴリラたちはバスの周りに立ち、一斉にウゥー、と鳴いた。僕はここまで案内してくれた大きなオスのゴリラの手を離し、ヒョンギョンのもとへ歩み寄った。ゴリラたちは僕たちの巡り会いを祝福し、拍手を送ってくれた。なかには胸を叩くゴリラもいた。彼女は腰を上げて言った。

「いらっしゃい。コンゴへようこそ」

そのとき、赤ん坊の首がのけぞった。赤ん坊には顔がなかった。僕は悲鳴を上げた。

夢から覚めたとき、外はすでに暗かった。時計を見ると、午後十一時を過ぎていた。僕は窓を開けた。じめじめした生温かい熱帯夜の空気がなだれ込んできた。キンシャサ市内の明かりが見え、どこかで銃声が上がった。軽く短い銃声に続き、重たい自動小銃の連射音が響いた。かなり遠くから聞こえていた。ホテルの警備にあたっている軍人たちも、詰め所で身を屈《かが》めて銃声のするほうを見つめていた。彼らの後ろ姿を見ているだけで緊張が伝わってきた。急いで窓を閉め、ベッドに腰掛けた。自分自身に言った。

「いらっしゃい。コンゴへようこそ」

ツアー

旅行会社へ向かう道すがら、ここは自分が思っていたような場所ではなく、来てはいけない場所に来てしまったと感じ始めていた。交差点の角を過ぎた瞬間、地面にうつ伏せている男の死体を発見した。青い軍服のようなものを着ていると思ったら、左腕にポリスと書かれていた。その数メートル先には、ハワイアンシャツにジーンズを穿《は》いた男が倒れていた。腹部の周辺に溜まっている赤黒い血と、それ以上に黒い肌が妙な調和を生んでいた。初めて目にした、本物の死だった。これまで多くの死に関わってきたが、いざ誰かの死体を見たのはこれが初めてだった。ハワイアンシャツの男は裸足《はだし》だった。親指の白く浮き出たタコと、黒い地面に溜まった血が奇妙な対比を成していた。昨日聞こえた銃声の主人公たちに違いなかった。死体の前では、国連の腕章を着けたドイツ軍が交通整理をしていた。ドイツ軍兵士のひとりが誰かと無線で話し、その隣の装甲車ではまた別の兵士が、耳にイヤホンを挿してタバコをふかしていた。世界中でブームとなっている、アイポッドの白いイヤホンだった。その白さが、一瞬、自分がどこにいるのかを忘れさせた。そしてほどなく、それらの風景はキンシャサの日常の風景にまぎれ、窓の向こうへ消えてしまった。
バックミラーで運転手の表情をうかがった。彼は気だるい表情で運転していた。心臓がバクバク音を立てた。僕が計画書に書き連ねた死、そこには表層的に存在するばかりだったが、死とはそういうものだった。アスファルトの血溜《だ》まり、見開かれた目と濁った瞳孔、鼻に留まったハエ、足の裏のタコ。交差点に放置された死の脇を、人々はすたすたと通り過ぎていく。それがここの日常だった。

旅行会社の施設は思ったより整っていた。新築なのか、白く塗られた壁から調度品まで、すべてが新品だった。何より驚いたのは、相談用の椅子がソファだったことだ。韓国の旅行会社では味わえない贅沢だった。僕はそこに腰を下ろした。雑務担当とおぼしき黒人の少女に、飲み物は何がいいかと恭《うやうや》しく尋ねられた。けっこうだと答えたが、聞き取れないようだった。手振りで示して見せると、少女はにこっと笑って退いた。白い歯がひときわまぶしかった。旅行会社のスタッフが僕に向かって笑いかけた。そして、僕よりずっと優れた発音で、韓国人か日本人かと訊いた。韓国人だと答えると、彼は微笑を湛えたまま、最近は韓国人がよく来ている、韓国の家電は最高だと言った。そして、自分の家にも韓国製のテレビがあると得意げに言った。僕は韓国の旅行会社の無能さにがっかりした。一体全体、インターネットで一番アフリカに詳しいという旅行会社を訪ねたというのに、なんたる有り様だ。多くの韓国人がここに来る理由は、韓国の旅行会社との連携が取れていないからだろう。しばらくぎこちない英語で雑談を交わすうち、彼がこう言った。

「私どものお勧めは、熱帯一周サファリというコースです。南部と東部のサファリコースがありますが、どちらをお考えですか?」

僕は答えた。

「さあ。ゴリラを見たいんです。マウンテンゴリラ」

すると、彼がちょっと顔をしかめた。

「ええと、東部かな？　ゴマのことをおっしゃってるんでしょうか？　韓国人はよくそちらに行きますよ」

「どちらでもいいです、ゴリラが見られるなら」

彼が首を傾げた。それから、僕が英語を聞き取れていないと思ったのか、ゆっくりと説明し始めた。

「東部というのは、ウガンダを経由してゴマへ入るコースのことです」

自分の英語力を嘆いた。マウンテン、それともゴリラの発音のせいだろうか？　僕はも

「マウンテンゴリラを見たいんです」

う一度ゆっくり言った。「マウンテンゴリラ。わかりますか？ マウンテンゴリラを見たいんです」

その瞬間の彼の表情はこうだった。まずはじめに、理解したという気づき、そのあとすぐに怒りが浮かんだ。だが何とか怒りを抑え、多少のもどかしさと嘲笑をにじませて何度か咳払いをした。それから答えた。「ゴリラは見られません」。彼はまず、韓国でも耳にしたヴィルンガ国立公園を持ち出し、そこのスタッフは撤収しており、現在は外国人旅行客の立ち入りを禁止していると言った。さらに、〈動物の王国〉で聞いた憶えのあるヒガシローランドゴリアを引き合いに出し、カフジ＝ビエガ国立公園についても現在は外国人旅行客を受け入れていないと言った。

そんな馬鹿な。そんな言葉を聞くために韓国からはるばるやって来たわけではない。これほどの旅行会社が、たかがゴリラを客に見せられないことなどあるだろうか。

僕は彼に、ほかに手はないかと尋ねた。韓国からやって来た事情を切々と語っても、彼の顔には怒りが浮かぶばかりだった。僕の話が終わるが早いか、彼はがばっと立ち上がって怒鳴り出した。フランス語と現地の言葉が交じっていると思われるその怒声は、僕をたじろがせた。

僕は中途半端に腰を上げ、こちらも腹を立てるべきかどうか迷っていた。彼がなぜ怒っているのか、何が起こっているのか理解できなかった。文化的に失礼なことをしてしまったのだろうか？　だが、それ以上悩む必要もなかった。僕はガタイのいいふたりの黒人男性につかまれ、外に放り出された。そして、これは始まりにすぎなかった。

その日のうちにもう三箇所回ったが、どの旅行会社からも追い出された。怒る人もいれば、笑う人、黙り込む人もいた。ゴリラはあまりに遠く、僕はホテルのバーで八つ当たりするように音を立ててグラスを置くことで、この奇妙な一日を終えた。ソウルに戻りたかったが、諦めるにはあまりに遠くまで来ていた。

次の日もまたその次の日も似たような喜悲劇、もしくは悲喜劇がくり広げられた。僕はわけもわからないまま、コンゴでピエロを演じていた。ホテルのロビーで入手した旅行会社のリストは見る間に減ってゆき、残り一箇所となった。最初に感じた、会社の手の内から逃れたという開放感と、ゴリラを見ればすべて解決するだろうという根拠のない自信もまた、アフリカのじめじめした空気のなかでしだいに薄れていった。当初のようにゴリラを見たいのだと頼み込むこともなくなった。彼らが笑えば、腰を上げて自ら出てきた。最後の旅行会社で、若い黒人女性は憐れむような目でこう言った。

「ここでは、旅行会社は旅行を商品としていません。自分の国へ帰ったほうがいいですよ」

リストの最後の名前を消した。もう行くあてはない。夕陽《ゆうひ》が沈みかけた外国人居住エリアで、ポケットに手を突っ込んで空を仰ぎ、アフリカの空を見た。会社の外で自分にできることは何だろう？　誰かの死を計画する以外に、僕という人間は徹底して無力だった。いったいなぜここへ来たのか？

陽が沈んだ。植民地時代の遺産であろう華やかな邸宅が立ち並ぶ道をそぞろ歩いた。昼間の熱気も鎮まり、夜気は思いのほか涼しく感じられた。やがて、自分の行く先がまったくわからなくなっていた。ゴリラはおろか、ホテルの方向さえも。初めて自分で選択したことの結果が、このザマだ。僕は結局、操り人形でしかなかったのだろうか。そのとき、タクシーが停まった。一九八〇年代の映画に出てきそうな車だった。オンボロではあったが、乱雑ながらもドアにはタクシーの文字があり、どうにか走れそうだった。下がっていく窓の向こうから運転手が訊いた。

「タクシー？」

運転手は人のよさそうな精肉店のおじさんを思わせ、助手席にはメガネをかけたいかにも賢そうな中年の黒人男性が座っていた。僕は後部座席のドアを開けた。そこにも、年のほどのわかりにくい黒人男性がひとり。彼は今にも餓死しそうなほどやせ細っていた。相乗りタクシーだった。かつてソウルでも、深夜まで酒を飲んだ日にはいやというほど利用したものだ。酔ったサラリーマンばかりが乗っていたソウルの相乗りタクシーとは異なり、変わった顔ぶれだった。乗らない理由はなかった。何より、ここがどこなのかも、行くべき方向がどちらなのかもわからなかった。僕は車に乗り、ドアを閉めた。ホテルの名前を告げると、タクシーが走り出した。揺れる車内で、三人の眼差《まなざ》しが僕に集まるのを感じた。ふいに、自分が時と場所を間違えていることに気づいた。そうでなくても長い一日だった。だが、このまま終わらないのは明らかだった。

三人組

きわめて個人的な意見だが、この世で最もうなずけることわざのひとつは、後悔先に立たず、というものだ。まったくそのとおりだ。たとえそれが、人類救済につながる偉大な気づきであれ、自分自身を救うことになるささやかな気づきであれ、チャンポンにするかチャジャン麺にするかという小さな問題であれ、変わりはない。それは、失敗や災いが我々に教訓を与えるからだろう。人間とは、痛い目に遭わなければわからない生き物だ。

車がスピードを上げると、助手席のメガネがこちらを振り向いた。彼はすばらしい英語で僕の国籍を尋ねた。そのあいだに、僕の隣の男がポケットから何かを取り出した。僕はインドの暗殺団を思い浮かべた。ひとりが注意を引き、ひとりが首を締め、ひとりが車を運転する。何百年も引き継がれてきた伝統的なやり口が、ここアフリカで再現されるとは。かすかな感激さえ覚えた。僕は、韓国から来たと答えた。と同時に、こめかみの辺りにひやりとした金属の質感があった。カチリ。そうして銃弾が装塡《そうてん》された。その瞬間、ロンリープラネットの英文サイトを見せてくれた旅行会社のスタッフを思い出した。彼が助手席と運転席のあいだにちょこんと座って、「だから言ったこっちゃない」と言っている姿を想像した。自国ではありえないあまりに非現実的なシチュエーションに、恐怖までもが尻尾を巻いて逃げ出し、なぜか笑いがこみ上げてきた。

銃口は信じられないほど冷たかった。もしかすると、このやせぎすの男は懐にミニ冷蔵庫を隠し持っているのかもしれない。ごくりと唾を呑んだ。唾が喉をつたう音が、まるで全宇宙がすっ転ぶ音のように聞こえた。

「ゆっくり、持ち物を全部出せ。隠せば殺す」

フレームを押し上げながら助手席の男が言った。また笑い出しそうになった。小学生のころ、陸橋の前で僕から二百ウォンをカツアゲした中学生の口調にそっくりだったからだ。違いは英語ということだけ。ひょっとすると、金を巻き上げる奴らのあいだには地球規模のコネクションがあって、同じ人の講義を聴いているのかもしれない。安全という面では、コンゴで拳銃を構える輩よりも、陸橋の中学生のほうがずっとましなことは言うまでもないが。

ぼくはゆっくりと、ポケットから財布を出した。片手を挙げ、抵抗の意思がないことを示す卑屈な笑みを満面に浮かべて。財布を受け取った助手席の男は、速やかに金を取り出して数え始めた。ふと、僕のこめかみにあてられた銃口が震えていることに気づいた。銃を冷やしすぎたに違いない。本人が持っているのもつらいほどとは。彼の指が引き金にかかっていないことを祈った。万が一にも死にたくはなかったから。もちろん、彼らがはなから僕を殺すつもりなら、銃弾が頭を貫くのも大きなミスとはいえない。でも、血が飛び散ったタクシーを掃除するのはごめんだろう。したがって、車内で僕を殺すとは思えなかった。金をそっくり自分のポケットにしまった男が、またこちらを振り向いた。

「これだけか?」

「もうないよ」

「パスポート!」

僕はパスポートを取り出した。何だって旅行者たちはパスポートに金やトラベラーズチェックを挟んで歩いて、僕にこんな屈辱を味わわせるのか。彼はパスポートを見ながら、自分の家にも韓国製のカラーテレビがあると言った。どう答えるべきか。ありがとう? 国歌でも歌ってほしいのか?

「パスポートは返してもらえませんか? 再発行は面倒なので」

すると助手席の男が、わけ知り顔でフンッと笑った。当時、コンゴには韓国大使館がなかった。彼はパスポートを返してくれた。そして僕の隣の男に、聞き取れない言葉で何か言った。隣の男が僕のこめかみから銃口を離した。そっと彼のほうをうかがってみた。彼は僕のこめかみから離した銃を胸元で握り締めたまま、依然緊張した面持ちで座っていた。知らない人の目には、彼のほうが三人組の強盗に抵抗しているように映っただろう。助手席の男が言い訳するように言った。

「我々は、お前たちに奪われたぶんを奪い返してるだけだ」

闘士とでも呼びたくなる発言だった。コンゴは確か、ベルギーの植民地だったはずだ。ベルギーについて知っていることといえば、よく行くスーパーで売っているベルギービールは元々、中世の修道士たちが作っていたもので、案外うまいということぐらいだった。僕が何を奪ったのかは知らないが、銃を持つ側の人間がそう言うならそうなのだろう。そんな人に異議を申し立てるのは、癌《がん》や高血圧、飲みすぎや喫煙より体に悪いに決まっている。

「英語がお上手ですね」

僕が褒めると、彼は嬉しそうな表情を浮かべた。

「アメリカの宣教師に習ったんだ。子どものころ、村にアメリカの宣教師がいてな」

急に表情が曇った。

「戦争が始まる前は教会で働いてた。戦争にすべてを奪われたんだ。妻も子どもも。神はいない」

　頼むから逃がしてくれと叫びたかった。わざわざコンゴに来てまで誰かの悩み事を聞きたくはなかった。

「戦争がなかったら、絶対にこんなことはやってなかったよ」

　グッドニュースだった。へんぴな場所に連れていかれて埋められる可能性は下がったからだ。だが、隣に座っているやせっぽちの震える手が、せっかく高まった生存可能性を打ち消していた。メガネは前に向きなおった。そして運転手に何か言った。それを境に、僕たちの和気あいあいとした会話は終わった。タクシーの車内で最後に聞いたのはこの言葉だ。

「韓国のテレビはいいよ。それに、韓国は金持ちの国だ。あんたたちは我々に借りがある」

　本当に国歌でも歌うべきだったのだろうか。彼らは僕が答える前に、頭に袋をかぶせた。麻紐とコールタール、コーヒーの香りが少しずつ入り混じっていた。言うなれば、それがアフリカの香りだった。

夜の熱気

どれくらい経っただろう？　車が停まった。親切な彼らの導きによって、タクシーだと思い込んでいた車から降りた。脚が震えてまともに立てなかった。四つの手が、力の抜けた僕を支えてくれた。車から降りたのだから、殺せない唯一の理由がなくなったわけだ。インドの暗殺団からヒントを得るに、十中八九、あらかじめ掘っておいた穴の前に行って最期の瞬間を迎えるものと思われた。

アフリカの奥地で、三十年あまりの短い生を終えるのか。

未練はなかった。ただ、アフリカでこんな死に方を迎えることにやや困惑し、呆れ、可《お》笑《か》しく、少し恥ずかしくもあった。ふと、僕の計画によって死を迎えた人々もまた、最期の瞬間はこんな気分だったのだろうかと、遅まきながら共感を覚えた。アフリカの夜が、この密度の高いじめじめした空気が、いっそう鮮明に体を包む気がした。そして、風に揺れる茂みのさわさわという音とともに、アフリカという大地の草いきれが鼻腔《びこう》をくすぐった。それだけでも、ここが都市から遠く離れたどこかだということがわかった。

震える体と、力の入らない脚とは裏腹に、頭は不思議なほど冴えてきた。はたとその理由に思い当たった。彼らが僕を殺すつもりなら、頭に袋などかぶせないだろう。あらゆる殺害計画は、良質な小説に等しい。すべてはわかりやすく、簡略だ。殺人者は皆、優れた作家だ。目標のために最も効率的なストーリーを練り、自己合理化という名のもとにまことしやかなキャラクターを考案する。頭に袋をかぶせたなら、それは明らかにひとつの暗示なのだ。そしてその暗示は、少なくとも今すぐには殺さないと言っていた。脚に力が戻ってきた。たちまち、支えてもらえなくても歩けるようになった。

しばらく歩くと、地面が土からコンクリートに変わり、鉄の扉が開く音が聞こえると同時に、小便のにおいが鼻をついた。僕は手錠をかけられたまま柱にくくりつけられた。誰かが膝裏を蹴った。小便くさいコンクリートに鼻をうずめるようにして床に倒れ込んだ。昼の太陽に熱された床は、生温かい熱気を発していた。扉が閉まる音が聞こえ、僕はコンゴの見知らぬ場所、見知らぬ空間に蚊の群れとともに残された。何度かのたくって蚊を追い払おうとしたが、無駄だった。蚊にとっては、久々のパーティナイトだった。

夢から覚めるたび、これは夢だと思うのだが、夢ではないと悟るや、絶望の淵で再び眠った。時間は眠りと夢にとりまぎれた。

頭の袋をぐいと脱がされ、浅い眠りから目覚めた。自分がどこにいるのかわからず、僕は目をしばたたかせながら呆然としていた。

「なっさけねえ」

その確かな韓国語に、故国にいるのだと勘違いした僕は、口元のよだれを拭くために手を伸ばそうとした。その瞬間痛みが走り、自分が縛られていることに気づいた。重く鋭い痛みが、肩と腰をつたって全身を揺るがす。我に返ったぼくは、声のするほうへ身をよじった。

「ここはどこです？」

「コンゴ」

僕に話しかけている人を見上げた。無精髭を生やした、髪を短く刈り上げた男が、冷ややかな眼差しでこちらを見下ろしていた。

「何が起きてるんでしょう？」

「人身売買。身代金を要求しなきゃならないから、連絡先を入手するために俺が呼ばれた。よろしくな。チョンだ」

名字だけを明かした男は床に痰《たん》を吐き、つま先でごしごしこすった。僕はようやく、チヨンがくたくたのスーツ姿であることに気づいた。

「どうして僕を拉致したんでしょう?」

「金のため」

チョンの後ろには三人のアフリカ人が立っていた。まるで珍しい動物でも見るように、僕たちの会話を見守っている。

「あなたが仕向けたんですか?」

「いや。俺はこいつに頼まれて来た」

彼はメガネの男を指した。メガネは田舎の幼馴染《おさななじ》みにでも再会したように、にこやかな笑顔で片手の拳銃を振って見せた。メガネの後ろでは、運転手役の太っちょとやせぎすの男が、冷めた面持ちで僕を睨んでいる。

「言ってみれば、拉致犯側に雇われたネゴシエーターってとこかな」

「何だかすごいですね」

「大したことない。身代金の二割を手数料としていただいてる」

「どうしてこんなことを? 同じ韓国人同士で」

「同じ韓国人同士……そうだな。だけど、言葉も通じないコンゴの奴らじゃお前の家族を脅せないだろ」

チョンは呆れたような表情でそう言った。身代金を払ってくれそうな人の連絡先を訊かれ、マネージャーの電話番号を教えた。有能な彼女のことだ、こういった状況でどう動くべきかも知っているだろう。

チョンは電場番号を書き留めると、タバコを吸いながら三人の男たちと話し始めた。内容はわからないが、内々で何かもめているようでもあった。銃を手に話し合うというきわめて異常なシチュエーションだったが、チョンは日常茶飯事といわんばかりに落ち着き払っていた。どんな人生を送ってきたのか、どんな人なのか、年はいくつなのか、その顔を穴の開くほど見つめても見当もつかなかった。ただ、荒々しい波風が残した深いしわだけが、彼の人生は決して平坦《へいたん》なものではなかったと予想させるのみだ。言い争いは、やせぎすの男と、残りのふたりの対立になった。おそらくは身代金の取り分を巡る話だろう。やせぎすの男は悔しそうな表情で強く抗議したが、相手にされなかった。三人がもめているあいだ、一歩後ろに下がっていたチョンが僕に訊いた。

「見たところビジネスがてらって感じじゃないが、ここへは何しに？」

「ゴリラを見に来ました」

「ゴリラ？」

「はい」

チョンはククッと短く笑った。

「それで？」

「旅行会社を回りましたが、どこも同じでした。笑われましたよ」

誰も教えてくれなかったその理由を、彼は話してくれた。

ゴリラは紛争地域に棲《す》んでいる。銃弾が飛び交う戦場のただ中に命懸けで飛び込んでいく旅行客はいない。戦争と反乱軍による乱獲のせいで、ゴリラはもはや絶滅の危機にある。ここのゴリラが幸せに暮らしていると信じていたなんて、平和ボケにもほどがある。

「〈動物の王国〉じゃ……」

「ありゃ一九八〇年とか九〇年代、独裁時代に撮られたもんだよ。戦争が始まる前にな」

「旅行会社は……」

「あいつらの仕事は資源取引の中継ぎだ。そこでいうサファリってのは資源狩り」

僕はここへきて初めて、彼らに笑い飛ばされた理由を知った。なんて世間知らずだったのだろう。こちらで話しているあいだ、三人組の言い争いはいよいよ激しさを増してきた。

不安げにそちらを見やる僕に、彼は涼しい顔で言った。

「どうしてまたゴリラなんだ？」

「人を殺したんです」

チョンの眉毛がつっと持ち上がった。だが、その関心も長くは続かなかった。僕が言い終わるが早いか、銃声がとどろいたのだ。床にやせぎすの男が倒れていた。チョンは再び、元のうざったそうな表情に戻り、タバコを足でもみ消しながらこう付け加えた。

「そりゃまた、ようこそ。ここは殺人者の地だからな」

「いったいどうして？　味方同士なのに」

「あいつはルワンダから来たフツ族の難民なんだ。初めからふたりに嫌われてた」

ふたりがやせぎすの男の死体を引きずった。チョンは、コンゴの紛争が起きたきっかけは、ルワンダ虐殺後にコンゴに逃れてきた難民なのだと言った。

「かわいそうですね。せっかく大虐殺から逃れてきたのに、こんな結末を迎えるなんて」

するとチョンが笑った。

「あいつらが逃げてきたのは、被害者だからじゃない、加害者だからさ。復讐を恐れてな」

「てことは、コンゴの紛争はつまり、種族間の争いということですか？」

「簡単に言うとこうだ。白人がやって来て、ふたつの民族のうち少数のほうを選んで植民地に利用し、その後、操り人形としての独裁者を据えて立ち去る。独裁が終われば、多数のほうが復讐に出ようとする。そしたら西欧諸国は人権だ何だとまたも少数側につき、多数側は復讐を恐れて国を逃れ、近隣国家で味方をつくる。すると周辺国は利権のために乗り出し、争いが生まれる。ってな具合に紛争は泥沼化するわけだ。それで四百万人が死んだ」

話しながら、彼は垢染《あかじ》みたシャツの袖口を引っ張ってきれいに伸ばした。その様子から、小汚い格好をしてはいるが、ホワイトカラーの生活がしみついていることがわかった。むくむくと好奇心が発動した。

「会社をクビになったんですか？　それで韓国を嫌ってるんですか？」

「会社！　そんなものもあったな」

チョンは顔をしかめたまま、何か重要なことを忘れていたというようにうなずいた。かと思うと、特に興味もなさそうに腰を上げ、こう付け加えた。

「あいつらから与えられる水は飲まないほうがいい。下手するとコレラにかかっちまう」

チョンは背を向けて出ていった。そうしてひとり残された。穴の開いたスレート屋根の隙間から、ひりひりするような陽光が差し込んだ。倉庫とおぼしきコンクリート造りの建物の屋根は、すでにジリジリと熱を帯びていた。死んだやせぎすの男のおかげで、倉庫内に血生臭いにおいが漂っていた。おかげでウシバエが集まり、陽に照らされた倉庫は大きな蒸し器と化した。換気のための小窓さえ見当たらない。助けを呼ぼうかとも思ったが、聞き取れる人がいるはずもなかった。喉が痛んだ。アフリカの熱気が体の隅々にまで染み渡っていくのがわかった。

太った男が、二度ばかり食事を運んできた。トウモロコシの粉で作った団子入りのスープらしかったが、暑さのせいか血のにおいのせいか、飲み下したそばから吐いてしまった。貴重な食べ物を吐いた報いに、男は例の人のよさそうな表情を浮かべて、僕の腹を二度蹴り上げた。かなりの衝撃だった。腸がちぎれそうな痛みのなかで、熱されたコンクリートの床が冷たく感じられることに気づいた。熱が出ていた。すでに、倉庫の温度などどうでもよくなっていた。目に冷や汗が流れ込み、しきりに瞬《まばた》きをしなければならなかった。やがて倉庫には、僕の汚物と胃酸、べとつく汗と血のにおいが入り混じり、ひどい悪臭がたちこめた。手錠がもたらす苦痛はしだいに増し、肩と腕の筋肉が少しずつ剝ぎ取られていくかのようだった。遠ざかりそうになる意識をたぐりよせるたび、毎秒を一年のごとく感じた。

チョンはその晩、またやって来た。倉庫へ入ってきた彼は、ぶっつけにこう言った。

「ホテルから、もらった番号に電話をかけたよ。あの女にしろお前にしろ、いったい何者なんだ？」

だが、もはや答えられる状況になかった。僕は呻《うめ》き声と奇声の中間ぐらいの声を出した。拘束によるものだと思っていた筋肉痛がひどすぎて、まるで手足を鉋《かんな》で削られているようだった。息をするだけで頭全体がうずいた。僕の様子を見たチョンは険しい顔で近寄り、額に手をあてて体温を確かめた。

「何か食ったか?」

僕は息も絶え絶えに首を振った。チョンは眉をひそめて首を傾げると、僕の着ていたシャツのボタンを外して胸部を調べた。そこにはいつの間にか、小さな赤い斑点が浮いていた。チョンの表情がさらに険しくなった。彼は鉄の扉を開け、外に向かって何か叫んだ。誰かの返事が聞こえると、いっそう声を張り上げた。その声で頭痛が増した。僕は口を半分開けたまま、よだれまみれの顔をコンクリートの床にこすりつけた。薄れてゆく意識をつなぎとめようと、大きく息を吸っては吐いた。そうするあいだに、チョンに呼ばれた男たちが倉庫に入ってきた。チョンはふたりに状況を説明した。僕は、寒気なのか吐き気なのか痛みなのか、今となっては思い出せない何かのために痙攣を起こしていた。メガネは首を横に振った。チョンは肩をすくめると、仕方ないという表情でため息をついてから、にこりと微笑んだ。メガネはチョンに笑いかけながら近寄り、肩を叩いた。三人は大声で笑い合った。響き渡る笑い声に、脳が頭のなかでミンチにされている気分だった。

冗談を交わしながら、ふたりは踵を返して扉のほうへ向かった。その刹那《せつな》、チョンの目がぎらりと光った。彼は銃を抜き、ふたりの後頭部に一発ずつぶちかました。両者とも振り向くこともできないまま、床に血をばらまきながら倒れた。突如目の前に広がった信じがたい光景に、開いた口がふさがらなかった。彼はゆっくりとふたりのほうへ歩み寄り、足で転がして仰向《あおむ》かせると、念のためか心臓と頭にもう一発ずつ入れた。煙たい火薬のにおいと生臭い血のにおいが鼻をついた。目の前を銅色の薬莢《やっきょう》が転がった。チョンはメガネのズボンから鍵をほじくり出し、僕の手錠を外してくれた。

「どうして？」

僕は割れた声を絞り出しながら訊いた。

「交渉のために電話したら、女が出たよ。まだ事情を言い終わらないうちに、十分後にかけ直してくれと言われた。言われたとおりにかけ直すと、俺の名前を知ってたんだ。娘の名前もな。それから、お前の生死と俺の家族の運命がいかに密接につながってるかをわかりやすく説明してくれたよ。訊きたいのはこっちだ。お前、いったい何者だ？」

そう、マネージャーは有能だ。僕は笑おうとしたが、ハイエナのようにむせぶことしかできなかった。

「い、い、言った……じゃないか。殺し屋だって」

チョンが肩を支えてくれた。僕はふたりの死体を見下ろした。この人たちはチョンとどうつながっているのだろう？　振り向いて表情をうかがうと、彼は鼻で笑った。

「こいつら？　これまで殺した数万人にふたり追加ぐらい、どうってことねえよ」

彼の手から、かすかに火薬のにおいがした。もしも、彼がふたりを殺す姿を眼前で目撃していなかったら、数万人という言葉も信じていなかっただろう。僕は苦痛に耐えながらも、彼がどんなふうに大量虐殺をしてきたのか知りたくなった。

外は暗かった。チョンは僕を支えて車まで連れていった。僕は体を折るようにして助手席に座った。窓の外を見た。熱気がこの手でつかめそうな、漆黒に包まれたアフリカの夜だった。エンジン音が聞こえた。彼は沈んだ声で身の上話を始めた。

死の材料

チョンはある大企業の駐在員だった。ここに来たのは、部長昇格を前にキャリアを積むためだった。彼に任された大役は、コルタンを買い集めること。コルタンという鉱物は、タンタルの原料となる。その名からもわかるように、タンタルコンデンサを作るのに不可欠な素材だ。そしてタンタルコンデンサは、あらゆる先端電子機器に使われる。二〇〇〇年以前まで、世界に流通するコルタンの大部分はコンゴ産だった。それまではさほど注目される鉱物ではなかったが、携帯電話の普及に伴って需要が急増し、価格も高騰した。問題は、コンゴが紛争中だということだった。彼らの戦線は金鉱とダイヤモンド鉱山に沿って張られており、ここにコルタンが合流することになる。コルタンはたちまち、コンゴで最も重要な鉱物となった。戦争のための。

反乱軍は住民たちを捕らえてコルタン鉱山に閉じ込めた。政府の態度もさして変わらなかった。コルタンを運び出した輸送機は、武器を山のように積んで戻ってきた。その武器で再び鉱山独占のために戦い、そうして採取したコルタンで軍隊を養い、武器を買うという悪循環だった。その間も先進国の人々は、いわゆるITインフラのためという名目で補助金までもらいながら、まだ使える携帯電話を捨てて新しいものに買い替えるのに余念がなかった。携帯電話はたんなる電子機器ではなく、ファッションアイコンであり身の丈を象徴するものだったからだ。そんなふうに銃弾は装填された。ガチャッ！

むろん、正義の味方がいないわけではなかった。彼らは西欧の世論に、この許しがたい状況を告発した。世論は沸き返り、国際社会はコンゴ産コルタンの取引を禁止するに至る。だが、依然としてタンタルの需要は右肩上がりにあり、コルタンの二大産地はここ、コンゴだった。これほどの産地が本当に消えうるのか？　斡旋《あっせん》業者はさらに多くのマージンを上乗せするようになり、取引は内密に行われた。反乱軍と政府軍は両者とも国際的な密輸商を雇い、それが僕の見たサファリコースだった。電子機器を扱う会社では、部品供給への不安から生産に支障をきたすようになった。そこでチョンがやって来た。電子機器会社の社員として。

道はアルファルトに変わっていた。彼の落ち着いた声を聞きながら、僕にまとわりついていた熱気が徐々に冷めていくのを感じた。

「ルワンダからコンゴまで取引ネットワークをたどって、コルタンの供給元を探し回ったよ。前任者はある市民団体を装ったニセ斡旋業者と接触してたらしく、そのメールがヨーロッパに流出して海外のニュースで取り沙汰されるなり、解任されちまった。俺には国を背負ってるって気負いもあった。韓国の携帯は世界中に輸出されてるからな。そういう使命感に燃えて、反乱軍のキャンプまで訪ねていった。安定したコルタンの供給元を確保するために」

彼の声から、やるせない誇りのようなものが感じられた。

「そこで見たんだ。俺が買う、いや、会社が買うコルタンがどうやって生産されるのか。俺が払う金がどう使われるのか。みんな親切だったよ。質問には懇切丁寧に答えてくれた。金が必要だからな」

雨季に入り、水浸しになった道路と難民キャンプ。がらんとした病院と銃を手にした少年たち。そして、まるで幽霊のようにコルタンを掘りに行く人々の列。身売りをして何とか生きながらえる女たちと少女たち。だが、彼が感傷に浸ることはなかった。彼らは赤の他人だったから。

「取引はうまくいった。我ながら本当にいい条件だったよ。俺は思った。ああ、これで帰ったら部長になれる。帰りの車のなかで、内心鼻歌を歌ってた」

ところが、反乱軍の領地から帰る途中、雨で泥沼化した道にタイヤがはまってしまった。ドライバーと通訳が車を引き上げるために死闘をくり広げているあいだ、彼は用を足そうと草むらに分け入った。そこに大きな穴があった。なかには、雨できれいに濯《すす》がれた大量の白骨があった。

「運転手が言ってたよ。『戦争中だからね。この数年、土地の持ち主が変わるたびに、ああいう穴が数え切れないほどできたんだ』って。俺には関係ないことだと思った。ソウルにファクスで結果を送ると、副社長から電話があった。『ご苦労だった』って。昇進と成功が目の前に迫ってくるようだったよ」

彼はその日から眠れなくなった。初めは興奮のせいだと思っていた。だが興奮が冷め、雑務に追われ、契約書どおりに取引を進めるために働くあいだも、どうしても眠れなかった。彼は病院へ行き、睡眠薬をもらった。そうしてようやく眠った翌日には、睡眠薬を断つしかなかった。ひと晩中悪夢にうなされたからだ。でも、チョンはそのくらいでくじけるような人間ではなかった。

「罪悪感なんか、時が経てば色褪せるものとわかってた。それに、自負心もあった。祖国と会社と家族のためだ。眠れないくらい、人生を人の二倍生きるんだと思えばいい。でも、馬鹿だったよ。俺だってそうだが、今の時代、自分がどこで誰のために働いてるのかなんて誰もわかっちゃいない。本当に、何ひとつな」

ハンドルを握るチョンが低く笑った。その低い声につられるように、すっと熱が冷めていった。冷や汗も止まり、震えも消えた。遠く地平線の彼方から都市のシルエットが浮かび上がった。明かりの消えた都市は黒い城のように見えた。

「疲れきってたけど、それなりに耐えられた。韓国へ戻るまで、もう大きな仕事も残っていなかったし。そうして帰国まであと一カ月を切ると、晴れて終わりだと思った。国へ帰れば、アフリカのことなんかきれいさっぱり忘れちまうだろうから」

だが、アフリカは彼をとらえて放さなかった。政府軍が反乱軍のコルタン鉱山を急襲し、取引に狂いが生じたのだ。彼は再び現場に駆けつけ、政府側の担当者に会って新たな契約を交わした。そして新たな穴を見た。そこには腐った目玉にウジ虫がたかる、一歳になるかならないかの赤ん坊の死体があった。赤ん坊は信じられないほどやせ細っていた。その瞬間、彼を支えていた何かが崩れた。

「長文の報告書を書いて会社に送ったよ。何かが変わるべきだと期待して。必死の思いで現地の状況を訴えた。書き終えて読んでみると、人生で最高の出来だと確信できた。本社にいる友人は、それを読んで感動に涙したぐらいだ。でも、笑っちまうよ。会社で決定権をもつ奴らは、ここがどんな状況にあるかなんてとっくに知ってたんだ。会社からこう言われたよ。『ほかでもやってることだ、うちがやらないからといって何が変わる？　競争で後れをとるわけにはいかない。選択の余地はないんだ』。俺は考えた。呆れたことに、奴らの言うとおりだった」

　チョンの手が震えていた。

「その戦線だけで五万人の民間人が犠牲になった。俺にコルタンを売って武器を手に入れなければ死ななかった人たちさ」

　彼の顔がゆがんだ。

「この手が彼らを殺めたわけじゃない。俺は処罰されることも非難されることもない。だけど、俺が取引したことで銃が買えて、その銃に撃たれてジャングルのどこかに転がってる数々の死体にそんな言い訳は通じない」

　チョンは片手でハンドルを握ったまま、目元をぬぐった。

「それ以上に呆れるのは、この共謀殺人の責任者がわからないってことだ。誰がこんなふうにしたのか、いくら考えてもちっともわからねえ。みんながみんな、ベストを尽くしてるだけなんだ。それなのに、女どもは強姦《ごうかん》され、子どもたちは飢え死にし、少年たちは人を殺す。ここは、アフリカでも乳児の死亡率が一番低いんじゃないかな。なぜかわかるか？　赤ん坊はとっくに死んじまってるからだ。本当に、誰ひとり責任をもたないんだ」

チョンは湿った声で笑った。

彼は帰国しなかった。いや、できなかった。部長に昇進する代わりに辞表を書いた。その夜、一年半ぶりにぐっすりと、夢を見ることなく眠れた。その代償として、妻から協議離婚の意思確認申請書が送られてきた。彼は一日の締めくくりに飲む一杯の酒と、月に一度送る養育費のために手当たり次第に仕事を引き受けた。自ら人を殺す仕事も厭わなかった。それはむしろ、自分が犯した大量虐殺の重みを多少なりとも和らげてくれた。抱えきれない罪悪感を罪で洗っているようなものだった。国家や民族、会社などどうでもよかった。

僕たちは夜の街へ戻っていた。もうどちらも口を利かなかった。車は病院の前で停まった。チョンが手を貸そうとしたが、僕は自分の足で立てた。

「どういうことだ？」

「熱が下がりました。治ったみたいです」

彼が驚いた表情で自分の額を打った。

「くそっ」

「何ですか？」

「デング熱だったのか。ちゃんと治療すれば一週間で治るんだが、急に調子がよくなるのは、ショックか出血熱が起こる前触れだ。こんなふうにたちまちよくなる熱病は、現地の人たちから『死の熱病』って呼ばれてる」

チョンの声には不吉な気配が漂っていた。

彼は入院手続きを手伝ってくれた。外国人専用の病院だったため、施設は清潔だった。医師にフランス語で何か説明されたが、聞き取れるはずもない。僕は病衣に着替えて薬を飲み、病室内のトイレに入った。震えが戻り、とうてい治まりそうになかった。それは熱とともに内臓を揺さぶり、心臓と手足へ広がり始めていた。僕にはわかった。この震えはデング熱だけによるものではないと。僕は恐れていた。何を恐れているのかは自分でもわからない。会社？　そうではない。それよりずっと巨大な、はるかに圧倒的な何か。あまりに広範囲にわたるために、どこにも逃げることができないほど巨大な何か。コンゴまで来ても振り払えなかった。だが、それが何なのかわからない。実体の知れない恐怖があまりに激しく鮮明で、髪の毛ひと筋ひと筋までもが恐怖に慄いていた。

便器をつかみ、吐いた。黄色い胃液に血が混じり、歯茎にも血がにじんでいた。出血が始まったのだ。震えは波のように広がっていき、あらゆるものが波打ち始めた。便器にぶちまけた汚物までもが震えていた。汚物が、僕の血が、便器が、トイレが、アフリカが、僕の属する世界が丸ごと震えていた。僕の属する世界のどこにでもあるもの、決して逃れられないもの。僕は悟った。これらすべてが恐れているのは僕だった。僕は自分が怖かった。ベッドに倒れた。まぶたを閉じた。どうか、どうか、夢を見ないことを祈った。

こうして僕の生涯で、死に最も近い一週間が始まった。再び発熱し、歯茎と鼻から血を流し、腹水が溜まって呼吸もままならなかった。何度となく意識が飛びそうになった。いったいなぜコンゴへ来たのだろう？　もちろんゴリラのためだった。なぜゴリラだったのか？　ゴリラなんかが僕の人生にどう関わっているというのか。ヒョンギョン、彼女のためだった。僕は彼女を愛していたのか？　違うと信じたかった。だが違うのなら、こんな所まで来ていなかっただろう。ひとりの女を自殺に追い込み、人生のどん底を味わったあと、コンゴへやって来て頭に銃を突きつけられ、コンクリートの床に放置されて、熱病のなかでようやく悟った。いや、ようやく認めることができた。僕は、自分が思うよりずっと彼女を愛していたのだと。彼女が正しかった。少しも愛していなかったのなら、彼女にあれだけのプレゼントと金をつぎこむ理由もなかった。ただ、そう認める勇気がなかったために、金でごまかしていただけだ。

自分の愚かさに改めて気づいた。どこまで馬鹿なのだろう。自然な死の名手。その手は、愛する人と我が子まで自然な死へ追いやってしまった。それも、自分の手を決して血に染めることなく。それが僕だった。閉じたまぶたから熱を感じた。僕はうなされながら強く願った。このまま燃え尽きてしまえ。一塵の灰さえも残すことなく。

原点

韓国へ戻った。体重が十五キロも減っていた。それでもよかった。生き残ったのだから。コンゴは僕に平安をもたらした。僕にはわかった。これからすべてが明確になるだろう。僕は限りなく軽くなったのだから。

仁川《インチョン》空港は旅立つ前と変わりなかった。鋼鉄とガラス、陽射しにあふれる場所。床は鏡のようになめらかで、人々は小ぎれいだった。平凡な人だらけだった。彼らは飢えることも、怯えることも、誰かを脅かすこともない。僕はそのときになって、コンゴで見た人々の目が殺気を帯びていたことに気づいた。ここの人々の目に、そんなものは微塵も感じられない。ある人は疲れて見え、ある人は活気に満ちていたが、誰もが穏やかであることに変わりはなかった。新婚夫婦とその友人たちとおぼしき一行が空港前で笑い合っていた。彼らが羨ましかった。

帰国途中、南アフリカ共和国と香港で飛行機を乗り換えながら思ったことがある。僕はすでに、自分の荷物さえまともに持てなくなっていた。体重の減少とともに体力も低下していて、誰か迎えが必要だった。香港空港で電話を手に取った。真っ先に浮かんだのはマネージャーだったが、呼びたいとは思わなかった。彼女は会社の人間だ。代わりに、財布からクラス委員の名刺を抜き出した。友だち、と呼ぶこともできるだろうか？　彼は僕の知るなかで、最も平凡で善良な人間だった。今の僕には善良な人間が必要だった。いかなる緊張も不安も与えない、コンゴで目にしたものはしごく局地的で例外的な不幸にすぎないのだと感じさせてくれる、平凡な人間が。クラス委員に連絡した。迎えに来た彼は、今にも倒れそうな様子の僕を見て心配そうに言った。

「何だってコンゴになんか？」

「会社の関係で」

半分は事実だった。彼はトランクに荷物を積みながら、ふるふると首を振った。

「コンサルタントの仕事も楽じゃないな」

言うまでもない。

僕は車の助手席に乗った。膝が震えるのがわかった。運転席に座った彼は僕の家の住所を聞くと、携帯電話を出して車のスマホホルダーにセットした。そして、携帯のナビゲーションに住所を入力した。

「別の会社のに買い替えたんだ。カーナビを買うより安いっていうからさ。交通情報もリアルタイムで見られるし」

住所を入力すると、チリリン、という澄んだ案内音が響いた。だが僕の耳には、ガチャリ、という銃弾装塡の音に聞こえた。そこに入っている小さなコルタンは、薬莢に包まれた鉛弾となって誰の銃に装塡されているのか？

「でも、画面が小さすぎてさ。やっぱりカーナビはカーナビで買って、契約期間が終わったらまた買い替えようと思ってる。これ、デジタル《D》メディア《M》放送《B》も観れないんだよ。使えないだろ」

銃声とともに、小さな金属のかけらが空《くう》を切り、誰かの肉と骨を貫いていく幻が浮かんだ。僕は訊いた。

「もしもその携帯で人を殺せるって言ったら、信じる？」

彼は笑った。

「面白いな。こんな液晶を作った奴を殺してやりたいとは思うよ。何だ？　暗殺者でも紹介してくれんのか？」

僕は笑った。大笑いした。彼もまた一緒に笑いながら、車のエンジンをかけた。車は高速道路に入った。僕はコンゴで目にしたこと、聞いたことを語って聞かせた。ゴリラとダイヤモンド、紛争とコルタン、そして携帯電話。クラス委員は平凡な人間だった。暗殺者ではない、一般人の良心をもつ彼なら、僕にはたどり着けなかった答えを知っているかもしれない。僕は、死をあまりに淡々と受け入れる傾向にある。必要により、死への感情的反応を取り払ったせいだ。だが彼は違う。非常に常識的で、わずか半年働いたインターンたちの行く末を気遣うほど善良な人間だった。常識ある人生が、僕に最も常識的な答えを聞かせてくれるに違いなかった。

車は永宗大橋《ヨンジョン》を走っていた。僕の話が終わると、車内は静かになった。彼はしばらく口をつぐんでいたが、おもむろに肩をすくめて見せると、不快そうな目を僕に向けた。

「それで？　携帯を買い替えるのは間違ってるって言いたいのか？」

バックミラー越しに、彼が顔をしかめているのが見えた。僕は慌てて言った。

「いや、そうじゃない。この状況を聞いてほしかっただけだ。おかしいじゃないか、こんなの。どう思うのか、常識的な意見を聞かせてほしいと思って」

「意見も何も。その国の人たちがそういう暮らしをしてるのは、そっちの都合だろ。仕方ないじゃないか。そいつらが銃で撃ち合って死のうが、俺たちと何の関係がある」

それは彼らの都合、仕方ない。それが常識だった。

「俺が好きで携帯を替えてると思うか？　一日中会社に虐《しいた》げられて、衝動買いでもしないとやってられないんだよ。ローンはローンで返さなきゃならないし、それこそがんじがらめ、堂々巡りもいいとこだ。俺だって好きで買ってるんじゃない。宝くじにでも当たるなら話は別さ。余裕があるならコンゴの人たちを助けてやりたいと思うけど、現実は自分の生活でいっぱいいっぱいだからな。お前はコンサルティングで相当稼いでるのかもしれないけど、こっちはクビを切られまいかと毎日冷や冷やしてるんだ。コンゴの奴らはバナナでも食ってればいいじゃないか。少なくとも、カード代金で悩むことはないだろ」

その夜を境に、僕を取り巻いていた恐怖の正体がわかった。平凡な人たちにとって、地球の反対側の死は、仕方のないこと。会社のシンボルを思い出した。それを見せてくれた男はこう言った。

「ダイヤモンドが立つために必要なあらゆるものです。ダイヤモンド形は決して自力で立てません。何か支えが必要なのです。トータルで、世界を三角形に仕立ててくれる……内容はさまざまです。ええ、本当に。世界はそういった存在であふれていますから」

コンゴもまた、小さな三角形だった。ふたつの小さな三角形。ひとりの富を支えるための、ふたりの死。四百万の死によって、誰がどれほどの富を築いたのだろう。そしてその富は、ダイヤモンドをつたって流れ落ちる。まるで血のように。ダイヤモンドの構成員は沈黙する。自分たちの暮らしを保つために。死は自分の罪ではない。罰を受ける理由も、責任を負うこともない。何より、彼らもまた、その恩恵に与っているのだ。血は甘い。もとより世界とはそういうものだから。仕方のないものだから。僕は完璧に理解した。

僕の頭を狙っていた拳銃は、僕がヒョンギョンに買ってあげたバッグだった。僕の頭を狙っていた銃弾は、僕の携帯電話だった。彼女を橋から突き落としたのが僕があげたピアスで、お腹の子を殺したのが彼女にあげたネックレスだったように。

ある日、二機の飛行機がある富裕国のビルに突っ込んだ。そしてその黒幕として、あるテロリストとある独裁者の名が挙げられた。誰が彼らに資金を提供したのか？　誰が彼らとグルなのか？　それは、過去のある日、富裕国で、車のガソリンを満タンにして遊びに出掛けた人たちであり、私腹を肥やすために石油会社のファンドに投資した人たちであり、誰もいない部屋の明かりをつけっぱなしにしていた人たちであり、こう言っていた人たちだ。

「仕方ないよ。世の中ってそういうもんだし」

手が震えた。彼らは死ぬまでわからなかったはずだ。自分たちこそが、あの日起こった出来事の真の黒幕のひとりであったことを。

僕は初めて会社の全景を見た。視線の先にはいつでも会社があり、実に多くの人たちが会社のために働いていた。予想もつかないほど多くの人々が、会社の社員として存在した。おまけに彼らは、自分が会社のために働いていることさえ知らなかった。会社はあまりに巨大だから。会社の頭と尻尾を見るには、地球を横断しなければならないほど巨大だから。僕は自分の顧客を思い浮かべた。彼らが死んでもかまわない理由を探していたころを。例外はなかった。ファンドに加入したり貯蓄するだけで、僕たちは殺人の共犯になりえた。昨日飲んだインスタントコーヒーが、誰かを刺すナイフに変わるかもしれなかった。逃れる手はない。見えない会社の手はすでに、僕たちの生活を完全に支配していた。

最初の暗殺団がいた。彼らは宗教のために生まれ、果ては宗教を利用した。権力を集中させ、組織的に動いた。天恵の要塞を備え、伝説的な悪名を馳《は》せた。そして滅びた。彼らの犯行は世に知られていたため、いつかは責任を負わねばならなかった。

ふたつめの暗殺団があった。彼らは金のために働き、徹底的に秘密を守った。実体を把握されないよう偽装していた。権力の集中も、指揮をとる者もいなかった。だが滅びた。彼らもまた、直接的な殺人の責任から逃れることはできなかったからだ。

そして三つめの暗殺団が生まれた。彼らは殺人の手順を分業化し、意思決定権を全員に分け与え、官僚制と複雑な資本、多層的な身分と構造でカモフラージュした。もはや誰が誰なのかわからなくなった。殺人は続いていたが、こうなっては誰も暗殺団に罪を問えなかった。皆がグルで、皆が従犯で、皆が教唆犯だった。瑣末《さまつ》な事件について個人に責任を問い、誰かを非難することはできる。それでも、暗殺団そのものは痛くもかゆくもない。なぜなら、構成員でさえその存在を認識できない組織だからだ。今になってようやく理解できた。この暗殺団にまつわる究極の秘密を。なぜ誰も会社を脅かすことができないのか。我々が属している暗殺団は、真の意味で不滅の存在だったのだ。

僕は顔を振り向けた。車窓に自分の顔が映って見えた。お前は何人殺した？　かつては、自分が殺した人数を把握していると思っていた。だが、僕は何も知らなかった。存在そのものの罪。今になってようやく、原罪の意味が呑み込めた。あのクリスマスの晩から今日まで、ずいぶんな遠回りだ。結局、すべてを知っているのは我らが偉大なる会社のみ。受け入れるか、諦めるか。はっきりとわかった。会社は本当に僕のためを思っていて、僕が感じていた脅威はすべて、内なる不安や軟弱さからきたものだった。僕は会社の引き金であり、導火線であり、死の配達人であり、最も平凡な、どこまでも平凡な構成員のひとりにすぎなかった。ぼやけていたものが判然とした。僕は平凡だ。ただただ、かくも平凡なのだった。

家に戻ってシャワーを浴びた。鏡の前にいる男は、目を疑うほどやせこけていた。ひどくはなかった。少なくとも、コンゴで見た掘っ立て小屋の人々よりは。

コンゴを発《た》つ前日、掘っ立て小屋に行ってみた。マウンテンゴリラの代わりに選んだのがそれだった。飛行機から見た土饅頭《どまんじゅう》のような藁の塊は、乱立する掘っ立て小屋だった。家は想像以上に狭かった。ひと坪あまりのむき出しの地面、トウモロコシの茎や草葉で作られた屋根。内部には草木で組まれたベッドがあった。それがすべてだった。隅っこにゆがんだ鍋が転がり、いくつかの所帯道具もあったが、どれもゴミに近かった。ベッドにはやせ細った女が横たわっていた。彼女は人の気配に振り向いた。首を動かす動作さえつらいようで、骨と皮しかない体は今にも砕けてしまいそうだった。肉体が魂の重みに耐えられず、ぐらりと傾いた。同行してもらった通訳が言った。彼女は戦争で夫と子どもを亡くし、ここへ逃げてきたのだと。看病する者もおらず、もうすぐ死ぬだろうと。やつれた顔のなかで、落ち窪《くぼ》んだ目だけがやけに際立って見えた。目元にハエが群がり、卵を産みつけるチャンスを狙っていた。濁った瞳がてらてらと輝いていた。こういう眼差しを死と呼べるだろうか？　森に棲むマウンテンゴリラもきっと、こんな表情をしているだろう。キングコングがエンパイアステートビルから墜落したあと、どれほど多くのものが墜落したのだろう？

僕は逃げるようにして外へ出た。死はそこで大量生産されていた。人生における最悪のものを組み立てる工場。もう充分だった。僕の殺人など何でもない。わかっている。罪が消えるわけではない。だが、それだけで生きていける気がした。みんな同じなのだ。

時差で眠れず、朝までひとり音楽を聴いた。聴く頻度の高い曲をピックアップし、パソコンで再生リストを作った。音楽が流れ、僕の体を貫いていった。僕が犯した罪のように。と、気づいたことがあった。僕はリストを確認し、そのうちのいくつかの歌詞をおそるおそる確かめた。ここへきて、イェリンという存在を正しく理解した。驚くべき発見だった。だがそれだけだった。アフリカから戻る飛行機のなかで、彼女への気持ちはすでに整理していた。ただ、この発見で、さらにその気持ちを固めただけだ。陽が昇ると、彼女に連絡した。

久しぶりに会うイェリンは、心配そうな表情で座っていた。彼女はやはり美しく、愛らしかった。生涯見飽きないだろう顔をしていた。僕は微笑んだ。

「心配いらないよ。最高の気分なんだ」

「そんなふうに見えないわ。いったいどこへ行ってたの？」

「旅行に。見たいものがあって。見られなかったけど」

僕たちはしばらくそうして座っていた。気だるい天気だった。窓の向こうに陽射しが降り注いでいた。憶えている。ここで僕は、殺し屋になると決めた。フェアトレードのマークもそのままだ。公正さ。彼らは飢え死にの危機にあっても、自分たちが食べるトウモロコシを育てることはできない。僕たちが飲むコーヒーを育てなければならないから。もういくらか上乗せすれば、公正さだって買うことができる。我々はそんなふうに公正になる。ソウルの風景は変わらなかった。もっとも、何か変わるには短すぎる時間だった。だが僕は、まるで生涯をコンゴで過ごしてきたかのような気分だった。熱病とともに僕のなかの何かが衰え、ここにいるのは老いさらばえた僕だった。イェリンのほうを振り向いた。僕の沈黙に付き合っていた彼女が口を開いた。

「何を見てるの？」

「君を」

「どうして？」

「きれいだから。見てると泣けてきそうなほど」

下手な冗談だと思ったのか、彼女はくすりと笑った。僕も笑った。笑いやむと同時に訊いた。

「会社から送り込まれたの？」

彼女が僕の目を凝視した。演技なら賞賛されていい表情で、こう問い返した。

「何のこと？」

「いいんだ。どうせ会社で働く人のほとんどは、自分がどこで働いてるのか知らないんだから」

「いったい何の話をしてるの？」

僕は答える代わりに、ヴェルヴェット・アンダーグラウンドの〈Candy Says〉を小さく歌った。彼女の表情が変わった。そのなかでキャンディはこう言う。

「〝そういう大きなことを決めるのは好きじゃないわ。だってそのあと、心のなかで永久に修正し続けることになるんだもの〟」

ここまで歌った僕は、スワン・ダイヴの〈Groovy Tuesday〉を口ずさんだ。イェリンの表情がいっそう悲しげになった。歌に出てくるグルーヴィな恋人は、電話をかけてこう言う。

「〝ビートルズのリフレインの、イエーイエーイエーって部分、すっごくいいと思わない？」」

すべてイェリンが口にした言葉だ。まるでずっと一緒にいた人のように愛しく感じられたのも当然のこと。彼女は僕のお気に入りの曲に出てくるイメージの集大成だったのだから。そればかりか、僕の大好きな映画のキャラクターであり、僕が読んだ本のヒロインだった。すべてが僕の好みの寄せ集めだった。まるで、ヒョンギョンが愛したシャネルやグッチや、ルイ・ヴィトンのように。

「それは……」

僕は彼女に、かまわないという表情をつくって見せた。これは洒落《しゃれ》のようなものだ。誰かはこれをブランドイメージ、あるいはマーケティングと呼ぶだろう。本当にかまわなかった。そして、彼女を愛していることに変わりはなかった。たとえそれがつくられたイメージだとしても。

「いいんだ。怒ってないよ。ただ言いたかっただけで」

この場所で初めてマネージャーに会った。この仕事をしていなかったら、僕はどんな人生を送っていただろう。きっとパッとしない成績のまま、それ相応の仕事に就いていたはずだ。それから？　今ごろは、それ相応の平凡な女性と結婚していたはずだ。子どももいるかもしれない。そろそろ言葉を話し始めているころだろうか？　よちよち歩きを始めているころだろうか？　別の道を選んだ僕は、今の僕みたいな人間にこき使われていたに違いない。ダイヤモンドの底辺にいるはずだからだ。となると、世界がどんなふうに回っているのかや、会社の存在など一向に知らなかっただろう。毎日ネクタイを締めて出勤し、妻とカードの支払いを巡って口論する。言うほど不幸には思えない。いや、本当のところ、そっちのほうがもう少し幸せそうだった。だがそれは、選べなかった道への未練だろう。進まなかった道はいつだってまぶしく見えるから。イェリンもそうだ。今彼女がこれほどにも美しく愛らしく思えるのは、それが、僕が選ばない道だからだろう。

「どんなに君を愛しているか。そして、これから君をどんなに恋しく思うことか」

彼女に問題があるわけではない。もしも会社にあてがわれたのだとしたら、彼女は完璧だった。そうでないとしても、彼女はやはりいい人で、僕にかわいい嘘をついただけ。誰も彼女をとがめることはできない。僕は知っている。この瞬間の選択を生涯後悔し続けるだろうことを。だが賢明な、合理的な選択が今の僕というモンスターをつくった。だから今度は、後悔するだろう選択の先にある人生が僕に何をもたらすのかを見る番だ。そうして僕は、自分の罪の重さに苦しみながら生きていく。

彼女は黙っていた。悲しげな表情はますます悲しい何かへ変わっていった。見ているだけで胸が痛んだ。彼女の目に涙が浮かんだ。

「君はいい人だ。だから、ひとつ頼みを聞いてくれないか？　笑顔を見せてくれ。思い出にとっておくから」

彼女が微笑んだ。きゅっと持ち上がった頬を涙がつたい落ちた。その姿が一枚の写真のように心の奥に刻み付けられた。焼きごてを胸に押しつけたかのように、数々の日々が鮮やかながらも心苦しい烙印として胸を貫いた。たとえ世界が終わりを迎えても、決して変わらないほどの熱をもって。

帰宅して、体をバスタブにうずめた。短い会話を交わしただけなのに、くたくただった。バスタブに身を預けてヴェルヴェット・アンダーグラウンドの曲を口ずさんだ。一番のお気に入りは最初の歌詞だ。

キャンディは言う。自分の体が嫌いになった。この体が世界に求めるものもすべて。

ぼくにぴったりの歌詞だった。だから僕の体は、コンゴで燃え上がるほどの熱を帯びたのだ。あれは確かに憎悪の炎だった。センチメンタルな思考が幽霊のように頭を漂っていた。かといって、感傷に浸ってバスタブで動脈を切ろうとは思わなかった。僕は生き残り、これからも生き続けるだろう。足元に真っ赤な血の跡を残しながら。ただ、自分の体が嫌いなだけ。それは罪で満たされている。存在そのものの罪で。

腰にタオルを巻いてバスルームから出ると、マネージャーがいた。来るだろうと思ってはいたものの、予想より早かった。彼女は、女優のキム・ヘジャがとある番組で、アフリカの子どもたちを前に浮かべていたときのような表情を浮かべていた。僕がコンゴの難民キャンプで、こんな表情を浮かべていなかったことを祈るばかりだ。僕は下を向いた。あばら骨が浮き出ていた。

「いったいコンゴで何をやらかしたの？」

「何も。寝転がってただけさ。親切なお医者さんが毎日診てくれて」

マネージャーは歩み寄り、あばらに触れた。柔らかい手の感触に、反射的に目を閉じた。思わず口元が緩んだ。

「お、勃《た》った」

彼女が噴き出した。

「まったくもう」

彼女がコンと小突いた。それだけで僕の体はよろめいた。彼女は心配そうな面持ちで僕をつかんだ。

「仕事、辞めるつもり？」

「いや」

「ほんとに？」

僕は頭を大きく振って、子どもみたいにうなずいた。

「ほんとに心配したのよ？」

僕はもう一度うなずいた。彼女が心配したのは僕だったろうか、それとも僕が辞めることだったろうか？　そんな質問はよそう。どうせ答えは知れないのだ。

「生きて帰って、それと、こうして会えて、ほんとによかった」

僕はごく自然に彼女を抱き締めた。タオルを隔てて、勃起した一物が彼女の体に触れた。仕方なかった。僕のもつ、いくつもない正直なもののひとつだから。マネージャーが笑った。

「どうして別れたの？　彼女、本当に愛してたのよ、あなたのこと」

「知ってるよ。僕も同じだから。ただちょっと、わかりやすくしたかったんだ。僕には複雑すぎる。このすべてが」

何かを確実にしたくてコンゴへ行った。そして悟った。僕が罪人だということと、自分の罪は自分で背負わなければならないことを。だが、ここでそんなことまで言う必要はない。僕はマネージャーの頭を撫でた。彼女はじっとしていた。

「会社なんてない、すべて私が指示したこと。そういう悪戯とは考えなかった?」

想定外の興味深い見解だった。正直、そこまで想像力が及ばなかった。僕は頭のなかでその可能性を探ってみた。僕たちは抱き合ったまま、しばらくそうして立っていた。

「どうでもいいよ。そうだとして、変わることは何もないと思う」

僕はそう言ってから、彼女のワンピースのボタンを外し始めた。彼女の手が僕の腰のタオルを引っ張った。

溶け落ちそうだった。あなたにはわからないだろう。彼女は僕の欲望の化身だった。長いあいだ想像してきた、自慰の対象。ひとつだけ、想像とは違うものがあった。彼女の胸は信じられないほど硬かった。理由を尋ねると、彼女は悲しげに答えた。

「繊維化してるんだって。手術の後遺症でこうなることもあるみたい。再手術を受けようと思ってる」

それ以外は完璧だった。少なくとも彼女のほうは。

僕はあまりに衰弱していて、たちまちすべてが手に余った。彼女はそんな僕を抱き寄せて泣いた。僕は平気だった。平気でないことなどもう残っていなかった。彼女が泣きやみ、僕たちはそのまま長いあいだ横になっていた。彼女ががばっと起き上がって、ご飯を作ると言い出した。たくさん作るから全部平らげること、と命令調で言った。いつもの彼女に戻ったように見えた。嬉しかった。僕は壁のほうを向いたまま、彼女が何かこしらえているせわしない物音を聞きながら言った。

「ひとつ訊きたいことがあるんだけど、いいかな？」

「いいわよ。ひとつだけ」

「ケチだな」

「寝たからって何でもほいほい答える女に見える？」

彼女の声が高くなった。僕は笑った。

「いや」

「そ。それで、何？」

壁紙の無意味なパターンを見つめながら、しばし考えた。これからも彼女に質問するチャンスはいくらでもあるだろう。それでも、今知りたいことが何なのかはっきりさせておきたかった。僕は深呼吸をした。そしてゆっくりと目を閉じた。

「会社はどうして僕を選んだんだろう？」

返事はすぐには聞こえてこなかった。難しい質問だ。それでも、彼女なら僕に嘘をついたりはしないだろう。

「そりゃ、殺人プランを練るだけの頭はあると思う。必要ならずる賢くもなれるし、適度に金も好きで、俗物で。でも、そんな人間ならどこにでもいるだろ？　僕じゃなくても」

シンクの水が流れる音がした。彼女が水の音で隠したいものとは何だろう？

「あなたは……」

水の流れる音の合間に、彼女のため息が聞こえた。

「自分を合理化するのが上手だから、会社は信頼して何でも任せられる。どんなに耐えがたい仕事でも、あなたは乗り切るから。いつだってこう考えてるんじゃない？　これは仕方ないことだって」

結局、すべての殺し屋は同じ言い訳をする。おそらくは、ヒトラーの従えるナチス親衛隊も同じ言い訳をしたはずだ。そしてそれは、時代を遡って、クリスチャンを虐殺したネロの剣闘士、始皇帝の下で焚書坑儒《ふんしょこうじゅ》を行った人々もまた同じだったろう。そしてきっと、人類初の殺人者も同じだったはずだ。会社はそれを知っていた。僕は壁を向いたまま笑った。幸いだった。コンゴの熱病が僕のなかのすべてを焼いてくれたから。おかげで、涙さえも枯れていたから。

僕はそうしてベッドで小さくなったまま、彼女が料理する音を聞いていた。僕はどこまでも平凡な人間だった。違うのは、殺人者たちのロジックを深く理解し、受け入れるがために、会社が正直に教えてくれたということだけ。欺く必要がないからだ。ほかの人たちは会社の配慮の下、何も気づかないふうを装いながら、命令されるがままに行動していた。そのほうが楽だから。自分の責任ではないから。それだけの差だ。

僕もまた、世界に存在する、数知れぬ平凡な人間のひとりだった。その平凡な卑怯さが僕を生き残らせた。誇らしかった。あまりに誇らしくて、だんだん、だんだん、自分の内側へと萎《しぼ》んでいき、小さな繭だけになってしまいそうだった。いや、小さな点になってしまいそうだった。そうして原点へ戻った。

言い訳しよう。僕が得意なことのひとつだから。

「すべては仕方のないことだった。本当に、仕方なかった」

終章

そろそろこの話を締めくくろう。会社はこれを読んでどう思うだろう?　僕にもわからない。もしもこれが世に出れば、僕もやはり自然な死を迎えるのかもしれない。結局、誰もが最後には死ぬのだ。あなたがたはきっと、この話を信じないだろう。会社の存在を、何かの比喩か象徴だと考えるに違いない。だが、コンゴから戻ったあと、書かずにはいられなかった。穴に向かって王様の秘密を叫んだ床屋のように、自分が知ってしまった真実をひとりで抱えていることはできなかった。秘密がもたらす苦しみを忘れるために、僕はこれを書いている。これが僕の抗《あらが》い方だ。会社にとっては痛くもかゆくもない話だろうが、あなたにも知っておいてほしい。会社は存在し、僕たちはそのなかで生きている。ソウルからコンゴに至るまで。例外はない。

ひとつ面白い事実がわかった。第二次世界大戦中、軍需物資の最重要供給元はコンゴだった。長崎と広島に落とされた原子爆弾のウラニウムも、コンゴで生産されたものだった。ピカッ！　そうして数え切れないほどの命が無と化した。広島に原爆を投下した飛行機の名は〈エノラ・ゲイ〉。パイロットの母親の名だった。コンゴで発掘され、大きな鉄の塊のなかに仕込まれた原爆の名は〈リトル・ボーイ〉。恐怖の母に、恐怖の息子というわけだ。パイロットは終戦後、最期を迎えるときまでこう語り続けた。自分は命令に従っただけで、原爆は戦争を早期に終息させ、多くの人々の犠牲を防いだと。コンゴから持ち出されたウラニウムは、たった一度の爆発で広島の人口の三分の一を死に至らしめた。これをどう受け止めればいいのかわからない。わからないなら、答えはひとつ。

仕方ないことだった。

そして僕は、マネージャーと結婚した。プロポーズの際に贈った指輪は、イェリンにあげるはずのものだった。彼女がそれを知っているのかはわからない。どちらにせよ、彼女は喜んだ。少なくともそう見えた。ダイヤモンドは永遠なのだから。それはもしかすると、コンゴで採れたものかもしれない。だとしたら彼女の指には、ジャングルの奥地で白い骸骨と化した誰かの命がはまっているというわけだ。燦爛と輝きながら。僕たちの日常には、そんなふうにたくさんの幽霊がつきまとっている。だが、その幽霊たちを怖がる者はいない。

新郎側の友人がほぼいなかったことを除けば、よくある平凡な結婚式だった。ウエディングプラナーは慣れた様子で「最近はこういうことも少なくないですよ」と言い、記念撮影の段になると、新婦側の男性の友人や同僚、さらには、僕と同年輩のいとこたちにも新郎側に立つよう頼んだ。おかげで、思った以上のウエディング写真が出来上がった。韓国では恒例の一時間コースの式を挙げ、当日は目も回る忙しさだったため、残るのはアルバムだけだった。それさえも、新居祝いで何度か開いたにすぎないが。

僕の妻となったマネージャーは、胸に入れていた生理食塩水バッグを除去した。繊維化がひどく再手術の必要があったが、僕は、小さな胸でもかまわない、大丈夫、僕たちが生きていくうえで偽善はもう充分だ、そう言った。だが、小さな胸で充分だという言葉についての真偽は、最後まで見極められなかった。かまわないと言ったものの、僕は今でも大きな胸が出てくるポルノを観ている。これまた深く考えないことにした。ほかの多くの問題と同じように。言い訳をするのがいやなら、知らないふりをすればいい。ほかの人たちと同じように。

結婚と同時に知ったことのひとつは、意外にも彼女が教会に通っていたことだ。我が性欲の化身も、ごく平凡な普通の人間だったのだ。やがて彼女の伝道により、僕も教会へ通うようになった。もしも原罪にまつわるクリスマスの記憶がなければ、決してそうはしていなかっただろう。

意外にもそこで驚かされたことのひとつは、キリスト教という宗教がきわめて合理的で打算的なメカニズムをもっていることだった。高校時代にがむしゃらに頭に叩き込んだ、ギリシャ哲学が資本主義を生んだという言葉の意味を初めて実感した。要は、一週間のうち六日は好きなだけ罪を犯して暮らし、日曜の昼にイエス様を主と認めて懺悔《ざんげ》すれば、すべての罪は消えるということだ。なぜなら、我らが絶対者はつねに愛に満ち満ちていて、あらゆる罪をお赦《ゆる》しになる。そして天国へ導いてくれる。悪くなかった。だが、僕たちが気づいていない罪、そのために赦されない罪はどうなるのだろう？　わからない。とにかく、自分でタイミングを選べるのなら、僕は日曜の午後に死にたい。それなら、天国は約束されたも同じだ。

教会で学んだ新たな事実のひとつは、僕たちの携帯電話のために死んだ数百万のアフリカの人々は、主を受け入れていないから地獄行きになるというものだ。幸い、僕の頭に銃を突きつけた男たちのひとりは天国へ行けるかもしれない。英語に長けたあの黒人男性は教会に通っていた。僕たちの通う教会の伝道師なら、こう言うだろう。だからこそ、もっと多くの宣教師を送って、彼らを天国へ導かねばならないと。だが紛争を起こした張本人たちは、もとより宣教師から教えを受けた人たちだった。おまけに、そのほとんどは教会の金で西欧社会に留学していた。驚きではないか？　つまり、天国も僕たちのものなのだ。もっとも、彼らにとっては何も変わらないだろう。僕が目にしたそこは、すでに地獄だったのだから。

先週、牧師は山上の垂訓について説いた。どことなく山上の老人を思わせるこの説教は、イエス様が山の上で教えた八福についての話だ。出だしはこうなっている。

こころの貧しい人たちは、さいわいである、天国は彼らのものである。

僕には〝こころの貧しい人〟という言葉の意味が理解できなかった。牧師は、心から神を求めること云々《うんぬん》と長ったらしい説明をつけたが、神を求めることが心の貧しいことというのはつじつまが合わなかった。僕は資料を探してみた。それこそが、言い訳、人殺しの計画の次に、僕の得意なことだから。この言葉が出てくるマタイ伝より先に書かれたルカ伝の同じ箇所を見ると、そこには〝こころの〟がなく、〝あなたがた貧しい人たち〟とだけ記されている。後に出たマタイ伝で〝こころの〟が付け足されているのは、福音書の著者が勤めていたマタイ教会の信者たちに金持ちが多かったからだという。ルカ伝を参考にした著者は、愛する信徒たちを天国に送るために「こころの」という言葉を付け足したらしい。

こうして、富める者たちにも天国への門が開いた。約二千年後、利潤追求が決して罪にはならず合理的でさえあるなら、衝動も貪欲もキリスト教の精神に符合する——そう主張するマックス・ウェーバーが登場するまで、とことん引用されることになる免罪符のひとつだった。ウェーバーは、富の蓄積こそがプロテスタントの精神に合致するものと考えた。罪ではない、合理的でさえあれば。これを基盤として、今の僕たちの暮らしが、会社が築かれる。だが僕には、何が合理的なのかわからない。コンゴの死？　僕たちを取り巻くこの沈黙？　いずれにせよ、僕たちはそうして天国へ行く。幸せで涙が出そうだ。

先月とうとう、僕が自然な死に至らしめた人の数が五十人を超えた。むろん、ここに豚十五匹は含まれていない。ここまでは数えられる。だが、僕たちの生活が殺しているかもしれない、数え切れないほどの人々は？

仕方ない。

結婚から半年後、最初の子が生まれた。人生は美しいものだ。生まれたのは娘だった。マネージャーは僕たちの子を、やさしくてかわいい子どもに育てたいと言った。子どもは実に小さく、触れれば消えてしまいそうなほど弱く、泣きたいほどかわいかった。時折その子を見ながら、生まれることのできなかった我が子を思い出す。男の子だったろうか、女の子だったろうか？ 僕は小さく弱々しい我が子を抱いて、この子が成長したとき、さらにどれほど多くの人々を死へ追いやるのかを想像した。めまいがした。ただ、できれば長生きをして、死ぬまでに殺す人の数が、僕やほかの人たちよりも少ないことを願うばかりだ。善良とは、きっとそういうことなのだ。

子どもが生まれてよかった点は、マネージャーもずっと丸くなって、今では会社の話をずいぶん気軽に聞かせてくれるようになったことだ。そのために、彼女のルックスについての謎も解けてしまった。会社はどうやって、僕が最高にセクシーだと思う顔を作り上げたのか。その問いに、彼女は笑いながら答えた。

「簡単よ。あなた、コンドミニアムに缶詰めになってるとき、日本のアダルトビデオを毎日ダウンロードしてたでしょ。そのとき、好きな女優のタイプと最大ダウンロード数、最多再生回数を合算して、顔認識プログラムの類型分析にかけたの。有名ブランドが消費者の消費パターンを研究するときみたいに」

僕は笑った。好みさえ分析できる世の中なのだ、欲望とて例外である理由はない。ただ、あまりにつまらない方法だったことに拍子抜けした。長らくの疑問だったからだ。会社もまた、平凡な市場調査のもとに動いているにすぎない。特別なことも、絶対的な力もないのだ。今では以前ほど会社を恐れることはなくなった。会社より僕自身のほうがずっと怖い。そして、一番怖いのは平凡な人たちだ。

それ以外に、この三年間、これといったことはなかった。時には過去を振り返って、自分の選択について考えてみる。だが、以前マネージャーに言われたように、僕の言い訳が変わらないことはわかっている。それが僕という人間だ。ずっと前、ヒョンギョンの死後に、会社の人間から言われた言葉をときどき思い出す。あの、チェ・ブラムを思わせるやさしい印象の男だ。結局は、すべてを受け入れるか、諦めるか、ふたつにひとつしかない。

それでも時に、悪夢を見る夜がある。僕の知るすべての人間、我が子までもこの手で殺め、ひとりぼっちになる夢。そんな夢から覚めると、現実との区別が曖昧になる。隣で寝ている彼女の寝息を確かめて初めて、ようやくほっとする。そして起き上がり、ベビーベッドで寝ている娘の顔をじっと眺める。そのままリビングへ出て、ひとり息を殺して泣く。明かりの消えたリビングに低く響き渡るその声は、たくさんの思いと記憶を呼び起こさせる。もう忘れたものと信じたかった記憶を。すると、全身が震えるほどの恐怖に襲われる。本当に怖いのは、すでにその手にかけているために、次も難しくはないだろうという事実だ。それも、何とも思わずに。彼らに対する僕の愛は本物だろうか？　愛のためにまた誰かを殺さねばならないのか？　ともすれば彼らもまた、僕を会社につなぎとめておくための計画の一部ではないか？　すると悪夢は現実となり、地上はもうひとつの地獄と感じられる。それ以外はおおむね幸せだった。総じてハッピーエンドと言えるだろうか？

先日、一歳を迎えた子どもを連れて公園へ出掛けた。陽射しのきらめく公園でベビーカーを押していた僕は、ふと立ち止まって自分の手を見た。労働とはほど遠い、きれいな手。その手を持ち上げて嗅いでみた。石鹸《せっけん》の香りがした。辺りは僕みたいな人ばかりだった。みんな幸せそうだった。どこからか子どもの笑い声が聞こえてくる。

幸せに満ちていた。血生臭い幸せに。

著者あとがき　そうして世界に目を向けるようになったある人間の物語

その年の秋、僕の目の前には赤みを帯びた黒をはじめ、濃い紫、濃い青に続き、淡いパステルトーンの青からくちなし色へと変化する色のスペクトラムが広がっていた。なだらかなカーブを描く薄いあんず色の半球に沿って、色の饗宴《きょうえん》は同心円状に散らばり、その上を青々としたいくつもの静脈が通っていた。僕はカテーテルを持ち上げるたびに思った。なんて美しいんだろう。

それは母のお腹だった。母のお腹は、僕が入っていたずっと昔のようにぱんぱんに膨らんでいた。

その秋、母は病院にいた。転移した腫瘍のために肝臓はゆっくりとその機能を停止し、腹水が溜まった。そのせいで肺が圧迫されてまともに息ができず、母はいつも息苦しそうだった。ただ息をするために、週に二度、点滴瓶二本ぶんの腹水を抜かねばならず、僕はそのそばに座って、気泡ができるのを防ぎ、腹水がうまく抜けるようカテーテルを持ち上げたものだ。そうして、腹水を抜くための、中指ほどもある針が刺さっていたお腹は、美しい内出血の花を咲かせた。

帰り道、黄昏《たそがれ》の下で血の色に染まった城内川《ソンネ》は、鼻をつくドブのにおいを漂わせていた。風の吹く土手で、こらえきれなくなった僕は、アスファルトの上に胃の中身をぶちまけた。ふと悟ったのだ。いつか僕はこのすべてを書き、生きる糧にするのだろうと。自分がいやでいやでたまらなかった。そんな自分を許せず、その忌々しさは僕のなかで少しずつ成長していった。

小説を書くようになったのは、母の影響だった。兄と僕が中学生になり、自分の時間ができた母は、高校時代の夢をもう一度追いかけることに決めた。それは、自分の名前で小説を出すことだった。

勉強など見向きもしなかったうえに、何にでも首を突っ込みたがるタイプだった僕は、母の習作の最初の読者になると言い出した。そんなふうに口を出すうちに、いつしか僕も一緒に文章を書くようになり、僕たち親子はごく自然に、同じ夢を追いかけるようになった。幸いにも出来上がりはなかなかで、母はいつも感心したように褒めてくれた。あとから思えば、自意識過剰でガキくさい、小説と呼ぶのもおこがましい代物だった。そのころの僕は自分以外のものには興味がなく、まともな作品が書けるはずもなかった。

思えば母は、僕がどんなものを書いても許してくれていただろう。自分の死をモチーフにした小説で金儲けをしようと、息子の成功に少しでも助けになるならと、満面の笑みで応援してくれていただろう。この世のすべての母親がそうであるように。

でも、僕は自分を許せなかった。七年間の闘病の果てに母が亡くなると、僕の筆は徐々に失われていった。あるときから、品詞があるべき場所に収まらなくなり、突拍子もない述語と語尾が並んだ。名詞のスペルを毎度のように間違え、まともな文章が書けなくなって句と節で文章を組み立て、おびただしい数の読点をつける悪習慣までできた。しばらくは、極端に短い文章や未完成の文章が原稿を埋め尽くし、いまだにその影響から抜けきれていない。

でも、そのおかげで、この作品を書くことになったのかもしれない。僕はこの小説の主人公と同様、利己的で偽善的な人間だから、自分自身を軽蔑して初めて、ようやく外の世界に生きる人々に目を向けられるようになった。

これは、そうして世界に目を向けるようになったある人間の物語だ。

だからこの小説を、かつてともに夢を追いかけた、この本の出版を誰より喜んでくれたはずの、僕の目を開かせてくれた、だけれど感謝の言葉さえ伝えられないあの人に贈りたい。

イム・ソンスン

訳者あとがき

著者のイム・ソンスンは一九七六年、全羅北道益山に生まれた。本書の主人公とほぼ同年代といえるだろう。成均館大学国文科を卒業し、本人曰く子どものころから勉強とは縁がなく、漫画、映画、ゲームなど、常に新しいものを追いかけていた。大学時代に観た映画『友へ　チング』のクァク・ギョンテク監督の影響で演出の仕事に就き、現在もさまざまな作品のシナリオ制作に携わる。二〇一〇年、本書『暗殺コンサル（原題：컨설턴트）』で第六回世界文学賞（稿料一億ウォン）を受賞し、資本と人間の相関関係を描く〈会社三部作〉を出版。その後もユニークな想像力と饒舌なストーリーテリングを通じ、新作を発表するごとに新しいモチーフとテーマで話題を集めている。一方で生来のオタク気質を発揮し、「無駄に大切なものこそ本当に大切なもの」というメッセージを込めた『잉여롭게 쓸데없게（余りあれ、無駄であれ）』などのエッセーも書いている。

本作が受賞した世界文学賞とは日刊紙『世界日報』が主催する文学賞で、「韓国文学に新風を吹き込む」長編作品を発掘し続けている。本作の審査評を一部抜粋してみよう。

「長編小説のジャンル的特性と個性的な声を最も重要な基準とした。何より喜ばしいのは、自分の声で、自分が語りたいことを、誰の目も気にすることなく自由に発する多様な語り手が堂々と現れたことだ。（中略）死さえもひとつの商品であることや、いわゆるリストラの対象となる世相が寓意的に表現されつつ、構成員個人の自覚と抵抗までも誘い出す結末に奥深さと鬼気迫るものを感じる。存在そのものが原罪である構成員たちの実存的ジレンマを押し出すことで、お手軽な社会批判になることを免れている点も素晴らしい。殺人を企画する過程のディテールや情報が興味深く、論証面や推理をベースにしたプロットも長編小説のスケールに見事に符合している」

韓国では純文学こそ文学、という時代が長らく続き、いわゆるエンタメ小説（韓国では「ジャンル小説」と呼ばれる）が文学界で本格的にもてはやされ始めたのは比較的最近のことだ。ここ数年では、純文学とエンタメ文学、紙の小説とウェブ小説の境界も薄まりつつある。そんな流れのなかで、自分や作品をあえてカテゴライズせず、さまざまな媒体や形式で作品を発表する作家たちも増えてきている。イム・ソンスンはデビュー当時から、そういう意味での自由を皆に先駆けて具現化してきた作家のひとりだろう。

さて、作品の話に移ろう。主人公は〝会社〟で仕事をしているだけの〝僕〟。だが、その会社とはどういう存在で、自分が誰に向けて何をしているのかはわかっていない。著者は、自然な死を装った他殺をなりわいとする〝暗殺コンサルタント〟の主人公を通して、人間社会を痛烈に批判し、現代人の匿名性と資本主義が他人にいかなる危害となっているかを浮き彫りにしていく。一見自由に見える社会の構成員たちだが、実は見えざる手によって選択も行動も支配され、結局は「すべてを受け入れるか、諦めるか」しかない。そして、この作品の根底に流れているのが、若者の絶望だ。

最近の若者は目標がなくていけない。我々にはあったよ。何歳で部長になって何歳で役員になって、どんな家に住んでどんなふうに子どもを育てるか、そういったことがね。(九九頁)

父親の世代は、人生に物語があった。目標があり、失敗も成功も明確だったからだ。だが僕の友人たちは、一年後に自分が会社に残っているかさえ知れない。僕たちにとって目標とは、あまりに壮大な何かだった。(一〇〇頁)

今作の時代背景には、〝通貨危機〟がある。韓国では通称〝IMF〟〝IMF事態〟と呼ばれるこの出来事は、韓国の人々の心にいまだに傷痕を残す。一九九七年十一月、アジア通貨危機の余波で韓国の外貨は急速な不足状態に陥り、ＩＭＦ（国際通貨基金）から緊急融資を受ける。二年後に事態は一応の収束を迎えたものの、相次ぐ企業の倒産や失業率の増加によって多くの人々が生活に大打撃を受けた。さらに非正規労働者の増大など、今日にも影響を与え続けている。夢も目標も持つことを許されない、だが食べていかなくてはならない社会。主人公もそんな境遇に置かれていたが、ある日夢のような仕事の依頼が舞い込んできて、自分でも知らぬ間にこの世界の〝真の構成員〟となっていく。

主人公は当初、自分が〝選ばれし者〟ではないかという錯覚に陥るが、やがて、選ぶことには意味がなく、自分は何ひとつ選んでなどいないことに気づく。そうでなくても、操り人形のままに生きる人生は、偽酒を混ぜられたウイスキーのように薄く、安っぽい何かに変わり果ててしまうだろう。だが、すべては生きるため。「会社を脅かすものが存在するのかさえ疑わし」く、「会社はこの世のあらゆる秩序を背負っている」のだから。

彼らと違って生き残ってこられたのは、僕、または我々が、資本主義社会に適応し、そのシステムの一部になったからだ。（一一六頁）

例外はなかった。ファンドに加入したり貯蓄するだけで、僕たちは殺人の共犯になりえ

た。昨日飲んだインスタントコーヒーが、誰かを刺すナイフに変わるかもしれなかった。（二九五頁）

本書には、〝適応〟という言葉がそこかしこに出てくる。一方で、〝例外〟という言葉も。頭を掠めるのは、私たちは今、適応という言葉を正しく使えているか、世界の真実を見分ければ自分は〝例外〟になりうるのか。そして、〝例外〟になることは果たして希望といえるのかという疑問だ。主人公に言わせれば、私たちがこの物語を読んで自分の携帯電話を振り返ることに意味はなく、その行為が善悪を分かつこともない。

「すべては仕方のないことだった。本当に、仕方なかった」（三〇九頁）

主人公はこうして、自己合理化にますます磨きをかけながら、〝仕方なく〟生きていく。人間存在と人間社会についての痛烈な警告と、著者の叫び声が聞こえてくるかのようだ。

二〇二三年六月

カン・バンファ

訳者紹介　カン・バンファ
岡山県倉敷市生まれ。翻訳家、翻訳講師。岡山商科大学法経学部法律学科、韓国梨花女子大学通訳翻訳大学院卒、高麗大学文芸創作学科博士課程修了。主な訳書にハ・ジウン『氷の木の森』(ハーパーコリンズ・ジャパン)、ピョン・ヘヨン『ホール』、チョ・ウリ『私の彼女と女友達』(以上、書肆侃侃房)、キム・チョヨプ『地球の果ての温室で』、チョン・ユジョン『種の起源』(以上、早川書房)などがある。

ハーパーBOOKS

暗殺《あんさつ》コンサル

2023年7月20日発行　第1刷

著　者　イム・ソンスン
訳　者　カン・バンファ
発行人　鈴木幸辰
発行所　株式会社ハーパーコリンズ・ジャパン
東京都千代田区大手町1-5-1
03-6269-2883 (営業)
0570-008091 (読者サービス係)
印刷・製本　中央精版印刷株式会社

ISBN978-4-596-52140-8